シェイクスピアとロシアの作家・演劇人たち

星野立子 著

八千代出版

まえがき

シェイクスピアとロシア——意外な取り合わせに思われるかもしれない。しかし、シェイクスピアの作品は、多くの国々で受容されているように、ロシアにおいても非常に好まれ、一八六四年四月、シェイクスピア生誕三百年祭の夕で、ツルゲーネフはシェイクスピアのことを「我々の共有財産であり、我々の血と肉になっている」とまで言っている。

シェイクスピアの名は、彼の死後一世紀以上を経てロシアに伝わった。十八世紀前半、西欧の文化を積極的に導入する動きの中で、シェイクスピアの作品や評価はフランスやドイツを通してロシアに入ってきた。彼の作品がロシアに息づく原動力となったのは、数多くの翻訳の試みとその翻訳を使用した舞台上演であり、シェイクスピア研究者たちの活躍であり、そして、ロシアを代表する文人・演劇人たちによる受容と展開であった。

本書では、十九世紀の国民的詩人プーシキン、文豪ドストエフスキーとトルストイ、十九世紀後半から二十世紀初頭のロシアの演劇界を支えた劇作家・小説家チェーホフ、チェーホフと関わりが深い俳優・演出家スタニスラフスキー、二十世紀の詩人・小説家で、シェイクスピアの翻訳家でもあるパステルナークを取り上げ、彼らがシェイクスピアをどのように受け入れたのかを見ていく中で、ロシアの文人・演劇人を魅了したシェイクスピアの姿を浮き彫りにしたい。

目次

＊初出一覧

第一章第一節　「プーシキンの『ボリース・ゴドゥノーフ』に見るシェイクスピアの影響」、函館人文学会『人文論究』第八八号、二〇一九年、一一―九頁。

第二節　「『尺には尺を』とプーシキンの『アンジェロ』」、函館英語英文学会『函館英文学』第四五号、二〇〇六年、九九―一〇八頁。

第二章第一節　「意識に囚われて――ドストエフスキーと『ハムレット』――」、函館英語英文学会『函館英文学』第三六号、一九九七年、一―一一頁。

第二節　「ドストエフスキーと『オセロー』」、函館人文学会『人文論究』第六五号、一九九八年、一―一一頁。

第三節　「悲劇の系譜――シェイクスピアとドストエフスキー」、早稲田大学英文学会『英文学』第七九号、二〇〇〇年、六二―七三頁。

第四節　「トルストイのシェイクスピア観」、函館英語英文学会『函館英文学』第五六号、二〇一七年、一―一二頁。

第三章第一節　「シェイクスピアとチェーホフ――懐疑の詩学をめぐって――」、早稲田大学英文学会『英文学』第六九号、一九九三年、三八―四七頁。

第二節　「シェイクスピアの笑いの妙趣――チェーホフと井上ひさしを通したシェイクスピア考察――」、函館人文学会『人文論究』第八七号、二〇一八年、二九―三八頁。

第四章第一節　「スタニスラフスキーと『オセロー』」、函館人文学会『人文論究』第六〇号、一九九五年、一―一一頁。

第二節　「シーザーとブルータスの形象――モスクワ芸術座の『ジュリアス・シーザー』（一九〇三）」、函館人文学会『人文論究』第七八号、二〇〇九年、二九―三八頁。

第三節　「モスクワ芸術座における『ハムレット』――E・ゴードン・クレイグとスタニスラフスキーの接点――」、早稲田大学大学院文学研究科『文学研究科紀要 別冊一四集』文学・芸術学編、一九八八年、五九―六八頁。

「スタニスラフスキーと『ハムレット』――芸術的模索の指標として――」、函館英語英文学会『函館英文学』第四九号、二〇一〇年、一―一二頁。

第五章第一節　「詩的曖昧性と翻訳――『ソネット集』のロシア語訳をめぐって――」、函館英語英文学会『函館英文学』第三一号、一九九二年、一五―二五頁。

第二節　「シェイクスピアとパステルナーク」、早稲田大学英文学会『英文学』第六六号、一九九〇年、一三―二七頁。

「『ハムレット』――ゴルゴタへの道――ソビエトのハムレット像――」、早稲田大学英文学会『英文学』第六五号、一九八九年、一―一二頁。

第一章　シェイクスピアとプーシキン

アレクサンドル・セルゲーヴィチ・プーシキン（Александр Сергеевич Пушкин）（一七九九—一八三七）は、ロシアを代表する詩人・小説家・劇作家である。貴族の家系に生まれた彼は、ツァールスコエ・セローにある学習院で学ぶ。彼はヨーロッパ文学の影響のもと、ロシア近代文学を確立した。代表作として、韻文小説『エヴゲーニイ・オネーギン』（一八三三）や小説『大尉の娘』（一八三六）などがある。妻をめぐってフランス人将校と決闘し、短い生涯を終えた。

プーシキンはイギリス文学に造詣が深く、当初ロマン派詩人のバイロンに熱中するが、やがてシェイクスピア（William Shakespeare）（一五六四—一六一六）に強い関心を抱き、バイロンを批判するようになる。一八二五年から三〇年頃にかけて、ロシアでシェイクスピアの名は大いに高まり、プーシキンもその影響を強く受けた一人であった。プーシキンは一八二五年に友人への手紙の中でフランス語で「このシェイクスピアは何という人だ！　僕は驚きから我に返ることができない」(1)と書き、また、一八二六年には、「シェイクスピアを読んだ後、僕の頭はぐるぐる回っている。まるで深淵をのぞき込んだようだ」と言ったとされる(2)。

劇作家でもあるプーシキンがシェイクスピアの歴史劇や悲劇に影響を受けて書いたのが悲劇『ボリース・ゴドゥノーフ』（《Борис Годунов》）（一八三一）であり、シェイクスピアの喜劇『尺には尺を』（*Measure for Measure*）をもとに書いたのが物語詩『アンジェロ』(《Анджело》)(一八三四)である。
本章では、プーシキンの『ボリース・ゴドゥノーフ』と『アンジェロ』に見るシェイクスピアの影響について考察する。

第一節　プーシキンの『ボリース・ゴドゥノーフ』に見るシェイクスピアの影響

一　『ボリース・ゴドゥノーフ』創作の経緯と題材

プーシキンは、友人に送った無神論的な内容の手紙が原因で、一八二四年に、当時の皇帝アレクサンドル一世の命令により、ミハイロフスコエ村に追放された。その時代に書かれたのが『ボリース・ゴドゥノーフ』である。そこには、十六世紀末から十七世紀はじめにかけてロシア皇帝であったボリース・ゴドゥノーフと皇帝の座を狙う僭称者たちが描かれている。ムソルグスキーのオペラ『ボリース・ゴドゥノーフ』(一八七四)は、プーシキンのこの悲劇に基づいている。

題材を提供したのは、ニコライ・ミハイロヴィチ・カラムジーン(Николай Михайлович Карамзин)(一七六六—一八二六)の『ロシア国家

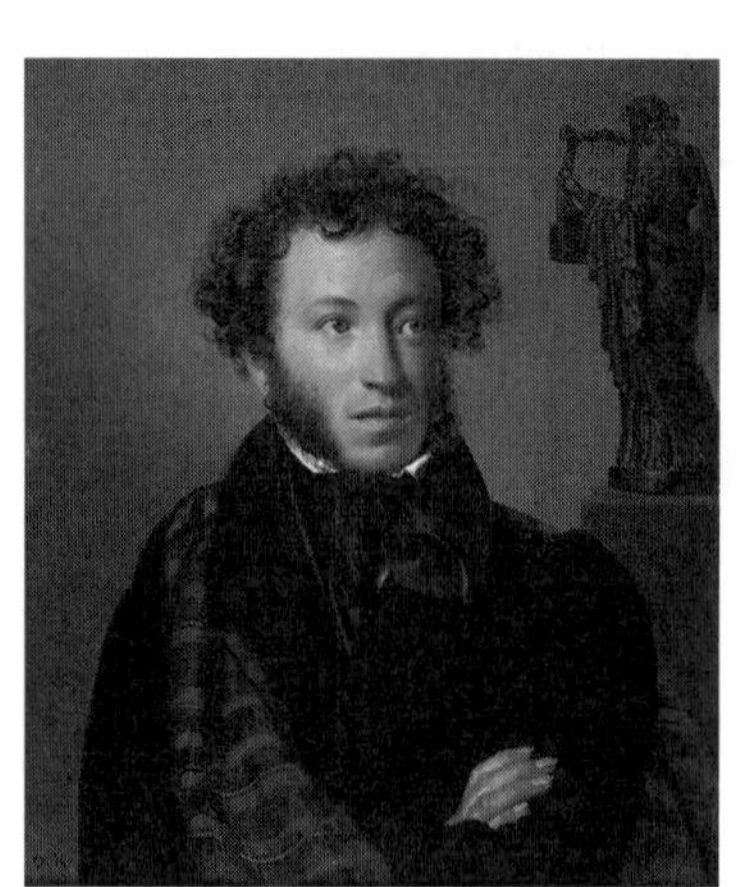
プーシキン(getty images)

史』（一八一八―二九）であった。

プーシキンは一八二五年に『皇帝ボリースとグリーシカ・オトレーピエフの喜劇』を書き上げた。この題名にある「喜劇」については、十八世紀はじめに、歴史上、あるいは架空の事件について台詞で表されたものがコメディと呼ばれていたこともあり、(3)広い意味で使われている。プーシキン自身、「喜劇」と名づけながら、手紙等ではこの作品を「ロマン主義の悲劇」と呼んでいる。これについては、彼が『ボリース・ゴドゥノーフ』に取り組んでいるときに書いた草稿「悲劇について」（一八二五）の最後に、「喜劇的および悲劇的様式の混淆、緊張、時々必要とされる民衆的表現の洗練(4)」と書いていることから、喜劇と悲劇を截然と分けず、混淆させるのが彼の理想であったようである。

当初のタイトルにあるグリーシカ・オトレーピエフは、もともとグリゴーリーという修道僧であったが、亡きディミートリー（ドミートリー）皇子の名を騙り、ボリースの後継を狙う僭称者となる。ボリースとグリゴーリーの名前を並べたこのタイトルは、ボリースという王位簒奪者と、グリゴーリーという、僭称者で同時に王位簒奪者となる人物の対置という点で興味深い。

この作品は、時の皇帝ニコライ一世によって検閲を受け、変更を求められた。しかし、プーシキンはこの命令に従わず、結局、この作品はその五年後の一八三一年はじめに『ボリース・ゴドゥノーフ』と題し、刊行された。『皇帝ボリースとグリーシカ・オトレーピエフの喜劇』は二十五場であったが、『ボリース・ゴドゥノーフ』は二十二場（版によっては二十三場）に変更するなど、改変が加えられている。

物語は、ロシアの歴史に基づき、動乱の時代である一五九八年二月二〇日から一六〇五年六月までを描いている。

ボリース・ゴドゥノーフはイヴァン雷帝（イヴァン四世）の義兄であり重臣であった。イヴァン雷帝の後、フョードル一世が即位するが、彼は心身共に虚弱であり、ボリースは摂政となっている。フョードルの弟ディミートリーは九歳で死亡。原因は自ら起こした事故という説と、ボリースによる謀殺という説がある。その後の研究では事故死という説が定着しているが、プーシキンは、題材を取ったカラムジーンの『ロシア国家史』に基づき、ボリースによる謀殺と捉えている。

フョードル一世の後、ボリースは皇帝となるが、亡きディミートリーの名を騙る偽ディミートリーが登場し、ポーランドを味方につけ勢力を拡大する。追い込まれたボリースは突然死を迎え、彼の妻子も死亡、結局、偽ディミートリーが帝位に就く。

プーシキンは、偽ディミートリー側に、自分の祖先を登場させ、ボリースに批判的な立場を取りながら、一方で、『皇帝ボリースとグリーシカ・オトレーピエフの喜劇』に大きな改変を加えている。それは、作品の最後であり、『皇帝ボリースとグリーシカ・オトレーピエフの喜劇』は偽ディミートリーを皇帝として迎える民衆の歓呼で終わっているが、『ボリース・ゴドゥノーフ』は、民衆が沈黙する場面で終わっている。この改変については、後の項で考察する。

実際のボリース・ゴドゥノーフは、当時のイギリス女王エリザベス一世とも良好な関係を保つなど、西欧文化を浸透させようとしたが、国内では災害が続き、国民は飢餓と疫病に苦しみ、不満から暴動が起こり不安定な時代となった。

栗生沢は『ボリス・ゴドノフと偽のドミトリー――「動乱」時代のロシア――』で、「ボリスが皇子殺しの罪に耐えかねて苦悩する姿は、ロマン主義の時代にふさわしいものであるが、事実ではなかったようにみえる」としている。(5) しかし、プーシキンの描くボリースは、動乱の時代を背景に、民衆のあり様と共に、悲劇の主人公として精彩を放っているのである。

二　カラムジーンとシェイクスピアの影響

プーシキンが『ボリース・ゴドゥノーフ』を書くに当たって、大きな影響を受けたのは、カラムジーンとシェイクスピアであった。

プーシキンは、『ボリース・ゴドゥノーフ』の冒頭に献辞としてカラムジーンの名を掲げている他、その作品の序文草案には次のように書いている。

シェイクスピア、カラムジーン、そして我が国の古い時代の年代記の研究は、私に、最も新しい歴史の、最も劇的な時代の一つを劇的な形式で表現するという考えを与えた。他のいかなる影響にも乱されず、私は、自由で広範な性格描写と無頓着で単純な構想の作成という点で、シェイクスピアを模倣した。事件の明確な展開という点でカラムジーンに倣い、年代記から当時の考え方や言語を推察することに努めた。これらは豊かな源泉である！　これらをうまく利用することができたかどうかは私には分からない――少なくとも私の仕事は熱心で誠実なものであった。(6)

カラムジーンは、『ロシア国家史』の他に、シェイクスピアの『ジュリアス・シーザー』（*Julius Caesar*）の原典からの翻訳（一七八七）を行っている。藤沼は、カラムジーンの『ジュリアス・シーザー』の翻訳の序文に挙げられたシェイクスピアの特徴に言及し、カラムジーンの、シェイクスピアへの傾倒ぶりを示している。カラムジーンがシェイクスピアの特徴として挙げているのは、以下の四点である。

① 人間性を深く理解している。
② 自然に忠実である。
③ それぞれの人物、性格が独自の言葉をもっている。
④ ヴォルテールが批判しているシェイクスピアの規範無視は、かれのゆたかな想像力のなせるわざで、欠点として非難さるべきものではない。(7)

前述の「ヴォルテールが批判しているシェイクスピアの規範無視」は、シェイクスピアが古典的な三一致の法則を守っていないことを指しているが、カラムジーンはシェイクスピアを擁護している。(8)このようなカラムジーンのシェイクスピア観をプーシキンは受け継ぎ、シェイクスピアへの造詣を深めていった。

プーシキンの蔵書には、特に十八世紀〜十九世紀初頭のイギリスとアメリカの作家たちの著書が多くあり、イギリス文学作品、たとえば、ロマン主義の先駆的な詩人ジェイムズ・トムソン、ロマン派の詩人たちであるコールリッジ、バイロン、シェリーの作品集、ホレス・ウォルポールやアン・ラドクリフなどのゴシック小説、ウォルター・スコットの作品集、アメリカ文学では、ワシントン・アーヴィングの作品がある。(9)

一方、シェイクスピアに関しては、次のような本がある。

チャールズ・ラム（Charles Lamb）『シェイクスピア物語』（*Tales from Shakespeare*）（一八三一）

ギゾー（F. Guizot）、ピショー（A. Pichot）編、ル・トゥールヌール（Le Tourneur）訳、フランス語版『シェイクスピア全集』（*Œuvres complètes de Shakspeare* [sic.]）（一八二一）

サミュエル・ジョンソン（Samuel Johnson）、ジョージ・スティーヴンス（George Steevens）、アイザック・リード（Isaac Reed）編『シェイクスピア戯曲集』（*The Dramatic Works of Shakespeare*）（一八二四）

ウィリアム・シェイクスピア、イヴァン・イヴァーノヴィチ・パナーエフ（Иван Иванович Панаев）訳、ロシア語版『オセロー』（《Отелло》）（一八三六）

他に、ドイツ・ロマン派の小説家、劇作家で、シェイクスピアの紹介を精力的に行ったルードヴィヒ・ティークの全集のフランス語初版（一八三二）所収の「シェイクスピアと彼の同時代人」という論文や、プーシキンの友人でシェイクスピアの熱心な崇拝者である詩人B・K・キューヘリベケルの小喜劇『シェイクスピアの妖精たち』（一八二五）も蔵書に収められている。

ル・トゥールヌールはフランスで最初にシェイクスピアの完訳を行っている。編集を担当したギゾーは、この全集にシェイクスピアの伝記を書いており、プーシキンは大いに参考にしたようである。そして、ル・トゥールヌールのフランス語訳を主として、原語の英語版も読み込んでいったようである。(10)

以上のように、プーシキンは母語のロシア語の他、フランス語と英語を通してシェイクスピアやその作品を吸収している。

プーシキンは、シェイクスピアの次の点を高く評価していた。「登場人物が個性化されていること、登場人物が人民と骨肉の間柄にあること、ならびに、生きのいい人物たちが多種多様なかたちで登場していること」[11]。これらの評価要素を自らの作品で体現してみせたのが『ボリース・ゴドゥノーフ』だったのである。

以下では、彼がシェイクスピアから受けた影響を具体的に見ていく。

三　文体とソネット形式の利用

プーシキンはまず文体についてシェイクスピアが駆使したブランク・ヴァース（blank verse, 無韻の弱強五歩格〈iambic pentameter〉）を使った。それによって作品にリズミカルな動きが伴われている。

彼は、ブランク・ヴァースの使用と、幕に分けず場で展開したことについて、次のようにユーモアを込めて書いている。

> 尊敬すべき六韻詩（Alexandrine, 弱強六歩格）の詩を、私は無韻五歩格に変えましたし、いくつかの場面では軽蔑すべき散文にまで身を落としています。それに、この悲劇を幕に分けませんでしたが、観客は私に「大変ありがとう」と言うであろうと考えていたのでした[12]。

六韻詩はフランス詩の基本的なリズムであるが、プーシキンはそこから離れて、シェイクスピアの基本的なリズムに挑戦したのである。なお、シェイクスピアの『尺には尺を』を翻案したプーシキンの物語詩『アンジェロ』では六韻詩を用いており、『ボリース・ゴドゥノーフ』の戯曲としての意味を強く意識して、よりスピード感があるブランク・ヴァースを用いたことが分かる。

また、前述の彼の言葉にあるように、劇中、韻文を基本としながら、散文も使われており、緩急が与えられている。

ソネットを挿入したのもシェイクスピアの、特に『ロミオとジュリエット』(*Romeo and Juliet*)を参考にしたと考えられている。(13)

「サンボールのムニーシェク長官の館」の場で、ポーランドの長官であるムニーシェクは娘のマリーナが僭称者の偽ディミートリーと恋仲にあることを歓迎しながら、自分の過去を懐かしむのであるが、この台詞は十四行から成るソネット形式になっている。以下の原文の下線部が脚韻であり、各行の下のカッコ内の記号は脚韻構成を示す。

Мы, старики, уж нынче не танцуем,　（a）　我々老人は、今はもう踊ることもない、
Мазурки гром не призывает нас,　（b）　マズルカのどよめきは我々を誘わず、
Прелестных рук не жмём и не целуем,　（a）　美しい手を握ったり口づけすることもない。
Ох, не забыл старинных я проказ!　（b）　ああ、昔の悪戯が忘れられない！
Теперь не то, не то, что прежде было!　（c）　今は全くもって以前とは違う。
И молодёжь, ей-ей, не так смела　（d）　若者たちは、確かに昔ほど大胆ではなく、
И красота не так уж весела,　（d）　美女たちももはや昔ほどは陽気ではない。

Признайся, друг: всё как-то приуныло. （c） きみ、そうだろう。全てが何となくふさぎ込んでしまった。
Оставим их; пойдём, товарищ мой, （e） 彼らは放っておこう。友よ、向こうへ行って、
Венгерского обросшую травой （e） ハンガリーの、苔で覆われた
Велим отрыть бутылку вековую （f） 古い酒の瓶を開けさせて、
Да в уголку потянем-ка вдвоём （g） 奥の間で二人で少し飲もうではないか、
Душистый ток, струю, как жир, густую, （f） 芳しく、脂のようにとろりとした液体を。
А между тем посудим кой о чём. （g） そしてその間に何かについて語ろう。(14)

脚韻構成においては、交互韻、対句韻、囲い韻などの脚韻が使われ、懐古のテーマがソネットのリズムに乗って謳われている。

以上のように、韻文と散文の混淆体、喜劇と悲劇の混淆、ソネット形式の利用など、プーシキンはシェイクスピアから影響を受け、自分の芸術に取り込んでみせたのであった。

四　民衆の役割

プーシキンは、『ボリース・ゴドゥノーフ』への序文草案で、「我が国の演劇には、ラシーヌの悲劇の宮廷風の慣習ではなく、シェイクスピア劇の民衆の法則の方が合っている」と記している。(15) 彼は民衆に強い関心を持っていた。当時、ツァーリズムの打倒と農奴制の廃止を訴えていたデカブリストとの親交にも関わるところである。その関心の強さは、『ボリース・ゴドゥノーフ』に明確に示されている。

シェイクスピアも政治体制の影響下にある民衆を描くことに秀でていたが、『ボリース・ゴドゥノーフ』における、愚かな民衆、煽動されやすい民衆という描写は、シェイクスピアの『ジュリアス・シーザー』等で描写される民衆と共通点がある。

冒頭の貴族たちの会話で、ヴォロトゥインスキーは、ボリースがすぐに帝位に就こうとはせず、修道院にこもっている様子を伝える。ボリースへの期待が仄めかされる一方、話し相手のシュイスキーはディミートリー皇子を殺したのはボリースであると告げる。このあたりは、ストーリー展開に陰翳をつけようとするプーシキンの意図が感じられる。

次の場で、民衆はボリースが皇位に就くことを期待する会話を交わす。シェイクスピアの『ジュリアス・シーザー』第一幕第二場において、シーザーが王冠を捧げられるのを拒み、その行為がますますローマの人々の、シーザーへの期待を高める様子が描かれているが、その場面を想起させる。

本章第二節で言及しているように、『ボリース・ゴドゥノーフ』の最大の特徴は最後にある。

ボリースが突然の病で亡くなり、偽ディミートリー側が権力を握る。民衆は偽ディミートリー側の煽動に乗り、ボリースの息子フョードルやその母を攻めるために宮廷になだれ込むが、混乱の最中「皇妃も皇子も毒で自ら命を絶った」と聞き、恐怖で黙り込む。二人の死への疑惑が漂う。

その後、帝位に就く偽ディミートリーに歓呼するように命じられても、彼らは黙ったままである。

この最後の場面については、シェイクスピアの歴史劇『リチャード三世』(*Richard III*) との類似性が指摘されている(16)。

『リチャード三世』第三幕第七場で、リチャードはバッキンガム公に、自分が国王に即位したと告げたときのロンドン市民の様子を尋ねる。

リチャード　おい、どうした、市民たちは何と言っている？
バッキンガム　それがあきれたものです、
　市民たちは黙ったまま、一言も言いません。

（第三幕第七場　一―三）(17)

続けて、バッキンガム公は市民の態度を次のように表現する。

バッキンガム　私の演説が終わりに近づいたとき、
　私は命じました、心から国のためを思う者は
　「イングランド王リチャード万歳！」と叫べと。
リチャード　それで、彼らは叫んだか？
バッキンガム　いいえ、何ともはや、一言も言わず、
　無言の銅像か息をする石のように、
　互いを凝視し、死人のように青ざめた顔をしていました。

（第三幕第七場　二〇―六）

『ボリース・ゴドゥノーフ』においても『リチャード三世』においても、民衆の沈黙は、端的に恐怖を示すものであると同時に、政治体制に揺さぶられる民衆にとっての彼らなりの抵抗、そして権力者への裁きを示してい

るように思われる。

國本の指摘にあるように、「プーシキンにとっては、神の裁きは民衆の声なき声として、民衆の世論として現れてくる」のだ。(18)

五　僭称者と王位簒奪のテーマ

グリゴーリーは修道僧であったが、亡き皇子ディミートリーの名を騙り、偽ディミートリーとなる。「動乱の時代」を象徴する人物であるが、シェイクスピアの『ヘンリー六世』第二部（*Henry VI, Part 2*）に登場するジャック・ケイドを思わせる。ケイドは、一四五〇年にヘンリー六世に対して反乱を指導した人物で、有力な貴族エドマンド・モーティマーの庶子を僭称している。

シェイクスピアの作品には王位簒奪者が多く登場する。リチャード二世から王位を奪うヘンリー・ボリングブルック（後のヘンリー四世）、エドワード四世亡き後、王子を殺して王位に就くリチャード三世、悲劇では、ハムレットの叔父で、兄を殺して国王になるクローディアス、ダンカン王を暗殺して国王になるマクベス。彼らの苦悩の描写には違いはあるが、シェイクスピアの歴史劇や悲劇では、王位簒奪が重要なテーマであることが分かる。まず、『ボリース・ゴドゥノーフ』と、シェイクスピアの悲劇『マクベス』（*Macbeth*）と『ハムレット』（*Hamlet*）の共通性について取り上げる。

偽ディミートリーはポーランドの長官の娘マリーナと恋仲になる。このマリーナは、プーシキンの構想では「野心」を象徴する女性で、偽ディミートリーが二人の恋を権力より優先して考えようとするのを叱咤する。まさに、『マクベス』で、国王暗殺に逡巡する夫マクベスを叱咤し、王位簒奪に導くマクベス夫人を思わせる女性である。

また、ボリース・ゴドゥノーフとハムレットの叔父クローディアスは共に、自分が犯した暗殺に触れられた場面で激しい動揺を見せる。ボリースは、総主教がディミートリー皇子の死について語るのを聴くうちに、顔を青ざめ汗を流して動揺を示し、クローディアスは、旅役者たちによる芝居『ゴンザーゴー殺し』を見て、激しく動揺し部屋から退出するのである。

次に、ボリースとヘンリー四世の共通性等について考察を行う。

ボリース・ゴドゥノーフは劇中、絶えず苦悩の台詞を吐く。「皇帝の宮殿」の場で、「私の魂には幸福はない」と言い、自分の罪過に触れ、次のように言う。

ああ！　思うに、何ものもこの世の悲しみを
和らげることはできないのだ。
何ものも、何ものも……ただ良心の他は。
そうだ、健全な良心は打ち勝つだろう、
悪意に対しても暗い誹謗に対しても。
だが、もし良心にたった一つのシミが、
たまたまたった一つのシミがつけば、
そのときは大変だ！　ペストに罹ったように、
魂は焼けただれ、心は毒物で一杯になり、

耳の中では、槌で叩くように、非難が打ち鳴らされる。
始終吐き気がし、眩暈がし、
血塗れの男の子たちが目に映る……
逃げたい、だが逃げ場がない……恐ろしい！
そうだ、良心が汚れた人間は哀れなものだ。(19)

その後、突然の病でボリースは瀕死の状態になり、椅子に乗せられ運ばれる。その状態で、彼は息子フョードルを一人残らせ、彼に語る。

私は死ぬ。
抱き合おう。さらばだ、息子よ。今すぐ、
そなたが統治を始めるのだ……おお、神よ、神よ！
すぐに御前に参ります――それゆえ、私には
魂を懺悔で清める暇もありません。
しかし、思うに――息子よ、そなたは私には
魂の救いよりも大切なのだ……まあよい！
私は臣下として生まれた。それゆえ、
陰にいる臣下のまま死ぬべきだったのだ。

だが、私は主権を握った……何によってか？
それは訊くな。もう十分だ。そなたに罪はない。
そなたは今正当に統治を始めるのだ。
神への責は私が全て引き受ける。(20)

そして、彼は貴族たちに息子を託した後、次のように言う。

私は満足だ。
私が犯した教唆と罪を許してくれ、
知って、また知らないで行った侮辱も……(21)

これらのボリースの台詞には、息子や家族への愛情が溢れており、悔恨の情、そして人間味が明らかである。ヘンリー四世は、前王リチャード二世の悪政と自らの王位簒奪の罪の間で絶えず動揺、相剋する。『ヘンリー四世』第二部（*Henry IV, Part 2*）の第四幕第三場で、病に罹り死に瀕したヘンリー四世は、前王リチャード二世から王位を簒奪した過去を振り返り、ハル王子（後のヘンリー五世）に次のように語る。

神はよくご存じだ、我が息子よ、
どんなに様々な紆余曲折を経て、

私がこの王冠を手に入れたかを。私自身がよく知っているが、
この王冠を頭に載せておくことがどんなに大変であったたか。
そなたには、もっと穏やかに、もっと民心を得て、
もっと正当なものとして、この王冠は受け継がれるであろう。
それを手に入れたときの汚れは全て、私と共に、
地中に埋められるからな。私の場合には、
これは暴力によって強奪した栄誉と思われたのだ。
多くの者が、自分たちの助力で私が王冠を
手に入れたとして、私を公然と非難し、
日ごとにその声は強くなって、抗争と流血の惨事となり、
平和であるべき世を乱した。これら大胆不敵な輩は皆、
そなたも知るように、私が危険を冒して滅ぼし去った。
いわば、私の治世は、この主題を演じ続ける
芝居だったのだ。だが、今、私が死ねば
雰囲気は変わる。私の場合は無理をして手に入れたものを、
そなたはもっと公明正大に手に入れるからだ。
つまり、そなたは正当な継承者としてこの王冠を被るのだ。

（第四幕第三場 三一二―三〇）(22)

そして、その後、次のように祈る。

私がいかにして王冠を手に入れたか、ああ、神よ、許したまえ。
そして、そなたが被るこの王冠が真の平安にあり続けるように。

（第四幕第三場 三四七―八）

このように、王位簒奪のテーマの観点で、『ボリース・ゴドゥノーフ』と『ヘンリー四世』は共通している。しかし、『ボリース・ゴドゥノーフ』は、ボリースの治世を通して、過去と未来の、二重の王位簒奪、すなわち、主人公ボリースと、僭称者グリゴーリー（偽ディミートリー）による王位簒奪が描かれている。そこには、シェイクスピアが描く、ヘンリー四世がハル王子に残す台詞のような、平安を予測させる言葉はない。

歴史上、ボリースの後を継ぐ偽ディミートリーもまた悲惨な最期を迎えるのであり、その暗い未来を予測させるような終わりになっている。

六　シェイクスピアの歴史劇と悲劇から

リチャード・W・サザンは「歴史的事実は、想像という火の中で熱されると、展性をもって」くると指摘している。[23] シェイクスピア、そしてプーシキンの想像力にとって、王位簒奪のテーマは、人間を描き出すのに最高の酵母であった。

ボリースと、その後皇位に就く僭称者も、王位簒奪者であった。この二重の簒奪行為は重いテーマである。一方で、ボリースは子供思いの父親として描かれている。それはヘンリー四世と類似している。

しかし、ヘンリー四世がハル王子に安らかに王位を譲渡できたのに比べ、ボリースは結局息子フョードルに帝位を継がせることができず、フョードルは命を落とす。この悲劇性は大きい。

プーシキンは、『ボリース・ゴドゥノーフ』の序文草案で、次のように書いている。

> シェイクスピアの例に倣って、私は、劇的効果や現実離れした悲壮感を求めずに、一つの時代と歴史的人物を発展させることに自分を限定した。そのスタイルは混淆体である。(24)

当初の『皇帝ボリースとグリーシカ・オトレーピエフの喜劇』は民衆の新皇帝への歓呼で終わるが、『ボリース・ゴドゥノーフ』は民衆の沈黙で終わっている。本節第四項では、この改変について民衆の側から考察したが、ボリースの側から考えると、この改変によって、ボリースという人間に歴史劇および悲劇の主人公としての深みが増している。

苛酷な政治の現実の中で人間がいかに自分の尊厳を守るか。一人の人間と巨大な国家機構の間にドラマが生起する。プーシキンは、シェイクスピアの歴史劇と悲劇から、歴史の中で翻弄される人間の姿を見、その人物描写と作品のスタイルを学び、『ボリース・ゴドゥノーフ』という悲劇に結実させたのである。

第二節　『尺には尺を』とプーシキンの『アンジェロ』

一　アンジェロへの関心

プーシキンはシェイクスピアが創造する人物について次のように語っている。

シェイクスピアが創造した人物は、モリエールの場合のように、ある一つの情熱、ある一つの悪徳の典型ではなく、多くの情熱、多くの悪徳に満ちた、生きた人間たちである。様々な状況が観客の前に登場人物の多様で多面的な性格を展開させる。モリエールの場合には、吝嗇漢は吝嗇漢であってそれだけのことである。シェイクスピアのシャイロックは、吝嗇であり、また、機転が効き、執念深く、子煩悩で、機知に富んでいる。モリエールの場合、偽善者は、偽善者風に自分の恩人の妻に言い寄る。偽善者風に財産の保管を受諾する。偽善者風に一杯の水を求める。シェイクスピアの場合は、偽善者はこれ見よがしの厳格さを持って判決を下すのであるが、その判決は公正である。彼は自分の冷酷さを為政者としての思慮深い判断ということで正当化するのである。彼は力強い魅力的な詭弁によって処女を誘惑するのであって、信心深さと女たらしとの滑稽な混合によってではない。アンジェロは偽善者である。なぜなら彼の公の行動は彼の密かな情熱と矛盾するものだからだ！　しかしこの性格には何という奥深さがあることだろう！(25)

以上の引用の後半で、プーシキンは、モリエールの場合の偽善者であるタルチュフと、シェイクスピアの場合の偽善者、喜劇『尺には尺を』のアンジェロを比較し、アンジェロの性格の奥深さに言及している。それだけこの喜劇とこの人物に対するプーシキンの関心は強かったと言える。

シェイクスピアの『尺には尺を』(一六〇四年初演)は、「問題劇」や「暗い喜劇」と呼ばれ、明朗な喜劇とは異なる屈折した様相を見せる作品である。種本としては、『オセロー』(*Othello*)の種本も提供しているイタリアの作家ジラルディ・チンティオの『百物語』(一五六五?)における第八篇第五話や、イギリスの作家ジョージ・ウェットストーンの『プロモスとカッサンドラ』(一五七八)などが考えられる。主筋は「腐敗した行政官」「変装した支配者」「身代わりの花嫁」といった民話的要素を含み、それに売春宿の女将や召使い、愚かな警吏などによる副筋が加わる。見習いの尼僧イザベラが、姦淫の罪で死刑を宣告された兄クローディオの命と引き替えに、謹厳であるはずの公爵代理アンジェロに貞操を捧げるように求められ、変装した公爵が術策によって彼女を救う話が核となる。

前節で記したように、シェイクスピアの影響を強く受けて『ボリース・ゴドゥノーフ』を書いたプーシキンは、その後、一八三三年二月から一〇月にかけて、『尺には尺を』をもとに『アンジェロ』という作品を執筆し、翌一八三四年に発表している。これは、物語詩と劇詩が混淆した作品である。当初彼はシェイクスピアの『尺には尺を』をそのまま翻訳しようとしており、冒頭の二十二行の断片が残っている。[26] しかしこれを中止し、新たに『アンジェロ』という作品に改作したことは興味深い。

二 『尺には尺を』から『アンジェロ』へ

五百三十五行にわたる『アンジェロ』は、『尺には尺を』を大幅に凝縮したもので、詩のリズムとしては六韻詩で、対句韻、交互韻、囲い韻などの脚韻が駆使されている。詩人としてのプーシキンの面目躍如たるものがある。

まず大きく変えられているのが舞台となる場所で、『尺には尺を』のウィーンではなく、「幸福なイタリアのある都市」になっている。このような設定により、作品全体が原作より明るい雰囲気になっているのは確かである。また、登場人物を絞り、特に、アンジェロ、クローディオ、イザベラに焦点を当てている。ジョージ・ギビアンが書いているように、「プーシキンは明らかに、このドラマの主要人物であるアンジェロ、イザベラ、クローディオの間の劇的葛藤に主たる関心を抱いていた」のである。(27)

プーシキンの『アンジェロ』は大きく三部構成で、その中がいくつかの連に分けられている。以下に、原作との対応表を載せる。『アンジェロ』における詩の形式については角カッコ、また同作品において原作から省かれている場面はカッコで示す。

『アンジェロ』(28)		『尺には尺を』(29)
第一部 第一~三連	[物語詩]	第一幕第一場
第四~七連	[物語詩]	第二場
		(第三場)

第八連	[物語詩]	第四場
		（第二幕第一場）
第九～十一連	[物語詩]	第二幕第二場
第十二連	[劇詩]（アンジェロとイザベラの対話）	第二場
第十三連	[物語詩]	第二場
第二部 第一連	[物語詩]	第二場
		（第三場）
第二連	[物語詩]	第四場
第三連	[劇詩]（アンジェロとイザベラの対話）	第四場
第四連	[物語詩]	第四場
第五連	[物語詩]	第三幕第一場
第六連	[劇詞]（クローディオとイザベラの対話）	第一場
第七連	[物語詩]	第一場
第三部 第一～二連	[物語詩]	第一場
		（第二場）
第三連	[物語詩]	第四幕第一場
第四連	[物語詩]	第二場
第五連	[物語詩]	第二場・第三場

第六連　［物語詩］　第四場・第五幕第一場

第七連　［物語詩］　第五幕第一場

完全に省かれている場面は、売春宿の女将オーヴァーダン等、滑稽な人物を含んだ場面などであり、また、第五幕第一場の、変装した公爵と放埒な紳士ルーシオのやり取りも省略されている。他にも、主筋にはあまり関わらない場面や台詞は省略されている。大枠は物語詩の形を取っているが、その中に台詞を多く含んでいるものもある。劇詩の形式を取っている場面が三ヶ所あり、いずれもアンジェロとイザベラ、クローディオとイザベラの対話で、主筋において非常に重要な場面となる。

『アンジェロ』の構成における物語詩と劇詩の混淆には、静と動の対比の効果がある。作品は次のような表現から始まる。

かつて幸福なイタリアのある都市を
非常に人柄優れた老公爵が治めていた。
公爵は自らの民を子のように愛する父であり、
平和と真実と芸術と学問の友であった。
しかし至高の権力は弱き手を許さないものだ。
公爵はあまりに自らの善良な心に溺れていた。
民衆たちは彼を愛し、全く恐れなかった。

彼の法廷では人を罰する法は居眠りしていた、
もう狩猟もできない老いぼれた獣のように。（一―九）(30)

そして第三連でアンジェロが登場し、老公爵が彼に代理を命じて去るところが語られる。

アンジェロという人物がいた。経験豊かな人物で、
統治の技術で駆け出しではなく、しきたりに厳しく、
仕事、勉学、精進ゆえに顔色は青白く、
至る所で厳格な気質で名高く、
陰鬱な顔つきと不屈の意志で、
法の柵によって自分の全てを拘束していた。
老公爵はこの人物を代理に指名し、
無制限の権利を彼に授けることにより、
彼を恐怖で武装させ、寛大さを装わせた。
そして自らは他人のうるさい目を避けて、
民衆に別れも告げず、人知れず、一人
古の騎士のように遍歴の旅に出たのであった。（二八―三九）

人物を紹介し状況を語る中で、的確な表現に比喩の彩りを添えながら物語の静的な世界を展開している。「古の騎士のように遍歴の旅に出た」は、作品に中世騎士道物語のような神秘的な物語の性質を与えている。

一方、劇詩の部分を見てみよう。第一部の第十二連で、イザベラは、これまで使われなかった法律で兄クローディオに死刑の判決を下したアンジェロに、兄の命を救うように懇願する。


アンジェロ　あの法律は死んではいない。ただ眠っていただけのこと。

今、目を覚ましたのだ。

イザベラ　　　　　　　　お慈悲を！

アンジェロ　　　　　　　　　　　　ならぬ。

罪業を黙過することはそれこそ罪になる。

一人を罰して私は多くの人を救うのだ。

イザベラ　あなたが初めてこの恐ろしい判決を下すのですね？

そして私の不幸な兄が最初の犠牲者となるのですね。

いいえ、いけません！　お慈悲を。あなたの魂は果たして
全く罪がないでしょうか？　魂にお尋ねください。

生まれてから罪深い思いが魂の中でくすぶったことはありませんか？　（一七七―八五）

この部分は、原作では第二幕第二場の九十一～百三十九行目に当たるが、大幅な省略により、端的で簡潔な対話

になり、動的なリズムをなし、物語詩の静的なリズムとの対比の妙を作り出している。
『アンジェロ』の第三部は台詞を多く含みながらの物語詩になっている。この冒頭は、直前の第二部の続きであり、原作の第三幕第一場に当たる。

修道僧はその間、鍵がかかっていない扉の陰に立ち、
兄と妹が交わす会話を聞いていた。
今や諸君に話すべきときだ、この老僧こそ
誰あろう、変装した公爵その人なのだ。
人々が外国にいると考え、冗談交じりに
さまよう彗星に彼を喩えていたとき、
彼は群衆の中に身を隠し、全てを見、観察し、
そして密偵として訪れていた、
宮殿、広場、修道院、病院、
売春宿、劇場や牢獄を。
公爵は生き生きとした想像力を持っていた。
小説が好きな彼は、おそらくは、
カリフのハルン・アル＝ラシードの真似をしたかったのだ。
若い尼僧見習いの話をすっかり立ち聞きし、

深く感動して彼はすぐさま心に決めた、
無慈悲や凌辱を罰するだけではなく、
何とか折り合いをつけようと……

（四〇八―二四）

『アラビアン・ナイト』の登場人物の一人であるカリフ（教王）、ハルン・アル＝ラシードは、しばしば商人に変装して都を見聞したとされる。そのような人物を持ち出して、物語性を強くしている。この後『アンジェロ』は、物語詩の形に乗って、公爵が、イザベラと、アンジェロに理不尽に追い出された妻（『尺には尺を』では捨てられた婚約者）マリアーナの入れ替わりによるベッド・トリックによってアンジェロを出し抜き、イザベラとの約束を破ってアンジェロが命じたクローディオの処刑を止め、最終的にアンジェロを罰するまで、スムーズに進む。最後は、死刑を宣告されたアンジェロの救済を公爵に求めるイザベラの台詞と、公爵がそれを受け入れアンジェロを許すところで終わっている。

イザベラは
天使のように心からその罪ある者を憐れんで、
君主の前にひざまずいて言った。
「お慈悲を、公爵さま。私のことでこの方を
有罪となさらないでください。この方は（私が知る限り、
そして私が思うに）私に目を向けるまでは

正しく誠実に生きておりました。
この方をお許しください!」
かくして公爵は彼を許したのであった。
（五二八―三五）

イザベラの台詞は原作の第五幕第一場の四百四十一～六行目に当たるものであり、原作ではこの後、公爵がなおも、イザベラとの約束を破って彼女の兄クローディオを処刑したという理由でアンジェロを責めてから、そのクローディオが公爵の策により生きた姿を現す大団円の場となるが、プーシキンにおいては、イザベラがアンジェロへの許しを求める前に、クローディオは皆の前に姿を見せており、原作のような複雑な展開が省かれている。そして公爵の許しの行為が簡潔なしめくくりとなっているのである。この許しの簡潔な表現が、原作よりも明るい物語全体の雰囲気を決定づけている。

三　主要人物たちの人物像

では、『アンジェロ』においては主要人物はどのように描かれているだろうか。『尺には尺を』の主要人物たちにはそれぞれ陰の部分があり、それが彼らの評価を複雑なものにし、作品の評価にも影響を与えている。プーシキンが彼らをどのように描いているかは重要である。

まず、公爵について、原作と大きく異なるのは、彼が老齢であることが強調されていることである。『尺には尺を』の公爵は、最終的にイザベラに求愛し、それが作品の人間模様を複雑にする要因ともなっているが、プーシキンは、原作の公爵の性的な部分を省き、年老いた善き相談役として描いている。原作にあるように、謹厳なアンジェロが権力を得ることでどう変わるか試すと言ったり（第一幕第三場 五〇―四）、絶望から天にも昇るような喜びへの劇的な展開を意図して、イザベラへの兄の生存の報告を引き延ばそうとする（第四幕第三場 一〇八―一〇）ような、物語世界を操る様相を見せない。「生き生きとした想像力」の持ち主として変装し、策を授ける、明朗な公爵の姿が窺える。

クローディオは、自分の命は妹が公爵代理アンジェロに貞操を捧げることにかかっていると知ると、最初はアンジェロへの怒りを表すが、やがて妹にその条件を呑むように言う。その変節はイザベラの怒りを招くことになるが、プーシキンの描いたクローディオは、原作ほど生への執着心を見せず、イザベラに諌められるとすぐに改悛する。

イザベラ　　お兄さまの死のためには千回も祈るけれど、
　　　　　　その生のためには、一度も祈れないわ。
クローディオ　　　　　　　　　　妹よ、どうか待ってくれ！
　　　　　　妹よ、僕を許してくれ。　　　　　　（四〇一―三）

そして、彼は「妹の服をつかんで引き留めた」（四〇四）。このような簡潔な言葉と率直な行為は、彼を単純かつ善良な人間に見せている。

次に、『尺には尺を』に関する批評で常に問題となる人物イザベラを取り上げる。貞節をめぐる彼女の言動は、高潔な貞女と冷酷な律法主義者に評価を二分させている。プーシキンは『アンジェロ』の中で、イザベラを原作よりも穏やかに描いている。原作の第二幕第二場に当たる、アンジェロに兄の助命を嘆願する際の彼女の行動は次のように表されている。最初にアンジェロに要求がはねつけられると「泣き出し、／彼の前でうなだれて立ち去ろうとし」（一三五―六）、その後ルーシオに励まされると「再び、／恥ずかしそうに心からの願いを込めて懇願」（一四五―六）する。

さらに、原作にあるイザベラの台詞の省略も彼女の人間像に大きな影響を与えている。たとえば、『尺には尺を』のイザベラは、前述と同じ第二幕第二場で、畳みかけるような弁舌を披露する。その弁舌を大幅に削ることによって、『アンジェロ』のイザベラはより穏やかな人間となっている。また、原作の第三幕第一場で、兄にアンジェロの最終的な決断を伝えるイザベラの最初の言葉には、尼僧らしい喩えを使いながらも、ある種非情で残酷な響きがある。「何かいい知らせか」と問うクローディオに彼女は言う。

それはもちろん、
いい知らせには違いないわ。本当にとてもいい知らせ。
アンジェロ卿は、天国に用事ができたので、
お兄さまをその急ぎの使節になさるおつもり。
そこにお兄さまは永久に使節として居ることになるの。
だから大急ぎで最善の準備をしてちょうだい。
出発は明日よ。

（第三幕第一場　五四―六〇）

『アンジェロ』ではただ、「お兄さま、そのときが来ました」(三三五)のみである。ここでも、イザベラが、原作の人物ほど多弁でなく穏和であることが見て取れる。

さらに、『尺には尺を』と『アンジェロ』のイザベラ像の違いを示すものとして、ベッド・トリックの身代わりになるマリアーナとの関係がある。原作のイザベラは公爵を介して初めて会うのであるが、『アンジェロ』では、二人はかなり前からの知り合いとなっている。

マリアーナは糸を紡ぎながら窓の下に座って
静かに泣いていた。まるで天使のようにイザベラが
不意に戸口近くの彼女の前に現れた。
尼僧見習いは彼女とはかなり前からの知り合いで、
よくこの不幸な女性を慰めに通っていた。
(四五〇―四)

ここでは、原作における二人の関係の実利的側面が薄められ、前からの知り合いである女性同士の心の通い合いが見られ、イザベラの優しさが際立っているのである。

最後に、タイトルにもなり、プーシキンが「奥深い」と評したアンジェロについて考える。物語詩の中で、彼の行動は次のように表されている。イザベラが権力者における慈悲の重要性を唱えたとき、「彼女の非難に/アンジェロは動揺した。暗いまなざしを光らせて/『お願いだ、私を放っておいてくれ』と静かに彼女に言」(一五五―七)い、その後で彼女に彼自身の魂について省みるよう請われたとき、「彼は思わず身震いして、頭を垂れて

／立ち去ろうとした」（一八六―七）。このような描写は、アンジェロの人間性を前面に出すものである。特に興味深いのは、原作の第二幕第二場の最後の、イザベラに恋してしまった自分を振り返るアンジェロの独白に当たるところで、プーシキンが次のような表現をしていることである。

僕の魂は優しく切なく
彼女のことを思う……　（二〇六―七）

ここで使われている грустить という動詞は、「悲しむ、恋しがる」という情緒的な色彩を持つ語である。このアンジェロの言葉には、ロシア文学特有の哀愁が感じられる。また、アンジェロに人間としての陰翳を与えているのは確かである。

先に触れたように、プーシキンはマリアーナを、原作のようにアンジェロの婚約者ではなく、罪もなく追い出された妻にしている。ここには、アンジェロがベッド・トリックにかかり、たとえかつての婚約者と寝所を共にしても、彼自身が死刑の判決を与えたクローディオと同じ状況になるのに対して、「妻」と寝所を共にするということで、アンジェロの罪を軽くしようとする意図が感じられる。

『尺には尺を』の第五幕第一場で、アンジェロはイザベラ、続いてマリアーナに真実を暴露されてもなお、自分を陥れようという人間の罠だと言い張る。一方、『アンジェロ』では、彼は「良心の呵責にさいなまれ、ある予感に胸を締めつけられて」（四八七）公爵を迎え、イザベラに訴えられたときは、「この女性は錯乱している」（四九七）と抗弁するものの、公爵に「私は全てを知っている」（五〇一）と言われて観念する。自分に相応しい罰を公爵に問われて、彼は答える。

涙を流さず臆することもなく
その男は陰鬱な剛毅さをもって答える。「死刑です。
そして一つだけお願いがあります。すぐにでも
私を死刑にするよう命じてください」

（五〇九―一二）

これがアンジェロの最後の台詞になる。原作にある卑劣さはかなり軽減されており、姦淫の罪を罰しながら自らがその罪を犯した（と本人は思い込んでいる）人間の偽善性と言うよりむしろ、ある女性への抑え難い思いに悩みながら、結果的に偽善となる言動をした人間の弱さが浮き彫りになっている。

以上のように、プーシキンは『尺には尺を』の主要人物を全て、より明るく穏やかな光のもとに描き、また、物語詩の大枠において彼らの対話を劇詩にすることで、彼らの葛藤をより鮮明なものとしている。ジョージ・ギビアンは次のように書いている。「主筋と直接関わらない人物や場面を全て省くことによって、プーシキンは、二重の目的、すなわち、作品の雰囲気を明るくするという目的、さらにもっと重要な、クローディオ、イザベラ、アンジェロに関わる劇行動に鋭い光を投げかけるという目的を実現したのである」(31)

アンジェロという偽善者に奥深さを見たプーシキンは、『アンジェロ』という作品で自分なりの人物像を再創造したと言える。それは、シェイクスピアの『尺には尺を』から自分が何を引き出せるか、詩人、劇作家としての彼の実験であったに違いない。『アンジェロ』は、周囲の批評家からは芳しい評価を得られなかったが、プー

シキンにとっては「これ以上のものを私は書いたことがない」[32]と自負できる作品だったのである。

注

（1）А. С. Пушкин,《Письма》(『書簡集』), Пол. собр. соч. в десяти томах, т. X, ред. К. Н. Феноменов, Л., Наука, 1979, стр. 127.
なお、本書中の翻訳は全て拙訳による。
（2）Eleanor Rowe, *Hamlet: A Window on Russia*, N.Y. Univ. Pr., 1976, p. 30.
（3）國本哲男『プーシキン──歴史を読み解く詩人──』、ミネルヴァ書房、一九八八年、一九五頁。
（4）А. С. Пушкин,《Мысли о литературе》(『文学論』), сост. М. П. Еремин, М., Современник, 1988, стр. 66.
（5）栗生沢猛夫『ボリス・ゴドノフと偽のドミトリー──「動乱」時代のロシア──』、山川出版社、一九九七年、三三頁。
（6）《Мысли о литературе》, стр. 137.
（7）藤沼貴『近代ロシア文学の原点──ニコライ・カラムジン研究──』、れんが書房新社、一九九七年、一八一頁。
（8）演劇において、出来事は一日の中で終結し、一ヶ所で展開し、一つの筋を貫くべきという法則。アリストテレスの理論が曲解され、フランスの古典主義者によって唱えられた。
（9）Б. Л. Модзалевский,《Библиотека А. С. Пушкина》(『А・С・プーシキンの蔵書』), СПб., Типография Императорской Академии Наук, 1910.
（10）國本哲男、前掲書、一九一──二頁。
（11）Ｍ・Ｍ・モローゾフ、中本信幸訳『シェイクスピア研究』、未来社、一九六一年、五六頁。
（12）《Мысли о литературе》, стр. 84-5.
（13）Елена Хворостьянова, Стих《Бориса Годунова》(「『ボリース・ゴドゥノーフ』の詩型」), А. С. Пушкин,《Борис Годунов》, ред. Мария Виролайнен и Александр Долинин, М., Новое издательство, 2008, стр. 195-6.

(14)《Борис Годунов》, стр. 76-7.

(15)《Мысли о литературе》, стр. 137.

(16)Лидия Лотман, Литературный фон трагедии《Борис Годунов》(「悲劇『ボリース・ゴドゥノーフ』の文学的背景」), А. С. Пушкин,《Борис Годунов》, стр. 182. 國本哲男、前掲書、二〇八―九頁。

(17)William Shakespeare, *King Richard III*, Ed. James R. Siemon, The Arden Shakespeare, 2009.

(18)國本哲男、前掲書、二二一頁。

(19)《Борис Годунов》, стр. 30.

(20)Там же, стр. 126-7.

(21)Там же, стр. 130-1.

(22)William Shakespeare, *King Henry IV, Part 2*, Ed. James C. Bulman, Bloomsbury Arden Shakespeare, 2016.

(23)リチャード・W・サザン、大江善男他訳『歴史叙述のヨーロッパ的伝統』、創文社、一九七七年、一七頁。

(24)《Мысли о литературе》, стр. 134.

(25)Пушкин,《Table-Talk》, Пол. собр. соч. в десяти томах, т. VIII, 1978, стр. 65-6.

(26)Пушкин,《Стихотворения 1827-1836》(『詩 一八二七―一八三六』), Пол. собр. соч. в десяти томах, т. III, 1977, стр. 256.

(27)George Gibian, "*Measure for Measure* and Pushkin's *Angelo*", *PMLA* (June, 1951), p. 427.

(28)Пушкин,《Анджело》, Пол. Собр. соч. в десяти томах, т. IV, 1977, стр. 252-72.

(29)William Shakespeare, *Measure for Measure*, Ed. J. W. Lever, Methuen, 1965. アーデン版第三シリーズ(二〇二〇)では、第三幕が一場のみになっているので、対応表で省かれた部分が明示できる第二シリーズの方を使用する。以下の引用も同様。

(30)『アンジェロ』の行数は通し行数で示す。

(31)Gibian, op. cit., p. 429.

(32)Пушкин,《Примечание к Анджело》(「『アンジェロ』注釈」), Пол. собр. соч. в десяти томах, т. IV, стр. 429.

第二章　シェイクスピアとドストエフスキー、トルストイ

フョードル・ミハイロヴィチ・ドストエフスキー（Фёдор Михайлович Достоевский）（一八二一―八一）は、前章で取り上げたプーシキンの影響を受け、プーシキンが愛したシェイクスピアの影響も受けた。ドストエフスキーは、モスクワに生まれ、ペテルブルク工兵士官学校を卒業後、工兵局に勤めるが一年で退職し、作家活動に入り、『貧しき人々』（一八四六）でデビューした。空想的社会主義を唱えるペトラシェフスキーのサークルでの活動を理由に銃殺刑に処せられる直前に恩赦によりシベリアに流刑となる。その後、文壇に復帰し、『地下室の手記』（一八六四）、『罪と罰』（一八六六）、『白痴』（一八六八）、『悪霊』（一八七二）、未完に終わった『カラマーゾフの兄弟』（一八八〇）などの傑作を書いた。

レフ・ニコラエヴィチ・トルストイ（Лев Николаевич Толстой）（一八二八―一九一〇）は、ヤースナヤ・ポリャーナの伯爵家に生まれ、カザン大学を中退。長大な小説『戦争と平和』（一八六八―九）や『アンナ・カレーニナ』（一八七五―八）などを書いている。彼は、他の多くのロシア文人とは異なり、シェイクスピアに対して批判をし続けた。

本章では、十九世紀半ばのロシア文壇を代表するドストエフスキーとトルストイがどのようにシェイクスピアを評価したのか、彼らの作品や論文を通して考察する。

第一節　ドストエフスキーと『ハムレット』――意識に囚われて――

一　『ハムレット』との出会い、そしてベリンスキーとツルゲーネフの『ハムレット』観

十六歳のドストエフスキーは、兄ミハイルに宛てた手紙（一八三八年八月九日付）の中で次のように書いている。

人間とは何て浅はかなものなのでしょう。ハムレット！　ハムレット！　麻痺した世界の呻きを響かせている彼の、嵐のように荒々しい台詞を思い出すとき、うら悲しさとか不満とか非難の念が僕の胸を締めつけることは決してありません。(1)

その年のはじめにペテルブルクの工兵士官学校に入ったドストエフスキーは規則づくめの学校に馴染めず、孤独を味わい、文学の世界に浸っていた。この文面から、この頃ドストエフスキーがいかに『ハムレット』に心酔し、自分と主人公を重ね合わせていたかが分かるであろう。この心酔は、生涯続くことになる。

ドストエフスキーの『ハムレット』との出会いは、ポレヴォイ(Николай Алексеевич Полевой)の訳（一八三七）に始まる。彼がその悲劇

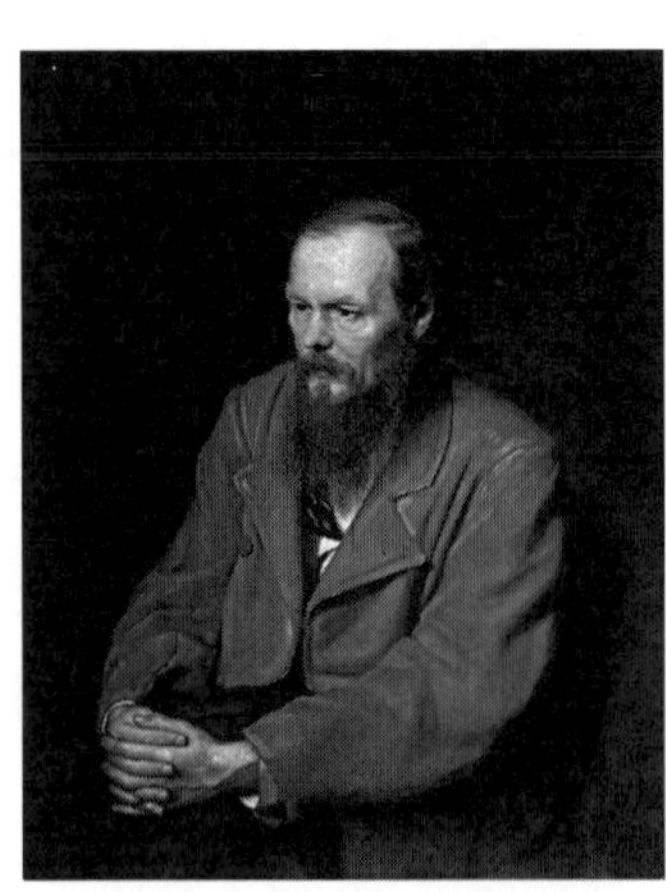
ドストエフスキー（getty images）

に強く魅かれた背景には当時のロシア文人たちのシェイクスピアと『ハムレット』に対する強い関心がある。

ドストエフスキーが生まれる前後、すなわち十九世紀はじめのロシア文壇はヨーロッパ全体の文学の流れに呼応してロマン主義の時代を迎え、英文学ではウォルター・スコットやバイロンの作品が盛んに訳され、人気を博していく。プーシキンをはじめとするロシアの文人たちの間で、シェイクスピアに対する関心も高まっていく。特に『ハムレット』という悲劇の愛好は目を見張るものがある。いわゆる「ハムレット崇拝」(Hamletism) である。

一八二〇〜三〇年代、ロシアにおいて『ハムレット』観は変化を見せ、それまで単なる政治的悲劇と見做されていたが、哲学的な解釈を施されるようになった。一八二七年に、ゲーテの『ヴィルヘルム・マイスターの修業時代』における有名な『ハムレット』解釈の部分が訳された。主人公のヴィルヘルムがハムレットという人物について語る部分である。

> 美しく、純粋で、気高く、極めて道徳的な人物が、英雄には不可欠な心の強さが欠けているゆえに、担うことも投げ捨てることもできない重荷の下で破滅する。義務はどのようなものであれ彼にとって神聖であるが、これはあまりにも重過ぎるのだ。(2)

このロマンティックなハムレット像は一八三〇年代の終わりまでに浸透していく。一八二八年に出たヴロンチェンコ (Михаил Павлович Врончeнко) の『ハムレット』訳は、それ以前の訳に比べると大分原作に近いものだが、そこで強調されるのは主人公の弱さである。一八三七年に出たポレヴォイの訳においては、主人公の周囲に対する嫌悪と意志の弱さが前面に出される。

しかし、ロシアの偉大なる文芸批評家ヴィサリオン・グリゴーリエヴィチ・ベリンスキー（Виссарион Григорьевич Белинский）（一八一一―四八）は、弱さはハムレットの本質ではないとして、ハムレットと当時の知識階級、いわゆるインテリゲンツィヤの姿を重ね合わせて考えた。このベリンスキーが非常に感銘を受けたのが当時の人気俳優モチャーロフ演ずるハムレットであった。ベリンスキーはモチャーロフがハムレットを演ずるたびに劇場に通い、その演技評を「シェイクスピアの戯曲『ハムレット』――ハムレットを演ずるモチャーロフ」（一八三七）という論文にまとめた。その中でベリンスキーは次のように書いている。

ハムレット！　皆さんはこの言葉の意味を理解できるであろうか。この意味は偉大で深遠なるものだ。これは人生であり、人間そのものであり、あなた方であり、私であるのだ。これは高尚なあるいは滑稽な点で大なり小なり我々に当てはまるが、悲哀という点では常に我々全てに当てはまるのである。(3)

ここには、ハムレットが、原作者を離れ、ロシア独特の哀愁を帯びて一人歩きしている様子が強く感じられる。

一八四〇年代に入ると、イギリスのサミュエル・ジョンソンなどのシェイクスピア研究が次々に紹介され、シェイクスピアの受容も徐々に学究的な基礎が作られてくる。

翻訳においては、クローネベルク（Андрей Иванович Кронеберг）が活躍し、彼の訳によって『十二夜』『ハムレット』『から騒ぎ』『マクベス』が出版されたが、中でも、彼の『ハムレット』訳は、大幅に短縮したポレヴォイの訳とは対照的に、正確さを重視したものである。ケッチェル（Николай Христофонович Кетчер）の翻訳作業も注目に値する。彼は三十数年かけてシェイクスピアの全作品を散文で翻訳した。

十九世紀半ば過ぎのロシアは、国内ばかりでなく世界的に偉大な作家を数多く生み出した。彼らは一様にシェイクスピアから多大な影響を受けている。

シェイクスピアを「我々の共有財産」と呼んだイヴァン・セルゲーヴィチ・ツルゲーネフ（Иван Сергеевич Тургенев）（一八一八―八三）は、講演をもとに『ハムレットとドン・キホーテ』（《Гамлет и Дон-Кихот》）（一八六〇）を発表した。(4) この論文は当時のロシアの文壇に大きな反響を呼び起こした。彼はハムレットとドン・キホーテを、全く対極的な性格と捉え、二人の性格を分析していく。ドン・キホーテは自分の外側にある理想や真実を信じ、その理想や真実を目指して疑うこともなくひたすら向かっていく。そのような彼は、浅はかに見え、気が違っているようでもあり、全く滑稽にも見えるが、しかしその道徳精神は深く、彼が目指す理想によって彼は輝ける存在となるのである。

一方、ハムレットは、利己主義者であり懐疑論者である、とツルゲーネフは言う。周囲の世界に信じるに足るものを何も見出せないハムレットの意識は、常に自分に向けられている。ドン・キホーテの熱狂とは対照的に、このハムレットの自意識こそ、彼の力であり、彼の皮肉の源なのである。ハムレットは時に不誠実であり、冷酷でさえある。ほとんど全ての人間が、このような人物の中に己の特徴を見出し、彼に同情するが、彼が誰も愛さない限り、彼を愛することはない。そして、ツルゲーネフは、ハムレットに対して「民衆にとって無益な存在」と断を下す。(5) しかし、このツルゲーネフのハムレット評には彼のアンビヴァレントな状態が見られる。つまり、ツルゲーネフは社会の余計者ハムレットの中に自分を含めたインテリゲンツィヤのやるせなさを見、強い共感を覚えていたと言えるであろう。

十九世紀に入ってロシアでは、デカブリストの乱（一八二五）以降、皇帝専制に反対し農奴制撤廃などを求める反体制運動が高まり、体制側も神経を尖らせていた。一八四九年、外務省の役人であるペトラシェフスキーが中心となったサークルが反体制的な秘密結社との嫌疑を受け、会員が逮捕され、七ヶ月後に死刑判決、処刑直前に皇帝ニコライ一世による恩赦、そして結局シベリア流刑となるという事態があった。その会員の中にドストエフスキーがいたが、その極限状態の体験は彼の人生や作品に大きな影を落としている。

一八五五年にアレクサンドル二世が即位、そして一八六一年に農奴解放がなされた。しかしこの頃はそろそろ専制君主制に翳りが見え始めており、《人民の中へ》の運動が盛んに行われていた。そして政府による運動の弾圧とそれに抗するテロリズム、このような不安定な政情はついに一八八一年のアレクサンドル二世の暗殺に繋がっていく。このような悲劇的な現実を、ツルゲーネフら文人たちはシェイクスピア、特に『ハムレット』に投影したのである。

ドストエフスキーは、プーシキンから大きな影響を受け、ベリンスキーやツルゲーネフに関しては、個人的に不和になり批判の目を向けながらもやはり彼らから受ける影響は大きかった。また、シェイクスピアの翻訳家クローネベルクとも知り合いになっている。これら全てはシェイクスピアをめぐる影響関係とも言えるものである。

二　『ハムレット』への言及とハムレット的人物

ドストエフスキーのシェイクスピア評として知られているものに、「我々に人間の秘密、人間の魂の秘密を明らかにするために神が遣わした予言者」という言葉がある。(6) レーヴィンが指摘するように、この言葉があくまでも、『悪霊』の「創作ノート」の中で、ロマンティックな傾向が強い登場人物の一人に語らせたものであることを考慮しなければならないが(7)、やはりそこに、ドストエフスキーのシェイクスピアへの思い、そして自分自身の小説家としての使命をも読み取ることが可能であろう。では、ドストエフスキーは『ハムレット』の中にどのような「人間の魂の秘密」を見たのであろうか。

彼が接した『ハムレット』訳は、ポレヴォイによるもの、ヴロンチェンコによるもの、シェイクスピア全集に収められているクローネベルクによるものであった。

ドストエフスキーの作品には『ハムレット』の言及が頻繁になされている。初期の喜劇的短編『他人の妻とベッドの下の夫』（一八四八）には、オペラ公演に勢い込んで入ってきた初老の主人公の様子を見た劇場案内係の、次のようなくだりがある。

> 案内係は思わず、デンマークの王子ハムレットの次のような荘重な言葉を思い出した。「老いてもなおこのように恐ろしく堕落するというのに／若きにあっては何をしでかすやら(8)」

この『ハムレット』からの引用はポレヴォイの訳を少し変えたもので、第三幕第四場でハムレットが母ガートルードを責める場面の台詞である。因みに、ポレヴォイの訳は原文の激しい語調を抑えた自由な訳になっている。戯曲中の言い回しが用いられている例としては、『作家の日記』の中で、コンスタンチノープルを狙うヨーロッパの列強国、特にイギリスを皮肉って書いた一節の題が「言葉、言葉、言葉！」となっている(9)。これは『ハムレット』第二幕第二場でハムレットがポローニアスに「何を読んでいるのか」（一八九(10)）と訊かれたときの答えである。また、第一幕第五場の、ハムレットが友人のホレイショーに語る台詞「天と地の間には／学問でも思い及ばないことがたくさんあるのだ」（一六五―六）は、『作家の日記』などで、「我々賢者にあっても夢にも思わない」というヴロンチェンコのロシア語訳の形で使われている。

直接的に言及されているものとして顕著なのは、ヘキュバに関するハムレットの独白とヨリックのしゃれこうべに向けたハムレットの台詞である。戯曲の第二幕第二場で、トロイの王妃ヘキュバに関する旅役者の朗誦を聴いた後、ハムレットは、全く関係のないヘキュバのために激情を迸らせ涙を流す役者と今の自分とを比較して、父王の復讐に向かえない自分を嘆く。その「ヘキュバ」を、ドストエフスキーは小説『未成年』（一八七五）で使っている。ロシアの運命に絶望したクラフトという人物が自殺をしたことを耳にした青年アルカージーは次のように叫ぶ。

高潔な人間は自殺でその生を終えます。クラフトはピストル自殺をしました――理念のために、ヘキュバのために……[11]

ヘキュバと理念が同一視されたこの言葉は、明らかにハムレットの独白を意識して書かれたものである。ヘキュバに関する言及は『作家の日記』でもなされる。そこでは、詩人ネクラーソフの、民衆に対する愛を検証するために、詩人と『ハムレット』の旅役者が比較されている。

ハムレットは、自分の台詞を朗誦してヘキュバとやらのために泣く役者の涙に驚き、「ヘキュバは彼にとって何なのだ？」と問う。そこで次のような問いが端的に出てくるであろう。我がネクラーソフはまさにこのような役者であったか、すなわち、自分自身について、また彼自らが失った精神的な聖なるものについて、心の底から泣くことができ、その後、自分の悲哀（真の悲哀！）を不滅の美を持つ詩に吐露し、その翌日には実際にこの詩の美しさに心慰められることができる人物であったろうか？[12]

いわば、「ヘキュバ」に涙することができる旅役者は民衆を真に理解し愛することができる詩人に繋がるのである。戯曲第五幕第一場で、ハムレットが生前国王の道化であったヨリックのしゃれこうべを持って「ああ、哀れなヨリック！」と言う場面は一般によく引用されるものであるが、ドストエフスキーは、『カラマーゾフの兄弟』（一八八〇）の中で長男ドミートリーに次のように言わせている。

きみはハムレットの台詞を覚えているだろう。「実に悲しい、実に悲しいよ、ホレイショー……ああ、哀れなヨリック！」これは多分僕のことだ、まさしくヨリックなんだよ。ちょうど今の僕はヨリックで、その後はしゃれこうべってことさ。[13]

原文には「実に悲しい、実に悲しいよ」という台詞はない。自分の父親を殴り殺したと思い込んでいるドミートリーは、その絶望に満ちた感情を、ハムレットと道化ヨリックの両方に投影しているのである。この部分についてエレナー・ロウは、「ハムレットと精神的苦痛・絶望を結びつけるドストエフスキー的連想の循環を見ることができる」と書いている。[14]

以上のような引用に加えて特に注目すべきは、「ハムレット的な疑問」、すなわちハムレットの第四独白に関する引用である。『ハムレット』第三幕第一場の独白は、他のロシアの文人たちと同様にドストエフスキーの関心を大いに引きつけた。

生き続けるか生き続けないか、それが問題だ。
どちらが精神的に貴いだろう、
非道な運命の矢弾に耐える方か、
それとも海なす苦難に立ち向かい、
戦ってそれらを終わらせる方か。死ぬ、それは眠る、
それだけのこと。眠りによって
心の痛みも肉体が受ける無数の苦しみも
終わらせることができよう。それは、心から
願うべき終局だ。死ぬ、眠る。
眠る、おそらく夢を見よう。そう、そこに難点がある。
この世の煩わしさから逃れ
死の眠りに入って、どんな夢を見ることになるのか、
それがためらわせる。それがあるからこそ
苦難の人生を長引かせるのだ。
でなければ誰が耐えることができよう、世間の鞭や嘲りを、

権力者の横暴、高慢な人間の蔑み、
報われない恋の苦しみ、裁判の遅れ、
役人たちの横柄さ、そして優れたものが耐え忍ぶ
つまらぬ輩から受ける侮蔑的なあしらいを。
短剣を一突きするだけでその人生を
清算できるというのに。誰が重荷を背負い、
苦労の多い人生のもとで呻き汗を流したりするものか。
ただ、死後にあるものへの恐怖、
旅立ったものがその国境から戻ってきたことはない
未知の国に対する恐怖が、我々の意志を鈍らせ、
見も知らぬ国の災いへ飛んでいくよりは
この世で受けている災いに耐える方を選ばせるのだ。
このように意識の働きが我々皆を臆病にし、
このように決意の本来の血の色は
もの思いの青白い色にすっかり染まってしまう。
そして高みに昇りつめた大事業も
このためにその流れを曲げざるを得なくなり、
行動という名を失うのだ。

（第三幕第一場　五六―八八）

この独白に現れる生と死の問題、そして「世界苦」は当時の知識層の共感を喚起し、「ハムレット崇拝」の源となった。ドストエフスキーも例外ではなく、実際に作品中にそれについて言及している。

『白痴』において、レーベジェフは、肺病を患い死を間近にしたニヒリスティックな青年イッポリートの、人生の空しさと自殺の正当化に関する考えを受けて、主人公のムィシキン公爵に向かって次のように言っている。「あなたは覚えてらっしゃるでしょう、ハムレットの『生き続けるか生き続けないか』という台詞を。これは現代的なテーマ、現代的なテーマですよ。疑問を出したり答えたり……」(15)

『悪霊』の「創作ノート」には、ニコライ・スタヴローギンの原型である「公爵」について以下のように書かれている。「陰鬱で、情熱的で、悪魔的で、無秩序な性格であり、並外れており、『生き続けるか生き続けないか』にまで到達する最高の疑問を抱いている」(16)

また、『カラマーゾフの兄弟』では、検事のイッポリートが論告の中で、次のように「ハムレット的な疑問」を出している。「皆さん、ご覧ください、我が国の若者たちがいかに自殺をするかを見てください。ああ、そこには『あの世には何があるのか?』というハムレット的な疑問など少しもないのです」(17)

同様の引用が、『作家の日記』の中で、何も考えないで自殺する者たちへの悲憤を表すのに使われている。「しかもその際、次のようなハムレット的な疑問は少しも起こらないのだ。『しかし、恐ろしいことだ、あの世には何があるのか……』」(18)

「あの世には何があるのか」はポレヴォイの訳であり、原文では「死後にあるもの」となっている。因みに他の訳者のロシア語訳は原文にほぼ忠実である。このポレヴォイ訳の疑問形は非常に直截的であり、この直截的な効果をドストエフスキーは評価したのであろう。

レーヴィンが指摘しているように、ドストエフスキーにとって自殺のテーマとハムレットは常に結びついていたが、さらにその「ハムレット的な疑問」には死後の問題、すなわち霊魂の不滅と神の存在に対するドストエフスキー自身の信仰の問題が隠されているのである。(19)すなわち、「ハムレット的な疑問」は、観念的な生と死の問題という以上に、ドストエフスキーにとっては切迫した重大な問題であったと言えるであろう。

ドストエフスキーはその小説の中で、ハムレット的な特徴を持った様々な人物を描いている。たとえば、先に挙げた『悪霊』のスタヴローギン。彼は『ヘンリー四世』のハル王子（後のヘンリー五世）と比較されるのだが、彼の母親は「自尊心が強く、あまりにも早く侮辱を受けたために『冷笑的』になった」息子を、むしろハムレットに喩える。(20)さらに『白痴』のイッポリート、『未成年』のヴェルシーロフ。このヴェルシーロフについて、『未成年』の「創作ノート」には「ハムレット――キリスト教徒」と書かれている。(21)ヴェルシーロフは分裂した自我に悩み、思想的に絶えず動揺しているが、神への信仰を希求している人物なのである。「ハムレット――キリスト教徒」という言葉には、ロシア人こそ人類救済のために神から選ばれた民であるとするロシア・メシアニズムの思想をハムレットに仮託したドストエフスキーの姿勢が垣間見える。『カラマーゾフの兄弟』の次男イヴァンもハムレットとの共通性をよく指摘されている。また、『地下室の手記』の主人公や『賭博者』の主人公にもハムレット的な特質を見ることは可能である。さらに、ドストエフスキーは、詩人で批評家のアポロン・グリゴーリエフに関する論文の中で、彼をハムレットに喩え、「グリゴーリエフは本当のハムレットであったけれども、グリゴーリエフはシェイクスピアのハムレットから始まって我がロシアの現代のハムレットやハムレット主義者まで引っくるめた中で、最も自己分裂が少なく、最も自己反省癖が少ないハムレットの一人であった」と書いている。(22)

三 『罪と罰』の主人公ラスコーリニコフとハムレット

前項のようなハムレット的、あるいはハムレットに喩えられる人物に加えて、ハムレットとの共通性が強い人物として、作品中『ハムレット』の直接的な言及はなされていないが、『罪と罰』の主人公ラスコーリニコフがいる。

『罪と罰』は、犯罪者の心理を深く掘り下げた犯罪文学としてはむしろ『マクベス』と比較される。しかし、作品全体の主人公の意識の働きを考えた場合、『ハムレット』と類似するところが大きく、それについては多くの人々が指摘している。

ハムレットとラスコーリニコフの性格は非常に似通っている。自尊心が強く、冷笑的である。ラスコーリニコフの顔には「うす笑い」がよく現れる。友人のラズミーヒンは次のようにラスコーリニコフのことを描写する。「彼は無愛想で、陰気で、横柄で、傲慢な男です。それに最近は（もしかしたら、ずっと前からかもしれませんが）、疑り深くなって、ヒポコンデリー気味です」[23]。続けてラスコーリニコフを「善人」ではあるが「誰をも愛さない」人間であると断を下す。これはツルゲーネフが論じたハムレットそのものである。このような冷笑的な態度の一方で、突然激しい感情に襲われるのもハムレットとラスコーリニコフの共通点である。

二人の主人公は共に孤独であり、常に自分の内部に眼を向けている。ハムレットは、第一幕第二場で、母ガートルードの「見える」（seems）という言葉に反発して、「私の心の底には見かけを凌ぐものがあるのです」（I have that within which passes show）（八五）と言う。彼の深い悲しみや苦悩を、「草が茂り実の成るがままの／荒れ果てた庭」（一三五—六）では誰も理解できない。ラスコーリニコフも孤独の中で自己反省に向かっていく。

ここで重要なのが、ハムレットの場合は、自己反省を続けて行動に出るのを逡巡し最後に「復讐」に至るのに対して、ラスコーリニコフの場合は、金貸しの老婆殺しという「犯罪」の後の彼の自己反省が中心となっていることである。犯罪者として逃れ得ない現実を背負っているという点で、ラスコーリニコフの孤独感はより強く、自己反省も病的なまでに鋭いものとなっている。

小林秀雄は、ラスコーリニコフを「新しいハムレット」とし、次のように書いている。

ラスコーリニコフも亦ハムレットの様に、比べものにならぬほど極端にだが、己れの存在の疑はしさが、そのまゝ世界の疑はしさとして現れたさういふ時に、さういふ男として舞臺に出て来るのである。(24)

確かにハムレットもラスコーリニコフも、自分を取り巻く世界への懐疑を通して自己存在に対する不確かさに苦悩する。その苦悩は頻繁に自己嫌悪という形で表に出る。

第二幕第二場の独白で、ハムレットは、復讐という行動に向かえない自分を「ろくでなしで、度し難い卑劣漢」（五四四）などと言って責め立てる。第三幕第一場で、オフィーリアに対して自分のことを「大変傲慢で、執念深く、野心家」（一二四―五）とし、続けて「今にも犯しかねない罪がある」（一二五―六）と言う。いわば、この罪を実際に犯したのがラスコーリニコフということになるかもしれない。その後のハムレットの台詞「こんなおれみたいな男が天と地の間を這いずり回って一体何をしようというんだ」（一二八―九）には、自己存在への懐疑が悲痛な形で出ている。

そもそもラスコーリニコフが犯罪を犯したのは、自分の存在を確認するためであった。貧しさゆえに大学を中退したラスコーリニコフは、その貧しさの中で意識を研ぎ澄ましていく。貧者が溢れるペテルブルクの街で、彼はかろうじて自分の意識を働かせることで人間としての矜持を保っている。そしてそれはいつしか病的な論理となる。彼にあっては、人間は、ナポレオンのように偉大な功績を残すためなら何をしてもいい「非凡人」と、ただ歴史を形成するための「材料」で服従を義務とする「凡人」と二通りに分かれる。このような「暗い信条」のもとで、彼は「ナポレオンになりたい」という野望を抱き、そのために強欲非道な金貸しの老婆、彼に言わせれば「しらみ」のような老婆を殺し、それを偶然見てしまった老婆の義妹も殺して、金を奪うという暴挙に出る。しかし、彼は殺人を実行したとき、恐怖と嫌悪に襲われる。理念と行動の間の恐ろしい溝に彼は戦慄を覚えたのだ。彼の自己嫌悪はその後ますます強くなっていく。と同時に自己存在への懐疑もますます深くなっていく。ラスコーリニコフは老婆を殺したこと自体を反省することはない。彼は、老婆殺しの結果、自己存在の確証を得られなかった自分、警察の追及に怯える臆病な自分に嫌悪を感じている。自分の犯罪を心清らかな娼婦ソーニャに明かした後、彼は自分を「臆病者」とし、自分のことを「自尊心が強く、妬み深く、悪意に満ちていて、卑劣で執念深く、それに……おそらく、発狂のおそれがある」と考えるよう、彼女に言う。(25)彼にとって最も恐ろしい認識は、自分も「しらみ」に過ぎなかったということである。ソーニャは彼のその姿にはかり知れない苦悩を見て取り、かつ必死の祈りを込めてもっと苦しむように言う。

自己存在への懐疑は恐ろしいほどの自己分裂に繋がっている。そしてそれは外から見ると「狂気」じみて見える。第二幕以降、ハムレットは狂気を装う。それは、父王の亡霊が言った事の真相を確かめるために、己の正体を完全に隠蔽する手段であった。しかし、佯狂（ようきょう）は、自己分裂したハムレットにおいて、時として本物に思えることがある。そしてこの危うさがまた彼の意識の刃を鋭く研ぐのである。

一方、ラスコーリニコフは、小説の冒頭から「ヒポコンデリーに似た苛立たしい張りつめた精神状態にあり」[26]、周囲の人間から何度も「狂人」と言われ自らもその兆候を認めている。

モチュリスキーは、ドストエフスキーの『地下室の手記』における意識の問題を分析して次のように書いている。

> 意識とは無気力に至る病である。……こうしてドストエフスキーは、現代のハムレット主義という問題を持ち出している。意識は感情を殺し、意志を堕落させ、行動を麻痺させる。[27]

ラスコーリニコフとハムレットの共通の基盤はこの「意識」にあるだろう。すなわち、二人とも意識に囚われているということである。ラスコーリニコフの方がはるかに病的であるにせよ、二人とも意識を肥大化させ、それに自縄自縛となった結果、凄まじい苦悩に襲われる。作品中、二人の主人公の存在はその大きな苦悩、そして最後の悟りと更生によって救われる。

ハムレットは、レアティーズとの剣試合に応ずる際に、次のように言う。「雀一羽が落ちるのにも神の摂理がある。今来てしまえば、もう来ない。もう来ないなら、今来るのだ。今でなくとも、いずれは来る。覚悟が全てだ」（第五幕第二場　二一五―八）。叔父への復讐を果たした後のハムレットには、ドーヴァー・ウィルソンが言うように、「死後の夢などもはや恐ろしくない」のであり[28]、「あとは沈黙」という彼の最後の言葉には、この世における自分の役目を終え、苦悩を終焉させることに対する満足の響きを聞き取ることができる。

ラスコーリニコフにとって救いとなる大きな存在は、「一緒に十字架を背負う」ことを申し出たソーニャであった。最後には、流刑地までついてきたソーニャと共にラスコーリニコフは新しい生活への展望を見出す。「二人は何か言いたいと思ったが、できなかった。涙がその目にたまっていた。二人とも青ざめて痩せていた。しかし、そのやつれた青白い顔の中にはすでによみがえった未来、新しい生活への完全なる更生の曙光が輝いていた。愛が二人をよみがえらせた。……彼はよみがえった。彼にはそれが分かった。新たに生まれ変わった自分の全存在でそれを感じていた」(29)

共に不安定な時代に生まれ出た『ハムレット』と『罪と罰』は、人間の価値づけを模索した二人の作家が、個人の意識という問題を深く掘り下げ描き出した作品として呼応し合うのである。

第二節　ドストエフスキーと『オセロー』

一　『白痴』の「創作ノート」における主人公像

ドストエフスキーの『白痴』は、雑誌『ロシア報知』に一八六八年一月号から連載開始、苦吟の末三月号を除き一二月号まで完結した。この小説には、一八六七年九月から翌年の一一月まで三冊の手帳にわたって記された作品構想、いわゆる「創作ノート」がある。それを読むと、その作品構想の変移をたどることができる。中でも、作品中で主人公ムィシキン公爵となる「白痴」像は大きく変わっており、興味深いものがある。その変移を端的に示すのが、シェイクスピアの悲劇『オセロー』におけるオセローとイアゴーという二人の主要人物への言及である。

「創作ノート」の中で、ドストエフスキーは「イアゴーのプラン」として、次のように書いている。

白痴の性格に存するのはイアゴーである。しかし崇高な形で終わる。(30)

当初、「白痴」の人間像は次のようなものであった。彼は癲癇持ちで、時々神経性の発作に襲われる。彼に「白痴」という呼び名をつけたのは彼を憎んでいる母親である。彼の性格においては、情欲が強く、はかり知れない矜持を持ち、自己中心的で専横的な面を見せる。屈辱的状況の中で憎悪を膨らませ、同時にそれに快感を覚える。このように非常に複雑な性格である。その一方で、深い憐憫の情をも有している。この「白痴」に対して、周囲の人々は軽侮と一種の恐れを抱くと同時に、惹きつけられてもいる。

断片的に書かれかつ刻々と変化する「創作ノート」をたどるのは難しいが、主なる事件を拾って、はじめの頃の「白痴」像を明らかにしていこう。

彼は、ある晩、母親の姉の継娘で彼の家に養女として住んでいるミニオンを凌辱する。彼女は彼に対して愛ではないが敬虔の念を抱いている。彼は実際は「女主人公」(31)と呼ばれる美しく高慢な女性に恋しており、彼女に接吻し、彼女への愛を証明しようと自分の指を焼いてみせる。ミニオンの凌辱はその晩のことである。このように彼の行動は突飛で衝動的である。ドストエフスキーはこのような「白痴」の抱く愛について、「彼の愛は奇怪なもの、全く省察なしの直接的な感情のみ」と記している。(32)

しかしこの「白痴」は、落ちぶれた地主である父親が窃盗事件を起こしたとき、我が身に嫌疑を受けながら、真相を知る者に口止めをする。その理由は父親に対する憐憫の情であった。この行為は周囲の者を驚かせる。特に、「白痴」の評価に関して重要な役割を担うのが憂鬱症に罹っている彼の叔父である。叔父は、「鞭で打ちたいと思った白痴の方が、自分よりもはかり知れないほど深みがあり、優れていることを悟る」[33]。このような行為が「白痴」の精神的発達を促すのである。

「白痴」像はその後少し変化を見せる。彼は「庶子」であり、その状況に対する鬱憤が周囲の人々への憎悪と復讐心に結びついていく。この作品全体に関して、ドストエフスキーは「愛と憎悪の闘い」と記し、「白痴」を「若き一典型、形成されつつある人間」とし、結末の彼の言葉として「おれはみんなに対して悪人だ、だがおれには許しを請うべき人はいない」と言わしめている[34]。アウトサイダーである主人公の精神的発達を追った教養小説的な筋がそこにある。

また後では次のように記されている。

> 小説の主なるテーマ
>
> こうした全ての性格、しかしこの全ての性格の上に白痴が君臨している。憂いに沈み、自らを軽蔑している無限に倣岸な性格、自分の高遠さと人々の無価値さを享楽するために全ての人を意のままにし、しかも自分の成功と享楽を尊重せず、嫌悪するほど憎んでいる。ついに自分の役割のため憂鬱に陥る。突然、愛に救いを見出す。
>
> はじめ、
>
> 一　復讐心と自尊心（何のゆえもなき復讐心、自らそれを認めている、これは一特質）。
>
> その後、

二　狂気じみた、容赦のない情欲。
三　高遠なる愛と更生。[35]

この引用の一はまさに『オセロー』のイアゴーの姿である。イアゴーは、これまでの戦績にもかかわらず副官に選ばれなかったことなどから、オセローらに憎悪を抱き復讐の罠をかける。しかし、「自分の矜持や自尊心に触れるものに非常に敏感な[36]」イアゴーの憎悪は一面的には捉え切れない。

おれは地獄の苦しみを憎むのと同じようにオセローを憎む……
（第一幕第一場　一五二[37]）

イアゴーは、「動機なき悪意の動機探し」というコールリッジの言葉[38]が示しているように、純然たる憎悪からくる復讐に向かい、復讐そのものを彼の存在の支えとしているように見える。このようなイアゴーに匹敵する矜持と復讐心に満ちた人物が、最後には高遠なる愛によって更生する。それがドストエフスキーの当初の構想であった。

二　主人公像の変化――イアゴーからオセローへ――

しかし、その主人公像が変化していく。「白痴。全てを復讐にかけている。虐げられた存在。……彼は公爵［この語は美しい書体で書かれている[39]］。公爵で、宗教狂人……[40]」

「宗教狂人」（ユロージヴィ）とは、白痴や精神異常の、あるいはそれを装ったキリスト教の行者であり、予言の力があると信じられていた。ロシア文学にはしばしば登場する人物である。ドストエフスキーは「創作ノート」の前の方でも「白痴」に「宗教狂人」という評言を用いているが、ここではそれが強調され、その人物像は神秘化されている。

ドストエフスキーは「必ず、白痴の個性を巧みに描き出すこと」と書いているが(41)、この人物の描写に腐心する作家の姿がここに読み取れよう。

この人物の形象はさらに大きな変化をきたす。「白痴は初婚のときの子で、二十六歳（財産あり）、外国にいた。外国からまっすぐに田舎のウメーツキーの家へ。教養があり、変人である」(42)。彼の性格から傲岸さや復讐心が完全に消えている。

彼は時々だしぬけに未来の至福を説き始めたりする。いわゆる「宗教狂人」の面が押し出される。また、彼はその単純さと謙抑さによって周囲の人々を驚かせる。そしてその後「白痴」というこれまでの呼び名は「公爵」にほぼ統一される。

新しい「公爵」像の特質をドストエフスキーは以下のように挙げている。

びくびくしたところ。おののいているところ。卑下したところ。謙抑さ。

自分が白痴であるという絶対的な確信。

NB［Nota bene（注意せよ）の略］彼は絶えず（心の中で）「自分が正しいのか、それとも彼らが正しいのか」と自問する。最後にはいつも自分を責める覚悟。

NB しかし魂と良心が「いや、これはそうなのだ」と言うときには、彼は全ての人の意見に抗してそれを実行する。……

NB（一）彼の世界観。彼は全てを許す、至る所に動機を見出し、許し難い罪というものを認めず、全てを許す。[43]

このような「公爵」はキリスト教的な愛の感情を抱いている。ドストエフスキーによれば、この小説には三つの愛、すなわち、「一　情熱的で直情的な愛――ロゴージン。二　虚栄心から出た愛――ガーニャ。三　キリスト教的な愛――公爵」がある。[44]この三つの愛のうち、はじめの二つは当初構想された主人公像の主たる特徴であり、ここに至って、以前の主人公の利己的な愛の側面を他の二人の人物が分かち持つことになる。そして三つ目の愛は、当初の主人公像が潜在的可能性として持ち得た側面で、最終的に顕現し救いとなるものである。この後「創作ノート」には、「公爵はキリスト」等主人公とキリストを結びつける表現が多くなる。さらに、その聖なる主人公の無邪気さや滑稽さも強調され、その点で彼はドン・キホーテやピクウィック（ディケンズの『ピクウィック・ペイパーズ』の主人公）に比せられる。それらの特質は多くの人々の感動に値するものであり、最終的にドストエフスキーが目指した「本当に美しい人間」（一八六八年一月一日付の姪ソフィアに宛てた手紙より）[45]という形象に不可欠なものである。

因みに、「創作ノート」の後半の「四月二三日」と日付がついているすぐ後に、その日が誕生日とされるシェイクスピアの名が記されているが、[46]これはその頃ドストエフスキーがシェイクスピアに対して持っていた強い関心を示すものであろう。

こうして作品は完成に向かうが、最後の方で、主人公のムィシキン公爵がいよいよナスターシャ・フィリポヴナ（はじめの方の構想では「女主人公」）との結婚を控えた場面で、ナスターシャは絶望的な様子で自分には彼に愛される値打ちがないと嘆く。それに対して公爵が取った言動は「創作ノート」では次のように書かれている。

公爵は単純明瞭に（オセロー）なぜ自分は彼女を愛するようになったか、自分は彼女に対して（ロゴージンが彼女に伝え、イッポリートが彼女を苦しめたように）単に憐憫だけではなく愛情も抱いているから安心するようにと言う。公爵、突然荘重に発言する。(47)

続いて、ナスターシャとは違った形で公爵を愛しているアグラーヤが入ってきて、公爵に自分が彼を好きになった理由を言う場面で、ドストエフスキーは「ここでもオセロー」と書いている。(48) これは、レーヴィンが述べているように、『オセロー』第一幕第三場、ヴェニスの元老院でオセローがデズデモーナとの愛の申し開きをする台詞を想起して書かれたものであろう。(49)

彼女は私が経てきた危険ゆえに私を愛するようになり、
私はそれを哀れに思ってくれたゆえに彼女を愛したのです。

（第一幕第三場　一六七―八）

ドストエフスキーは愛の所以を表明するオセローをここに持ち出したのであるが、敷衍させると、オセローは、愛に関する単純無垢さ、同時に荘重さを形容するものとしてここで言及されていると考えられる。

作品自体にはオセローやイアゴーへの直接的な言及はない。しかし、「創作ノート」において主人公を形容する際にこの二人の人物が持ち出されているのは、『オセロー』という戯曲に対するドストエフスキーの関心のみならず、『白痴』の主人公をめぐる彼の思惑を知る上で重要であろう。

傲岸で憎悪の塊のような人物像から子供のように純真無垢でかつ荘重な人物像へ、すなわち「イアゴー」から愛に関する部分で「オセロー」へ、『白痴』の主人公の形象は変わる。はじめの方の構想では、イアゴー的な人物が愛を知ることによって崇高になるという教養小説の特徴が色濃く、主人公の性格は歪んでかなり複雑である。その複雑な性格は後にロゴージンやガーニャといった他の人物に分化され、主人公には極めて純化された「本当に美しい人間」の形象が与えられる。この主人公は、時に「宗教狂人」の如く興奮して、ロシア・メシアニズムについて語るが、おおかた静謐を守り、受容的な態度を取り続ける。周囲の人々はそのような彼に様々な事件を通して絡み、また彼に感化される。ついにムィシキン公爵はロゴージンによるナスターシャの殺害がきっかけとなって発作を起こし、完全な白痴となる。オセローには公爵のようなひたすら受容的な態度はない。しかし、主人公の性格に重きを置きその形象を次々と変化させた結果、ドストエフスキーにおいては、全き純粋さゆえに周囲の人間たちの感情の波をもろにかぶり完全な白痴となるムィシキン公爵の姿が、デズデモーナへの一途で無防備な愛ゆえに策謀にかかり悲劇的な最期を迎えるオセローの姿と重ね合わさったと思われるのである。

三　『オセロー』への言及

ドストエフスキーは、前節で考察した『ハムレット』と並んで『オセロー』に強い関心を抱いていた。因みに、彼は一八六四年に発表されたヴェインベルク（Пётр Исаевич Вейнберг）の訳に親しんでいる。オセローは彼が特に好んだ主人公であった。晩年にある家のサロンで愛好者による『オセロー』を上演しようと提案し、自らオセローを演じたいと強く主張し、周囲の人々を戸惑わせたほどである。[50]

彼の『オセロー』への関心は彼の作品中の『オセロー』への言及に繋がっている。その悲劇の主要人物が『白痴』の構想の中で使われたのは先に論じた通りである。

『悪霊』において、シェイクスピアが話題になる場面がある。シェイクスピアに関する知識が当時の教養人の共通項であったが、そこでリザヴェータがシャートフに次のように言う。

母はシェイクスピアについてとてもよく知っているんです。私も自分で母に『オセロー』の第一幕を読んであげたものですわ。[51]

『悪霊』の「創作ノート」では、作品中では元大学教授スチェパン・ヴェルホヴェンスキーとなるグラノフスキーがシェイクスピアの講演会で、オセローの台詞「おお、イアゴー、何て哀れだ、何て哀れなんだ」（第四幕第一場 一九一―二）に触れる。[52] この台詞は、デズデモーナが姦通をしているという証拠にハンカチーフを見せられ、妻の姦通が決定的と思い込んだオセローの叫びである。その後「創作ノート」では次のように続く。

そのとき彼はデズデモーナの顔を思い起こした。「このような非常に気高い愛の叫び（それはデズデモーナの顔を思い起こさずには生まれ得なかった）……」[53]

ドストエフスキーのオセローへの関心は、オセローの理想、すなわち彼がデズデモーナに託した理想とその崩壊ということに深く繋がっている。オセローの理想の崩壊をもたらすのはイアゴーである。

『未成年』（一八七五）の中で、主人公の青年アルカージーは自分の父親である地主貴族ヴェルシーロフに次のように言う。

もしも僕がオセローで、あなたが——イアゴーだったら、あなたはこれ以上うまく立ち回ることができませんよ。(54)

アルカージーは、自分を庶子として生み、養育を他人に任せ、さらに自分が憧れている美しい未亡人アフマーコワに情熱を向ける父親に対して、思慕の情と同時に、激しい憎悪を感じている。彼はここで、父ヴェルシーロフが、オセローの理想を破壊したイアゴーと同様に、自分から理想を奪い取る存在だということを示そうとしているのである。

一方、このヴェルシーロフ自体がアフマーコワとの関係においてオセローの側面を有している。ヴェルシーロフはアフマーコワを理想の女性とし、彼女に情熱を燃やす。そのような彼はオセローの心情を自分と重ね合わせてよく理解している。アルカージーはアフマーコワに言う——

いつかヴェルシーロフが言ったことがあります、オセローがデズデモーナを殺して、それから自殺したのは、決して嫉妬のためじゃなく、自分の理想が奪われたからだと……僕もそれが分かりました。なぜって今日僕も自分の理想を返してもらったんですから！(55)

彼女が自分に優しくするのはある目的があってのことではないかと疑い、彼女に問いただしたアルカージーは、彼女から誠実な告白を受け取り、自分の理想が戻ったと有頂天になっているのである。ヴェルシーロフと息子アルカージーは共に同じ女性を理想化することでオセローに通ずる面を持っているのである。

さて、前述の引用のように、オセローがデズデモーナを殺すのはその理想の崩壊ゆえという見解が、ドストエフスキーの作品や「創作ノート」の中で何度か述べられている。

『未成年』の「創作ノート」では、前述の作品中のものと似た見解をアルカージーに当たる「未成年」は発言する。彼は、女性を理想化することは不可能だとする老公爵に対して次のように言う。

あなたはなぜオセローがデズデモーナを殺したか知っていますか。それは理想を失ったからです。……いいですか、僕はいくらかオセローのような状況にあり、理想を失うのではと心配なんです。(56)

『カラマーゾフの兄弟』には、グルーシェニカという高級娼婦をめぐって好色な父フョードルと恋敵の関係にある長男ドミートリーが、嫉妬について思いめぐらす場面がある。

まず「創作ノート」には次のような形で出てくる。

そうだ、プーシキンが言った通りオセローは嫉妬深くない。彼は、細かな事情を探り出したり、方々走り回ったり、隠れん坊をしたり、汚らわしい立ち聞きをしたりすることに対しては、はるかに冷静である。彼の心と全人生は、自分の理想が滅びたがために、全く打ち砕かれた。しかし彼はテーブルの下に隠れたりはしない。嫉妬とは決してこんなものではない。純潔この上ない愛、寛容と自己犠牲に満ちた愛を有していても、テーブルの下に隠れたり、悲しいかな、この上なく醜悪な立ち聞きやあからさまな裏切りと折り合うことができる、――ただ、女が再び帰ってきてくれさえすればいいのだ。それはオセローの類には当てはまらない、あの限界まで達してはいないのだ。(57)

これが作品では次のように発展している。

嫉妬！「オセローは嫉妬深いのではない、彼は信じやすいのだ」と、プーシキンは指摘している。すでにこの指摘一つだけでも、我が偉大な詩人の知性の並外れた深さを証明している。オセローの心は全く打ち砕かれ、人生観はすっかり曇ってしまった。それというのも、彼の理想が滅びたからだ。しかし、オセローは、隠れたり、スパイ行為をしたり、盗み見をしたりするつもりはない。彼は信じやすいからである。それどころか、彼に妻の不貞を勘ぐらせるだけでも、非常な努力を払ってそう仕向け、その気にさせ、煽り立てなければならなかった。本当に嫉妬深い人間はこんなものではない。嫉妬深い人間が全く良心の呵責なしに折り合うことができるあらゆる恥辱や精神的堕落を、一々思い浮かべるのさえ不可能なくらいだ。しかもそれが皆卑しい汚れた魂というわけではない。それどころか、高邁な心を持ち、自己犠牲に満ちた清らかな愛を有していても、同時にテーブルの下に隠れたり、卑劣な人間を買収したり、この上なく醜悪なスパイ行為や立ち聞きと折り合うことができるのだ。オセローには不貞を我慢することなど絶対にできなかったにちがいない、――許せないというより、我慢できなかったにちがいない、――たとえ彼の心が幼児のように柔和で純真であるにせよ。[58]

レーヴィンが述べているように、嫉妬を剝き出しにするドミートリーはオセローの対極に位置する人物として描かれている。[59]彼は粗暴なほど激しい情熱を持っている一面、率直な性格で永遠なものに対する憧憬をも持っている。そのような人物が、オセローと自分の違いの認識を通して、自分が陥っている嫉妬について客観的に思索しようとすることは、彼の精神的発達の一端を示すものとも言えよう。

四　ドストエフスキーの『オセロー』観

プーシキンのオセロー観、すなわち、「生来嫉妬深いのではなく、その反対に信じやすいのである」という捉え方は、[60]オセローの嫉妬深さという一面的な見方に対してより普遍的な人間性を認めたもので、多くの文人・芸術家に影響を与えた。プーシキンをこよなく愛し、またシェイクスピアに関してもプーシキンの影響を受けたドストエフスキーも、その一人である。

しかし、ここで注目すべきは、ドストエフスキーの登場人物がオセローを非常に神聖視していることである。その根底には、作者のドストエフスキーの思いがあろう。オセローは、イアゴーの執拗な煽動により、特に、自分が妻デズデモーナに贈ったハンカチーフをキャシオーが持っていたということを聞き、第四幕第一場でイアゴーに応答するキャシオーの様子を盗み見しようとする。イアゴーはキャシオーに話しかける前に傍白する――

キャシオーのやつがにやつけば、オセローは逆上するだろう。

世慣れないやつの嫉妬とくれば、
哀れなキャシオーのにやついた顔や身振り、浮かれた調子を
全く悪く解釈するにちがいない。……

（第四幕第一場　一〇〇―三）

オセローには、高潔さと裏表のように、ドストエフスキーが言うところの「純真な幼児」性とは違った意味で、攻撃を受けやすい愚かな側面がある。この愚かさが悲劇の重大な要因となり、またそれゆえに彼の悲劇は人間的な様相を帯びるのである。しかし、ドストエフスキーは、「理想」を破壊されたという形で、主人公にこの上ない苦悩を与え、高邁な動機を付与している。後に他の人々もオセローの「理想」に言及しているが、ここではドストエフスキーなりのオセローに託した思想を見て取れよう。

『オセロー』の最後に関しては、ドストエフスキーは『未成年』と『作家の日記』の「ノート」で触れている。『未成年』において、ヴェルシーロフは息子アルカーヂーを相手に、アルカーヂーの母ソフィアとの過去を思い起こしてしみじみと語る。ソフィアはかつて彼の領地の農奴の妻であり、彼は彼女との間に庶子としてアルカーヂーをもうけた後、外国に一人旅立ったことがある。ソフィアに別れを告げたその日のことを彼は痛みをもって思い出すのである。

これは偉大な芸術家の作品に似通っているね。そこには、その後生涯思い出すたびに強い痛みを感じるような場面が時々あるじゃないか、――たとえば、シェイクスピアではオセローの最後の独白……(61)

この部分の注によれば、この「独白」は『オセロー』第五幕第二場の最後から二つ目のものを指していると思われる。それはオセローがデズデモーナの無実を知った直後の台詞である。

お恐れになるには及びません、私が武器を持っておりましても。
ここが私の旅路の果て、ここが私の目的地、
はるかな船旅のまさに航海目標です。
後退りなさるのですか？　無用のご心配です。
藺草を一本オセローの胸に突きつければ
それでもう後ろへさがります。オセローはどこへ行けばいいのだ？
そうだ、お前は今どんな顔をしている？　ああ、不幸せな女！
肌着のように蒼白い。おれたちが最後の審判の日に出会ったら、
お前のその顔を見ただけでおれの魂は天から投げ落とされ、
地獄の鬼どもに引ったくられるであろう。冷たい、冷たいな、お前、
お前の純潔さそのままだ。ああ、のろわれた人非人！
悪魔ども、おれを鞭打って
この神々しい姿が見えないところへ追っ払ってくれ！
おれを風に吹き散らしてくれ！　硫黄の業火でおれを焼いてくれ！
炎の海の深淵に真っ逆様におれを沈めてくれ！

ああ、デズデモーナ！　デズデモーナ！　死んでしまった！
ああ！　ああ！　ああ！

（第五幕第二場　二六七―八三）

自分の取り返しがつかない行為とデズデモーナの死を嘆くオセローの姿は限りなく悲痛であり、その姿にヴェルシーロフは自分を投影させている。

彼が取る最後の行動も彼とオセローを関連づける。彼はある騒動の現場で偶然ピストルを手に入れると狂気に陥ったようになり、気を失ったアフマーコワを寝台に横たわらせて彼女に二度ばかり接吻をしてから、彼女を撃とうとする。それをアルカージーに妨げられると、自殺をはかったがこれも叶わない。結局、ヴェルシーロフはオセローのパロディとも言える存在なのである。

デズデモーナの死について、ドストエフスキーは『作家の日記』の「ノート」（一八七五―六）の中で、以下のように書いている。

古代悲劇――祈禱、一方シェイクスピアは絶望。ドン・キホーテより絶望的なものは何か。デズデモーナの美しさは犠牲に供されただけ。ゲーテにおける生命の犠牲。しかしそれだけでは足りない。社会には現実の幸福と祈りが必要なのである。――シェイクスピアの描く諸人物は肯定的であるか。シェイクスピアが現代に生きたらやはり絶望をもたらすだろう。しかしながらシェイクスピアの時代には信仰がまだ強かった。(62)

断片的な表現であるが、ここではデズデモーナの死は犠牲と考えられ、シェイクスピアの「絶望」性と結びつけられている。

オセローの理想の崩壊、デズデモーナの犠牲としての死、これらはまさにドストエフスキーが「絶望」と呼ぶもの、すなわち、「危機、古代の調和の崩壊の表現」に繋がるのである。[63] ドストエフスキーはこれをシェイクスピアやセルヴァンテス、そして自分自身の中に見出した。ドストエフスキーにとってシェイクスピアは、人間の魂の秘密を明らかにする「予言者」であると同時に「絶望の詩人」であり、多面的な意味を持った存在であった。その詩人が書いた『オセロー』は、ドストエフスキーの創作の構想においても彼の思想においても、重要な一端を担う悲劇なのである。

第三節　悲劇の系譜――『リア王』と『カラマーゾフの兄弟』――

一　シェイクスピア評価の変遷と「芸術の有用性」論議

「シェイクスピアはドストエフスキーの創作における悲劇的要素の主たる養育者である」、これは旧ソビエトの代表的なドストエフスキー研究者グロスマンの言葉である。[64] ドストエフスキー自身は、シェイクスピアを「絶望の詩人」と呼び、[65] また、前節でも触れたように、『悪霊』の「創作ノート」では、登場人物の一人にシェイクスピアのことを「我々に人間の秘密、人間の魂の秘密を明らかにするために神が遣わした予言者」と言わしめている。[66] 本節では、これらドストエフスキーの印象的な評言を含め、シェイクスピアとドストエフスキーを結ぶ悲劇の特質を探ってみよう。

ドストエフスキーは若い頃から様々な作家の作品を愛読した。その中にシェイクスピアがいた。当時のシェイクスピア受容の思潮にあって、十六歳のドストエフスキーは、ポレヴォイの訳による『ハムレット』を読み、それに深く心酔している。

ドストエフスキーが二十二歳の頃、妹の夫で彼の後見人であるカレーピンが「シャボンの泡」のようなシェイクスピアに夢中になっているドストエフスキーを叱責したとき、ドストエフスキーはカレーピンへの手紙の中で次のように応酬している。「変ですね、どうしてシェイクスピアはあなたからそんなひどい目に会うのでしょう。かわいそうなシェイクスピア!」(67)

カレーピンのシェイクスピア批判は、当時のロシアにおけるシェイクスピア評の一端を表している。これまで述べたように、シェイクスピアは熱狂的に迎えられたが、その一方で、彼に対する懐疑的、批判的な見方もあった。その批判的な見方を、ドストエフスキー自身、自分の作品の登場人物の口を通して表している。処女作『貧しき人々』(一八四六)の主人公であるマカール・ジェーヴシキンは、文通相手である若い娘ヴァルヴァーラに対して、小説などは暇な人間たちに読ませるために書かれたくだらないものであるとし、その後で次のように書いている。

みんながシェイクスピアとか何とか言って、あなたを言い負かすとしても、それが何だというのでしょう。文学にシェイクスピアあり、とのことのようですが、――シェイクスピアだってくだらないものです。(68)

当時シェイクスピアが安易なまでにもてはやされていたという状況の一方で、貧しい下級官吏であるジェーヴシキンにとっては、安閑として文学通をひけらかす周囲の人々と同様に、シェイクスピアなども「象牙の塔」に閉じこもった、社会的に無益な存在として、痛烈な批判の対象になっているのである。

ドストエフスキーは、一八四九年のペトラシェフスキー事件に連座して、一時ペトロパヴロフスク要塞に拘留される。そのとき、兄ミハイルが差し入れた本の中に聖書とシェイクスピアの戯曲集などがあったが、特にシェイクスピアを差し入れてくれたことに対してドストエフスキーは兄に感謝している。(69) シェイクスピアに対して多角的に接しながら、彼の作品を愛好し続けるドストエフスキーの姿がそこにある。

中編小説『伯父様の夢』（一八五九）は、そのペトラシェフスキー事件によるシベリア流刑後、最初に発表され、ゴーゴリの影響を受けてユーモアを基調とした作品であるが、その中で、女主人公である貴婦人マリア・アレクサンドロヴナは徹底的にシェイクスピアを批判する。彼女は、自分の娘の求婚者でシェイクスピアを愛読する青年パーヴェルに向かって、シェイクスピアを「時代遅れ」とし、若者たちのロマンティックなシェイクスピア崇拝への典型的な反発を表している。これを書いた背景に、先に触れたカレーピンによるシェイクスピアの酷評を見ることができよう。戯画化されているとはいえ、この女主人公のシェイクスピア評は、その当時のシェイクスピアに対する一つの評価を反映したものであり、それを書いたドストエフスキーにおいては、それは、戯画化の手法を通したシェイクスピアの擁護であると同時に、シェイクスピアに対して批評的な距離を保とうという作者の姿勢を窺わせるものである。

ドストエフスキーがシェイクスピアの作品の書き方に関して、プーシキンやゴーゴリのそれと比較して批判的な見解を述べたことがある。三十六歳のときに書いた兄ミハイル宛ての手紙には、次のように書かれている。「シェイクスピアの原稿には消した跡がなかったそうです。それだからこそ、彼の作品には奇怪な表現、没趣味な表現があれほど多いのです。よく推敲したなら──それだけよくなったでしょうに」[70]。ベン・ジョンソンの、「シェイクスピアが一千行も消してくれていたら」という言葉を彷彿させる見解である。[71]

ドストエフスキーのシェイクスピアに対する態度は、若い頃の熱狂的でロマンティックなものから、批評的で陰翳を帯びたものに変わっているが、シェイクスピアが常に彼の心を占めていたことは明らかである。

ドストエフスキーにシェイクスピアの存在を検証させたものに、「芸術の有用性」をめぐる論議がある。当時、芸術の有用性に関して様々な論議が繰り広げられていた。芸術を代表するものとしてシェイクスピアがいた。シェイクスピアの社会的有用性に対して、『貧しき人々』の主人公の言葉にあるように、否定的見解が強かった。ドストエフスキーにおいてもこれは由々しき問題であり、彼は、論文やメモ、作品の中で、シェイクスピアの有用性という問題を取り上げている。たとえば、一八六〇年一月四日の「有用性と道徳性」と題された論文のメモは、シェイクスピアの有用性を疑問視した『現代人』誌の見解を念頭に置いて、次のような言葉で始まる。

シェイクスピア。その無用性。時代遅れの人間としてのシェイクスピア（為政者、学者、歴史家たちは皆、シェイクスピアを手本にして学んだのだ）（『現代人』誌の見解）[72]

この論文でドストエフスキーはシェイクスピアの有用性と道徳性を論じようとしたが、結局構想だけで終わった。しかし、「為政者、学者、歴史家たちは皆、シェイクスピアを手本にして学んだのだ」と書くことで、シェイクスピアの擁護に傾くドストエフスキーの意思が伝わってくる。さらに、『悪霊』では、元大学教授で理想主義者のヴェルホヴェンスキーが、講演で「シェイクスピアか長靴か」という選択を聴衆に突きつけ、芸術至上主義に立ってシェイクスピアの方が尊いとしている。

この問題に関してドストエフスキーに大きな影響を与えたのは、審美論に基づいた批評家ソロヴィヨーフのシェイクスピア擁護であり、それに力を得て、ドストエフスキーは『作家の日記』の「ノート」に次のように記している。

……シェイクスピアにあるのは歴史への忠実さではなく、ただ詩的真実への忠実さである。詩的真実への忠実さは、単なる歴史への忠実さよりも我々の歴史についてはるかに多くのことを伝えることができる。(73)

二 『リア王』と『カラマーゾフの兄弟』に見る二人の作家の類似性

ドストエフスキーがシェイクスピアの作品の中でも好んだものは、『ハムレット』『オセロー』『ロミオとジュリエット』『から騒ぎ』『ヘンリー四世』などであり、特に関心を寄せた登場人物は、ハムレット、オセロー、フォールスタッフであった。影響の直接的な証左としては、彼が自分の著作にたびたびシェイクスピアの作品を引用したりそれらについて言及したりしていることが挙げられよう。しかし、この二人の創作上の類似性についても多くの研究者が指摘している。

文芸学者ミハイル・バフチン（Михаил Михайлович Бахтин）は、シェイクスピアとドストエフスキーの創作上の類似性について言及している。それは、ポリフォニー（多声）形式とカーニヴァル性である。様々な人物の声、そしてそのそれぞれの世界が重ね合わされるポリフォニー形式に関して、バフチンは、ポリフォニーの創作方法の先駆者の一人をシェイクスピアとしているルナチャルスキーの見解に賛同して、次のように書いている。

シェイクスピアは、ラブレー、セルヴァンテス、グリンメルスハウゼンなどと並んで、ポリフォニーの萌芽が成熟していくヨーロッパ文学の発展の系統に属しており、その完成者がドストエフスキーとなる。(74)

また、日常の価値秩序の転倒や対極にあるものの混合などによるカーニヴァル性に関しても、シェイクスピアとセルヴァンテスがドストエフスキーに直接的影響を及ぼしたとバフチンは書いている。(75)

さらに、この二人の作家の作品を「キリスト教的悲劇」の観点から取り上げた研究がある。ロジャー・L・コックス（Roger L. Cox）は、その著書『地と天の間——シェイクスピア、ドストエフスキー、そしてキリスト教的悲劇の意味』の中で、(76)まず、キリスト教には「悲劇」はあり得ないとする従来の見解に反対する。彼の定義によれば、「悲劇」とは、主人公の自由意志に基づいた行動から起こる苦難を、それもその原因に見合わない大きい苦難を主人公自らが背負うという状況を指す。その苦難は、理不尽ではあるが、必然的なものである。そしてこれは明らかにキリストの行為に繋がり、福音書など新約聖書の世界に通じるとしている。

このように「キリスト教的悲劇」の存在を踏まえた上で、彼は、シェイクスピアとドストエフスキーという二人の作家の共通点として、新約聖書から多くのものを得、その思想に基づいて悲劇的な作品を創作していることを挙げている。

その上で、二人のキリスト教的悲劇の様式の根本的な相違について、「シェイクスピアはパウロ的で知的であり、ドストエフスキーはヨハネ的で予言的である」と書いている。(77)コックスは、シェイクスピアの悲劇から『ハムレット』『リア王』『マクベス』を、ドストエフスキーの小説からは『罪と罰』『白痴』『カラマーゾフの兄弟』を取り上げ論じている。

ここでは特に、『リア王』と『カラマーゾフの兄弟』に関するコックスの論について言及しよう。コックスは『リア王』がパウロによる「コリント人への手紙」に基づいて書かれているとする。「私の目的は、『リア王』の主たるテーマ『愛』と第二のテーマ『知と愚』は明らかに単一の源──『コリント人への第一の手紙』に由来することを指摘することにある」[78]

「コリント人への第一の手紙」十三章では、「愛」の絶対的優位性が語られる。あらゆる知識も強い信仰も、愛がなければ、その存在は「無」となる（十三章二節）。コックスは、「愛」というテーマに則って、第一幕第一場のリアの態度についてこのように書いている。「彼が娘たちにする冒頭の要求から判断すると、彼は他人の愛を強く求めている。さらに、コーディリアに対する彼の扱いから判断すると、彼自身は愛し方を知らないのである」[79]。愛を求めながら、自身は愛し方を知らないリアは、上の娘たちの裏切りによる苦しみを経て、真実の愛を知ることになる。

愛を知る過程と、コックスの言う第二のテーマ「知と愚」は密接に繋がる。リアは冒頭の場面で、彼に言えることは「何もない」（Nothing.）（第一幕第一場　八九）と答えるコーディリアに「何もないという状態からは何も生じない」（...nothing will come of nothing.）（九〇）と言う[80]。さらに、上の娘たちに領土を分け与えた後、ゴネリルの家で冷遇されるリアに、道化が「何もないことを何とかできないものか」（Can you make no use of nothing...?）（第一幕第四場　一二八―九）と訊いたときには、彼は「何もない状態から何も生まれ得ない」（...nothing can be made out of nothing.）（一三〇）と言う。このように「何もない状態」の不毛さを言い切るリアであるが、同じ場で彼自らが道化に揶揄される。「おれは道化だけれど、あんたは何でもない」（I am a Fool, thou art nothing.）（一八四―五）

コックスによれば、「コリント人への第一の手紙」十三章二節にあるように、愛を有していないゆえにこのように「何でもないもの」として始まるリアであるが、苦難を通して彼は「何ものか」に変わる。「コリント人への第一の手紙」の中には「十字架」の言葉として「私は知者たちの知恵を滅ぼし、賢者たちの賢さを無に帰するであろう」（一章十九節）とあるが、このように苦難に発する狂気の内に「愚か者になる」ことで、リアは愛することができるようになるのである。このように、「知」を「愚」に変えることによって、シェイクスピアは逆説的に、「無」（愛を有しない人間）から「有」（愛することができる人間）を生み出した、とコックスは指摘する。(81) 付け加えれば、この「知」から「愚」への道筋には、いわば己の「愚」を「知る」という逆説が含まれているのである。『リア王』をドストエフスキーに結びつけた言葉として、コックスも引用しているが、アーサー・シューアル（Arthur Sewell）の言葉がある。「『リア王』という作品は、セネカに遡るというより、ドストエフスキーを予期する作品ではないだろうか」(82)

さらに、『悲劇のヴィジョン』の中で『リア王』と『カラマーゾフの兄弟』を扱っているリチャード・B・シューアル（Richard B. Sewall）は、リアの苦しみに満ちた「巡礼の旅」とドストエフスキーの主人公などの苦しい「巡礼の旅」の繋がりを指摘している。(83)

三　登場人物たち

コックスは、『カラマーゾフの兄弟』に関する章の中で、その登場人物に『リア王』の登場人物を重ね合わせている。それによれば、リアに当たるのはイヴァン、コーディリアに当たるのはアリョーシャ、エドマンドに当たるのはスメルジャコフとなる。(84) カラマーゾフ兄弟の三男であるアリョーシャは、見習いの修道僧である。彼は敬虔な信仰を持ち、兄たちなど周囲の人々に常に愛情深く接する。確かに、愛を象徴する存在として、コーディリアと通ずるものがある。スメルジャコフは、カラマーゾフ兄弟の父親であるフョードルが近所の乞食女に生ませた子であり、今はその家で下男として使われている。彼は、人間の暗い部分を代表するような人物であり、カラマーゾフ兄弟の次男で彼にとっては異母兄であるイヴァンに自分との類似性を見出す。そして、「全ては許される」と言うイヴァンの意識の奥に父親殺しの願望を読み取り、イヴァンの代わりに癲癇を装って巧妙に自分の父親フョードルを殺すのである。このように見ると、グロースターの庶子として生まれ、屈折した感情を持ち、嫡子であるエドガーと父親グロースターを策略でもって裏切るエドマンドと通ずるものがある。

イヴァンは非常に怜悧で、無神論的思想と超人哲学を有している。その思想が明らかにされるのは、彼が構想した「大審問官」という叙事詩である。その中で、異端審問裁判を行う大審問官が姿を現したキリストに言う。キリストが人々に与える自由は魅力的だが同時に苦痛をもたらすものであるということ、そして、人間が共通に抱いている永遠の悩みとは「誰の前にひれ伏したらよいのか」だということを。このように突き放したような冷徹な言葉を発しながら、しかし一方で、イヴァンは人間的な関わりを求めている。理知と感情の間での不安定な状態に加えて、スメルジャコフから父親殺しの大本が自分であることを知らされ、彼は苦悩の内に狂気に陥っていく。このようなイヴァンの姿は、家長の権力に過大な期待を抱きながら、愛を求め続けるリア王の姿と重なる。

一方、リチャード・B・シューアルは、『カラマーゾフの兄弟』に関する論で、極限状況に追い詰められる長男ドミートリーに嵐の中のリア王の姿を見ている。(85) ドミートリーは、高級娼婦グルーシェニカをめぐって、父フョードルとは恋敵の関係にある。非常に奔放で情熱家の彼は、また純粋な精神の持ち主でもある。彼は、父親殺しの犯人として真っ先に疑われ、逮捕される。逮捕される直前に、彼は周囲の人々に言う。「僕のような人間には打撃が、運命の打撃が必要だってことが今分かったんです。……僕はこの告発と、それによる人々全体に及ぶような恥辱との苦しみを甘んじて受け、苦しみたいと思う。苦悩によって汚れを落とします！」[86]結局彼は有罪判決を受けて、シベリアに送られることになる。苦しみの中で、自分の存在を顧みるドミートリーの姿は確かにリア王に匹敵する悲劇性を有している。

以上のように、『カラマーゾフの兄弟』におけるイヴァンとドミートリーの苦しい「巡礼の旅」、そして二人がそれぞれ至る狂気と自省、愛に対する飢餓感などを総合すると、そこにリア王の姿を読み取ることが可能であろう。

『リア王』と『カラマーゾフの兄弟』に「悲劇」としての類縁性があることは確かである。がしかし、「ルネッサンス以降の作家の中で群を抜いて、キリスト教的悲劇の偉大なる作家としてシェイクスピアの後継者になり得る人物がいる。それは、フョードル・ドストエフスキーである」[87]とするコックスは、あまりにシェイクスピアにキリスト教的特徴を読み取ろうというきらいがある。確かに、シェイクスピアの作品には聖書から取られた表現が多々見られ、従って、作品の解釈に重要な役割を果たすが、その根底にはキリスト教的精神という枠では捉えられないもっと普遍的なものがある。

『リア王』はシェイクスピアの作品の中でもキリスト教的色彩が強い作品である。コックスが書いているように、リアの中に苦難を通した「贖い」と「再生」の暗示を見ることも可能である。しかし、たとえば、リアの最期に、「コリント人への第一の手紙」十五章五十四節の「死は勝利に呑み込まれた」という言葉が単純に当てはまるだろうか。

リア　　かわいそうに、私の可愛いやつが絞め殺された！　もう、もう生命がない！

犬や馬や鼠にも生命があるのに、
なぜお前は息をしていないのだ。お前はもう戻ってはこない、
決して、決して、決して、決して、決して！
どうかこのボタンを外してくれ。ありがとう。
これが見えるか。この顔を見ろ、ほら、この唇を、
見るんだ、これを見るんだ。

〔息絶える〕

（第五幕第三場 三〇四―一〇）

ここには、「死は勝利に呑み込まれた」という思想とは異質のものを感じ取ることができる。地底に吸い込まれるような「決して」（never）の繰り返しの後、コーディリアが生き返ったと思いながら息絶えるリアの姿は、そこから先のことは考えさせない厳粛な悲劇性を有している。劇の世界はそこに収斂されているのだ。そこにはキリスト教的な彼岸はない。しかし、リアが生きた強い痕跡がある。『リア王』をしめくくる最後の台詞「最も年老いた方が最も耐えられた。若い我々は／これだけの憂き目を見ることも、これほど長く生きることもあるまい」（三二四―五）は、リアが生きた証であり、ここで振り返って我々はこの作品の崇高な悲劇性を受け入れるのである。C・L・バーバー（C. L. Barber）が言うところの「ポスト・キリスト教的状況[88]」、すなわち、キリスト教的な価値はあるが、キリスト教的な彼岸はもはやない、という状況がここに見られよう。

一方、ドストエフスキーの場合は、まさに「キリスト教的悲劇」を実現している。彼にとってはキリスト教、特にロシア正教がよすがとなっている。彼の思想の根幹には、神への信仰という問題が常にあった。そしてそれ

が小説として表現されたとき、コックスが言うように、その小説はヨハネの「黙示録」的な特質を帯びている。ドストエフスキーは、信仰の問題をシェイクスピアにも投影しようとした。ドストエフスキーがシェイクスピアに当てた「絶望の詩人」や「予言者」という言葉は、ある程度理解はできるが、信仰の問題をシェイクスピアに投影しようとしたドストエフスキーの思い入れをそこに読み込む必要があろう。

しかし、この二人の作家はそれぞれ違った角度から「悲劇」を通して、「聖なるもの」、それもバーバーの言う「人間の中における聖なるもの」(89) を追求したことは明らかである。

四　家族の人間関係を描いたカーニヴァル的悲劇

『リア王』も『カラマーゾフの兄弟』も、家族という人間関係の中で起こる悲劇を描いている。リアと、ゴネリル、リーガン、コーディリアという三人の娘、グロースターと、嫡子のエドガーと庶子のエドマンドという二人の息子、フョードル・カラマーゾフと、ドミートリー、イヴァン、アリョーシャという三人の息子、それに私生児のスメルジャコフ。彼らはそれぞれ、愛情と憎悪に突き動かされ、壮大な悲劇的世界を展開する。

作品冒頭のリアは、家族の表層的な愛と尊敬の言葉を求め、家族の中に「聖なるもの」があることに気がつかない。しかし、上の娘たちから冷たい仕打ちを受け、自分の人間としての弱さを思い知ることになる。愚かで弱い自己という認識は、同時にコーディリアという「聖なるもの」に至る道であった。彼が息絶える前に、コーディリアが生き返ったと思ったのは、父と娘という小さな人間関係における「聖なるもの」の最後の輝きであったのではないか。

『カラマーゾフの兄弟』では、好色な父親を持った個性的な息子たちそれぞれの思想が作品を彩る。その中では敬虔で清廉なアリョーシャが中心となって「聖なるもの」の追求がなされる。その追求において特に重要な存在が長男ドミートリーである。アリョーシャの師である老修道僧ゾシマはドミートリーの前で、「その将来の大きな苦悩」に対して跪拝する。そしてその通りドミートリーは大きな苦悩を抱えることになる。その彼は、裁判の前日、弟のアリョーシャに次のように言う。「あのな、おれはこのふた月の間に、自分の中に新しい人間を感じ取ったんだ。新しい人間がおれの中でよみがえったんだ！　おれの中にもともと閉じ込められていたんだが、この雷のような打撃がなかったら、決して姿を現さなかっただろう」(90)。このようなドミートリーの「再生」は、ドストエフスキーがロシアの民衆に求めた理想であったのである。

日本を代表する映画監督である黒澤明はシェイクスピアとドストエフスキーを愛した。その彼がドストエフスキーの『白痴』を映画化した際に、あるインタビューの中で、ドストエフスキーの魅力について、それは普通の人間の限度を越えた優しさ、すなわち悲惨なものを見たときに「目をそむけない」優しさにあると語っている(91)。この言葉はまた、シェイクスピアにも通じるものであろう。

人間のあり方を極限状況まで突き詰めて観察し、人間の生における「聖なるもの」を追求する姿勢は、シェイクスピアとドストエフスキーの創作の根幹をなすものである。この点において、ドストエフスキーは彼の創作の「悲劇的要素の主たる養育者」(本節冒頭のグロスマンの言葉)であるシェイクスピアから学び取ったところは大きかったはずである。そして、このような姿勢でもって、二人は、それぞれ戯曲と小説というジャンルで、カーニヴァル的な混沌とした空間でダイナミックに繰り広げられる悲劇を生み出したのである。

第四節　トルストイのシェイクスピア観

一　シェイクスピアへの批判

これまで記したように、十九世紀前半のロシア文学界において、シェイクスピアは、プーシキンをはじめとする多くの文人たちに熱烈に信奉された。しかし、レフ・ニコラエヴィチ・トルストイは、シェイクスピアの戯曲に批判的な姿勢を取り続け、晩年の一九〇三年から一九〇四年にかけて書いた『シェイクスピアと演劇について』（《О Шекспире и о драме》）では、シェイクスピアの戯曲、特に『リア王』を批判の対象にしている。

ロシアで『リア王』が初めて上演されたのは一八〇七年一一月であり、その台本はグネーディチ（Николай Иванович Гнедич）がフランスの劇作家デュシス（デュシー）（Jean-François Ducis）による幸福な結末を持つ翻案を訳したものである。その後、一八三〇年代には原作に近い翻訳で上演されるようになった。

トルストイの日記（一八五七年一月一二日）によれば、彼はハムレット的な人物を登場させた喜劇の創作を考えていたようである。日記には以下のように書かれている。

毎日、停滞せずに書くこと。……（七）喜劇。『世故に長けた

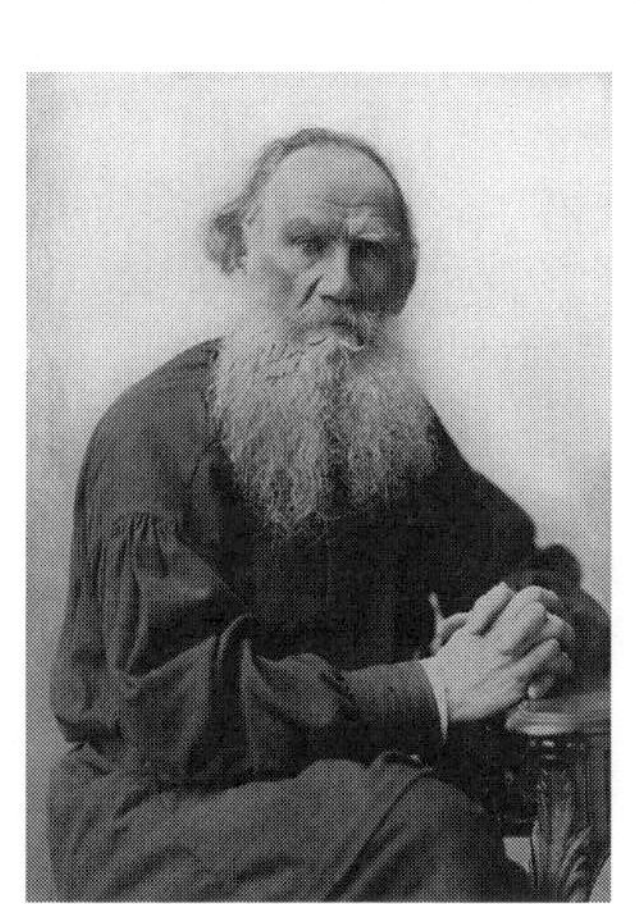

トルストイ（getty images）

人間』。ジョルジュ・サンド的な女と、全てに病的な抗議の声を上げている現代のハムレット。しかし、個性なし。[92]

しかし、これは実現しなかった。因みに、この三十年後に、アントン・チェーホフも『ハムレット』のヴォードヴィル版を創作しようとしており[93]、結局これも実現に至らなかったが、『ハムレット』が当時のロシアの作家たちの創造力を大いにかき立てたことが分かる。

また、同じく日記（一八九二年一〇月七日）において、トルストイは、ツルゲーネフが書いた『ハムレットとドン・キホーテ』に言及している。

ツルゲーネフの『足れり』と『ハムレットとドン・キホーテ』――これは、現世の生活の否定であり、キリスト教的生活の主張である。[94]

ツルゲーネフはトルストイより十歳年上で、プーシキンが一八三六年に創刊した雑誌『現代人』を通して、ツルゲーネフとトルストイは親交を結んでいる。時に激しくぶつかり合った二人であったが、トルストイは『ハムレットとドン・キホーテ』を、彼なりの見方で高く評価している。

本章第一節で述べたように、一八六〇年に発表された『ハムレットとドン・キホーテ』は当時のロシアの文壇に大きな反響を呼び起こした。ハムレットを「民衆にとって無益な存在」、いわゆる「余計者」とする考えは、この当時の知識層、インテリゲンツィヤが共通して抱えていた重要な問題であり、ツルゲーネフ自身がハムレットの要素を多く持っていたと考えられる。

多くの人々が、ドン・キホーテを理想の一端としながらも、自己意識が強いゆえに行動できないハムレットに共感を覚えたわけであるが、トルストイは、ハムレットではなく、ハムレットの友人であり、ハムレットに尽くすホレイショーに共感を示している。以下は、トルストイの日記（一九〇五年三月一八日）の部分である。同箇所で、ホレイショーと自分の娘たちを重ね合わせているのは興味深い。

ツルゲーネフは立派な論文『ハムレットとドン・キホーテ』を書き、終わりの方でホレイショーをつけ加えた。だが、私は、二つの主要な性格――それは、ドン・キホーテとホレイショー（サンチョ・パンサや可愛い女［チェーホフの『可愛い女』のヒロイン］も）であると考える。前者は大部分、男であり、後者は大部分、女である。私の息子は皆ドン・キホーテだが、自己犠牲の精神は持っていず、娘は皆、自己犠牲の覚悟を持ったホレイショーである。(95)

トルストイが、他の作家たちと違い、『ハムレット』という作品、そして主人公に共感を持っていなかったことは、『シェイクスピアと演劇について』という論文でも示されているが、『芸術とは何か』（《Что такое искусство?》（一八九七―八）という著作でも言及されている。

かつてロッシのハムレットの公演を観たことを覚えている。その悲劇自体、そして主役を演じた俳優は、現代の批評家たちによって演劇芸術の極致と見做されている。しかし、私は絶えず、劇の内容自体からも、また演出からも、偽の芸術作品らしきものがもたらす、あの独特な苦痛を抱いていた。(96)ロッシというイタリアの名優演ずるハムレットを観たときのことを思い起こし、現代の批評家たちが絶賛するこの悲劇が自分には苦痛を抱かせるものであったと記している。シェイクスピアの代表的な悲劇への反感は、『リア王』に関してさらに尖鋭化される。

二　『リア王』への批判の端緒

一八五六年、雑誌『現代人』で親交を結んでいたドルジーニン（Александр Васильевич Дружинин）が『リア王』を翻訳した。ドルジーニンは、その年の一月二四日と三一日に、トルストイや詩人のフェート等の前で、自分が訳した『リア王』を読んで聞かせている。ツルゲーネフたちはトルストイの「シェイクスピア嫌い」を変えようと腐心しており、ドルジーニンが『リア王』を訳したことはその牽引になると期待されていたのである。

以下は、評論家のB・П・ボトキンがドルジーニンに宛てた書簡（一八五六年二月七日）の一部であるが、その期待が明らかに示されている。

あなたが訳した『リア王』は大成功です！　私にとってこの成功は疑いのないものでしたが、確信が明らかになるとき、喜びは何と大きくなるのでしょう。ついに、ツルゲーネフがさんざん批判してきた、トルストイのシェイクスピアへの有名な反感だって！　この反感がまず最初に消えると私が確信したことを正当に評価せざるを得ません。とにかく、あなたの優れた翻訳がこの機会に役立ったことを嬉しく思います。(97)

しかし、トルストイはドルジーニンの翻訳についてなかなか感想を明らかにしようとせず、ツルゲーネフは感想を述べるように書簡（一八五六年一二月八日）で催促している。

あなたがせめてドルジーニンのためにおそらく読んだであろう『リア王』について、最終的な感想を私に知らせてください。(98)

その答えは、トルストイの日記（一八五六年一二月一一日）に素っ気なく記されている。

［ドルジーニン訳の］『リア王』を読んだ。あまり感銘を与えず……(99)

彼の妻ソフィアの日記（一八七〇年二月一五日）には、夫がシェイクスピアに対して抱いている感情を率直に記した箇所がある。

昨晩、レーヴォチカ［トルストイの愛称］はシェイクスピアについてたくさん話し、シェイクスピアに大変感服していた。シェイクスピアに、大きな演劇的才能を認めているのだ。
［その追記］
シェイクスピアへの賞賛は短時間で終わった。元来、夫はシェイクスピアが好きではないのだ。そしていつもこう言っていた。「これは内緒だよ」(100)

シェイクスピア嫌いを隠さなかったはずのトルストイが「内緒だ」と言うのは半ば滑稽であるが、ともかく、トルストイがシェイクスピアに熱中していながら、短時間でその評価が変わってしまう様子が分かる。この根底には、天才的な芸術家へのトルストイの期待と失望という、複雑な感情があるようだ。

以下は、彼の日記（一八九六年五月二八日）の一部である。

中くらいの芸術家は、価値の点で並であっても、決してそんなにひどいものは創造しない。しかし、有名な天才たちは、まさに偉大な作品か、全くの駄作かを創造するのである。シェイクスピア、ゲーテ、ベートーヴェン、バッハ、他。(101)

「有名な天才たちは、偉大な作品か全くの駄作かを創造する」として、シェイクスピアやゲーテの名前を挙げていることにおいても、トルストイの心情が見て取れる。

三　『シェイクスピアと演劇について』

次に、トルストイがシェイクスピアを徹底的に批判した有名な論文『シェイクスピアと演劇について』を取り上げる。この論文のきっかけは、トルストイの人道主義に共鳴したアメリカの作家アーネスト・クロスビーが「シェイクスピアと労働者階級」というテーマの本を書くに当たって、その序文をトルストイに依頼したものであるが、結局長大な論文となっている。

以下は、第一章の最初の方に書かれているシェイクスピアに関する批評である。

初めてシェイクスピアを読んだときの驚きを覚えている。私は大きな美的な喜びを得られると期待していた。しかし、彼の傑作とされている『リア王』『ロミオとジュリエット』『ハムレット』『マクベス』を次々と読んでいっても、私は喜びを感じなかったばかりか、強烈な不快感と退屈さ、そして当惑、すなわち、教養ある世界全体によって完璧の極致と認められている作品を、つまらない、全くの悪作と見做したり、あるいはこの教養ある世界によってシェイクスピアの作品にあるとされている意義を無茶なものと見做したりする自分が気がおかしいのではないかという当惑を感じたほどだ。……長いこと私は自分を信じず、五十年にわたって自分を調べるつもりで、あらゆる可能な形で、たとえば、ロシア語で、英語で、さらに、勧められたようにシュレーゲルのドイツ語訳で、数回シェイクスピアを読みにかかった。そして悲劇も喜劇も歴史劇も数回読み、間違いなく感じたのはやはり同じもの、すなわち、不快感、退屈、当惑だった。[102]

ここで分かるのは、当初のシェイクスピアに対する期待とそれが裏切られたこと、他の人々が絶賛しているが、自分に感じられたのは不快感、退屈、当惑であったということである。同時に、シェイクスピア作品に、ロシア語や英語の原文、ドイツ語で目を通している姿も明らかである。

第二章では、『リア王』について、場面ごとに欠点を挙げている。たとえば、戯曲冒頭におけるグロースターがケントに語る台詞の不道徳さはトルストイを苛立たせ、第一幕第四場における道化の言葉遊びも批判対象になっている。

この後、道化が登場して、全く状況に相応しくない、何の結果ももたらさない、長たらしい、滑稽になるは

ずが滑稽ではない、道化と王の会話が始まる。(103)

具体的に挙げられている会話は、「冠」と「頭」という意味を持つcrownをめぐる言葉遊びが入った以下の部分である。

道化　……おじちゃん、卵を一つおくれ。そしたら、二つの冠（crowns）をあげるから。
リア　二つの冠とはどんなものだ？
道化　そりゃあ、卵を真ん中で割って中身を食べてしまったら、卵の冠が二つできるよね。あんたはあんたの冠を真ん中で割って、両方とも人にやってしまったんだから、ロバを背負って泥の中を歩くはめになったんだ。金の冠をやってしまうなんて、あんたの禿げた頭（crown）には知恵がほとんどなかったんだねえ。
（『リア王』第一幕第四場　一四八―五七）

道化をはじめとする、悲劇的状況に合わない不自然な台詞、変装したケントに気づかない不自然な状況、嵐の荒野でのリアたちのひっきりなしの戯言等、批判は続く。

そして第三章のはじめで、『リア王』を「完成の極致に達していないのみか、極めて劣悪でぞんざいに作られた作品」と断じている。

現代の誰にとっても、もしこの悲劇［『リア王』］が完成の極致であるという暗示にかかっていなければ、次のことを確信するには、最後まで読み続ける（十分な忍耐力は必要だが）ことで十分だろう。すなわち、この作品は、完成の極致に達していないのみか、極めて劣悪でぞんざいに作られた作品であり、その当時のある人や一定の観客には面白いものであり得たとしても、今では嫌悪感と退屈さしか呼び起こすことができないと確信するのである。(104)

この部分でも分かるのだが、トルストイのシェイクスピア批判の背景には、シェイクスピアを無批判に絶賛する風潮に一矢を報いたいという強い思いがあるようである。

一方、トルストイは、比較対象として、シェイクスピアの『リア王』より前の一五九〇年頃に書かれた作者不詳の『リア王実録年代記』(*The True Chronicle Historie of King Leir*) を第四章で取り上げ、賞賛している。作品後半で、フランスに渡ったリア王が消耗し切った状態で、フランス王妃となっているコーデラ（『リア王』におけるコーディリアに当たる）と再会したときに交わす台詞が原文で引用されている。この台詞の場面ではリア王はまだコーデラの素性に気づいていない。なお、トルストイの原文引用では、一行目に「リア王が話す」(говорит Лир) というロシア語が入り、また、二行目は原文で'Twouldであるところが I wouldとなっており、さらに『リア王実録年代記』での Cordella がシェイクスピアに則って Cordelia と表記されている。

……シェイクスピアの場合のような、道化とリアとエドガーの間で展開する、不自然な戯言の代わりに、古い劇［『リア王実録年代記』］では、父娘対面の自然な場面が展開される。……

If from the first, говорит Лир, I should relate the cause,
I would [Twould] make a heart of adamant to weep.
And thou poor soul,
Kind-hearted as thou art
Dost weep already, ere I do begin.
Cordelia. For Gods love tell it and when you have done,
I'll tell the reason, why I weep so soon.

リアは言った。「もし最初からその理由を語るのなら
私は金剛石のように固い心も泣かせることになるでしょう。
しかし、かわいそうにあなたは、
本当に心が優しい方だ、
私が語り始める前に、もう泣いている」
コーディリア「どうぞお話しください。お話が終わりましたら、
なぜこれほど早く私が泣いているのか、そのわけをお話ししましょう」

〔『リア王実録年代記』二二三四―九〕(105)

シェイクスピアの『リア王』では、リア王とコーディリアは第四幕第七場で再会し、言葉を交わす。狂気の嵐が過ぎたリアがコーディリアを「聖霊」と見間違うなど、この場面も美しい場面であるが、トルストイにとっては『リア王実録年代記』の父と娘の会話が明快で、純粋に美しいものだったと思われる。同じく第四章で、『リア王実録年代記』のよさを挙げつつ、シェイクスピアの方の問題点も浮き彫りにしている。

……この古い劇は、全く比較にならないほど、あらゆる点で、シェイクスピアによる改作よりも優れている。古い劇がより優れている理由の第一は、そこには、悪漢エドマンドや生気のないグロースターやエドガーのような、全く余計で注意をそらすだけの人物がいないことである。第二に、そこには、リアの荒野で

の彷徨、道化との会話、そして、あり得ない変装と見破れなさ、やたらと多い死というような、全く見せかけの効果がないからである。特に主要な理由は、この劇には、シェイクスピアにはない、リアの率直で自然な深く感動させる性格があり、さらに一層感動的で明確かつ魅力的なコーディリアの性格があること、そして、シェイクスピアにおいては、不必要なコーディリアの殺害によって台無しになってしまっているリアとコーディリアの対面の場面の代わりに、古い劇には、シェイクスピアのあらゆる劇の中で一つとして似たものがない、リアとコーディリアの和解の、素晴らしい場面があることである。

さらにまた、古い劇は、シェイクスピアのよりももっと自然に、もっと観客の道徳的要求に相応しく、すなわち、フランスの王が姉娘の夫たちに勝利し、コーディリアは死ぬことなく、リアを以前の身分に戻すことによって、終わっているのである。[106]

確かにコーディリアの死は、サミュエル・ジョンソンも言っているように、衝撃を与えるものであり、トルストイも、古い『リア王実録年代記』やネイハム・テイトの改作やデュシスの改作のような、幸福な結末を好んだのであろう。また、前述の引用の「観客の道徳的要求に相応しく」という表現は、芸術に道徳性を追求し続けたトルストイならではのものである。

『シェイクスピアと演劇について』の最後では、シェイクスピアへの賛美は催眠状態にかかった人によるものと辛辣に評され、トルストイ自身が追い求めているのは、人生の教師たる存在であり、真の宗教的戯曲であるということが明らかになっている。

……この催眠状態から解放された人々は、シェイクスピアおよびその模倣者たちの、くだらない不道徳な作品が、単に観客の気晴らしと娯楽を目的とするのみで、決して人生の教師になり得ないこと、そして、人生に関する教えは、真の宗教的戯曲がないうちは、他の源泉に求めなければならないということを理解するだろう。(107)

四　トルストイのシェイクスピア批判への反論と分析

トルストイのこのような批評に対する反論として、イギリスの作家ジョージ・オーウェル（George Orwell）の「リア、トルストイと道化」（Lear, Tolstoy and the Fool）（一九四七）が有名である。オーウェルはすでに一九四一年五月七日に、ＢＢＣ海外向け番組で、「トルストイとシェイクスピア」という講演を行っている。その講演ではトルストイの論文を「あまりにも内容的に個人的意見に過ぎる」「トルストイは、シェイクスピアを詩人としてではなく、思想家ないし教師として非難しているが、見当違いも甚だしい」と批判している。その六年後に書かれたのが「リア、トルストイと道化」である。

オーウェルは、まず悲劇的状況について語り、「悲劇的状況とは、まさに美徳が勝利するのではなく、それでもなお人間が自分を滅ぼす力よりも気高いということが感じられるときに、存在するのである」とし、その後、トルストイがその存在を受け入れられなかった道化の重要性を唱えている。続いて、彼は次のように書いている。

『リア王』の道化に対するトルストイの苛立ちに、彼の、シェイクスピアに対するより深い不満が垣間見える。トルストイは、理由づけしながら、シェイクスピアの戯曲のまとまりのなさ、不適切さ、信じ難い筋、誇張された言葉を批判する。しかし、彼がおそらく心の底で最も嫌悪しているのは、一種の豊饒さ、人生の実際の過程における喜びというよりむしろその過程に純粋に関心を持つ傾向である。(108)

そして、その人生最後に家や財産を手放したトルストイがリア王という主人公と重なる部分があるという見解に立った上で、それゆえにこの悲劇のモラルがトルストイを怒らせ、その心を乱したのだろうと指摘している。(109) トルストイは自分と同様、シェイクスピア嫌いを標榜していたジョージ・バーナード・ショー（George Bernard Shaw）と書簡を交わしている。これについて、演劇研究者ルビー・コーンは次のように書いている。

一九四五年までに、ショーは『リア王』に関するトルストイの見解を、次のように言って退けていた。「トルストイは、オリジナルの『リア王』［『リア王実録年代記』のこと］が、彼が不道徳として嫌悪したシェイクスピアの改作より優れていると断言した。これまで彼に賛同した者は誰もいない」(110)

シェイクスピア研究者であるG・ウィルソン・ナイトは、トルストイと、『アテネのタイモン』を書いたシェイクスピアとを重ね、トルストイは実はシェイクスピアというより彼の批評家たちを攻撃しているとしている。また、トルストイは「純粋に、シェイクスピアを理解できないことに苦しみ、当惑していた」と書き、ただ、トルストイの論文で確かに言及されているように、シェイクスピアの「熟達した場面展開」は認めていると指摘している。(111)

『トルストイとシェイクスピア』で、ジョージ・ギビアンは、トルストイの批評の姿勢、特に、絶対的な明快さを求める姿勢には、フランスの新古典主義の影響があると指摘している。[112] 確かに『シェイクスピアと演劇について』で、ゲーテ等、ドイツのシェイクスピア批評を批判している点を含めて、トルストイの文学観の形成にフランス新古典主義の影響が見られる。

エレナー・ロウは、ロシアにおける『ハムレット』受容史において、ドイツの作家トーマス・マンが、トルストイのシェイクスピア批判に言及しており、その批判の激しさのことを「絶対的な創造者のアイロニーに対する道徳的に苦しんでいる人間の嫉妬であった」と指摘していると記し、続けて、「トルストイはシェイクスピアに映る自分自身を嫌悪した」と引用している。そして、このマンの見解は、トルストイの中の芸術家とモラリストの分裂と対立を想定しているとしている。[113]

五　批判と敬意の狭間で

トルストイがシェイクスピアに抱いた感情は非常に複雑であったと考えられる。『戦争と平和』や『アンナ・カレーニナ』等の小説で様々な人間模様を描いたトルストイは、よくシェイクスピアと比較される。シェイクスピアは彼にとって常に意識せざるを得ない存在だったと思われる。

シェイクスピアに対して時に賛美しながら、年を重ねるごとに激しく批判を加えたトルストイについて、笠原誠也は次のように書いている。

> トルストイをして斯くもシェイクスピア問題にかかずらせた原因の一つに――それも主因に――シェイクスピアの才能や力量を固より高く買ったればこそ慕らざるを得なかった不満感が挙げられまいか。[114]

哲学者で文芸批評家のジョージ・スタイナーは、『トルストイかドストエフスキーか』において、ロシアの二人の文豪を比較し、トルストイをホメロスの叙事詩の系譜に繋がる作家であり、ドストエフスキーを悲劇の系譜に繋がる作家としている。そして、トルストイについて、清教徒的な考え方から演劇を非難したが、一方で魅力を感じていたとし、そのシェイクスピア批判について、「トルストイはシェイクスピアがそのような地位［すなわち、ホメロスに匹敵する地位］に相応しい人物ではないと主張したがっているが、彼の攻撃の激しさは、むしろ対等な敵対者への決闘者の敬意を露呈している」と記している。(115)

このスタイナーの見解は、グリゴーリー・ミハイロヴィチ・コージンツェフ（Григорий Михайлович Козинцев）の見解と繋がっていると思われる。コージンツェフは旧ソビエトを代表する映画監督で、一九六四年に『ハムレット』を映画化、そして一九七一年には『リア王』を映画化している。その『リア王』の撮影日記の中で、コージンツェフは、オーウェルと同じように、トルストイとリア王の類似点を挙げ、また、トルストイが批判しているシェイクスピアの言葉を擁護し、そして、悲劇『リア王』の登場人物は皆、自分たちの考えに取り憑かれているとし、特にリアの思考については、何層にもわたる思考を横切る果てしない道として分析している。そして、「トルストイはシェイクスピアを滅ぼすことができなかったばかりか、逆に彼について多くの発見をしてしまった」と指摘している。(116)

この指摘は正鵠を射ていると思われる。トルストイのシェイクスピアに対するアンビヴァレントな感情にトルストイの人間らしさが読み取れ、また、批判が先に立っているとはいえ、シェイクスピアの作品を読み返しては分析する中で、コージンツェフの指摘通り、シェイクスピアについて「多くの発見をして」おり、私たちにトルストイとシェイクスピアという作家の力を共に伝えていると考えられる。

最後に、トルストイの戯曲におけるシェイクスピアの影響を見ていく。

Л・M・ロトマンは、トルストイの戯曲『生ける屍』（一九〇〇）と未完の『光は闇に輝く』に見られるシェイクスピアの影響について次のように書いている。

これらの戯曲それぞれの特徴が、トルストイがあれほど綿密に研究し、あれほど情熱的に批判したシェイクスピアの『リア王』の問題性と関わっていることに注目することは興味深い（『生ける屍』においては、主人公の、家族からの出奔、彼の放浪。『光は闇に輝く』においては、主人公と子供たちとの相互の無理解、主人公が受けるのけ者扱い、若い主人公と年老いた主人公の偽りの狂気）。(117)

さらに、トルストイの代表的戯曲『闇の力』（一八八六）には、『マクベス』を思わせる場面がある。ニキータという下男は、裕福な農夫の未亡人、それも夫を毒殺した未亡人と結婚するが、その未亡人の義理の娘とすでに関係を持っており、母親と妻に言われ、この娘との間にできた赤ん坊を殺す。殺人を犯し動揺するニキータを母親がマクベス夫人のように叱咤する場面がある。また、追い詰められていくニキータの姿はマクベスを彷彿させる。最後はニキータが全ての罪を負うという、トルストイらしい終わり方になっているが、ニキータの心理描写等、『マクベス』の影響が見られる。

また、たとえば『生ける屍』の主人公は、自分のことを「余計者」と言い苦悩するのであるが、これはツルゲーネフが論じたハムレット像と重なる。

前述したように、トルストイは演劇を非難する一方、強い魅力を感じている。二十代後半には芝居を観る機会もあり、演劇への関心は強かったのではないだろうか。その牽引として、シェイクスピアという存在がいたことは確かであろう。

トルストイにとってシェイクスピアは、大きな敬意に値する敵対者であり、批判的姿勢の中で様々な発見を誘う泉のような存在であったと考えられる。

注

（1）Ф. М. Достоевский,《Письма 1832-1859》(『書簡集　一八三二―一八五九』), Пол. собр. соч., т. XXVIII, кн. 1, гл. ред. В. Г. Базанов, Л., Наука, 1985, стр. 50.

（2）Johann Wolfgang von Goethe, *Werke (Hamburger Ausgabe)*, Bd. 7, München, Deutscher Taschenbuch Verlag, 1982, S. 246.

（3）В. Г. Белинский, 〈《Гамлет》, драма Шекспира—Мочалов в роли Гамлета〉, Пол. собр. соч., т. II, гл. ред. Н. Ф. Бельчиков, М., Изд. АН СССР, 1953, стр. 254.

（4）И. С. Тургенев,《Гамлет и Дон-Кихот》, Пол. собр. соч., т. VIII, ред. М. П. Алексеев и др., М., Наука, 1964.

（5）Там же, стр. 179.

（6）Ю. Д. Левин,《Достоевский и Шекспир》(「ドストエフスキーとシェイクスピア」),《Достоевский. Материалы и исследования》, т. I, гл. ред. В. Г. Базанов, Л., Наука, 1974, стр. 125.

（7）Там же.

（8）Достоевский,《Чужая жена и муж под кроватью》, Пол. собр. соч., т. II, 1972, стр. 62.

（9）Достоевский,《Дневник писателя 1876》, Пол. собр. соч., т. XXIII, 1981, стр. 112.

（10）William Shakespeare, *Hamlet*, Ed. Ann Thompson and Neil Taylor, The Arden Shakespeare, 2006. 以下の引用も同様。

（11）Достоевский,《Подросток》, Пол. собр. соч., т. XIII, 1975, стр. 129.
（12）Достоевский,《Дневник писателя за 1877》, Пол. собр. соч., т. XXVI, 1984, стр. 123.
（13）Достоевский,《Братья Карамазовы》Пол. собр. соч., т. XIV, 1976, стр. 367.
（14）Eleanor Rowe, *Hamlet: A Window on Russia*, N.Y. Univ. Pr., 1976, p. 89.
（15）Достоевский,《Идиот》, Пол. собр. соч., т. VIII, 1973, стр. 305.
（16）Достоевский,《Бесы. Рукописные редакции》Пол. собр. соч., т. XI, 1974, стр. 204.
（17）《Братья Карамазовы》, Пол. собр. соч., т. XV, 1976, стр, 124.
（18）《Дневник писателя 1876》, Пол. собр. соч., т. XXII, 1981, стр. 6.
（19）Ю. Д. Левин,《Шекспировские герои у Достоевского》(「ドストエフスキーにおけるシェイクスピア的主要人物」),《Грузинская Шекспириана 4》, ред. Нико Киасашвили, Изд. Тбилисского Унив-та, 1975, стр. 223.
（20）Достоевский,《Бесы》, Пол. собр. соч., т. X, 1974, стр. 151.
（21）Достоевский,《Подросток. Рукописные редакции》, Пол. собр. соч., т. XVI, 1976, стр. 5.
（22）Достоевский,《Статьи и заметки 1862-1865》, Пол. собр. соч., т. XX, 1980, стр. 136.
（23）Достоевский,《Преступление и наказание》, Пол. собр. соч., т. VI, 1973, стр. 165.
（24）小林秀雄「感想――ハムレットとラスコーリニコフ――」、『新潮』一九五五年八月号所収、一一八頁。
（25）《Преступление и наказание》, стр. 320.
（26）Там же, стр. 5.
（27）Rowe, op. cit., p. 86.
（28）John Dover Wilson, *What Happens in Hamlet*, Cambridge Univ. Pr., 1959, p. 290.
（29）《Преступление и наказание》, стр. 421.
（30）Достоевский,《Идиот. Рукописные редакции》, Пол. собр. соч., т. IX, гл. ред. В. Г. Базанов, Л., Наука, 1974, стр. 161.
（31）「女主人公」Героиня は「創作ノート」の途中から Геро になっている。これを Героиня の略とする捉え方と、Геро が英語の Hero に当たることから、ドストエフスキーが好んだシェイクスピアの喜劇『から騒ぎ』の女性登場人物ヒーローと関連させる捉え方がある。

(32)《Идиот. Рукописные редакции》, стр. 150.

(33) Там же, стр. 145.

(34) Там же, стр. 166.

(35) Там же, стр. 171.

(36) A. C. Bradley, *Shakespearean Tragedy*, 2nd ed, Macmillan, 1905, p. 180.

(37) William Shakespeare, *Othello*, Ed. E. A. J. Honigmann, The Arden Shakespeare, 1997. 以下の引用も同様。

(38) S. T. Coleridge, *Lectures and Notes on Shakspere* [*sic*] *and Other English Poets*, George Bell & Sons, 1902, p. 388.

(39) 角カッコの部分は筆者による説明である。以下の角カッコも同様。

(40)《Идиот. Рукописные редакции》, стр. 200.

(41) Там же, стр. 208.

(42) Там же, стр. 205.

(43) Там же, стр. 218.

(44) Там же, стр. 220.

(45) Достоевский,《Письма 1860-1868》(『書簡集　一八六〇―一八六八』), Пол. собр. соч., т. XXVIII, кн. 2, 1985, стр. 251.

(46)《Идиот. Рукописные редакции》, стр. 266.

(47) Там же, стр. 284.

(48) Там же, стр. 285.

(49)《Шекспировские герои у Достоевского》, стр. 218.

(50) Левин, Указ. соч., стр. 215-6.

(51)《Бесы》, стр. 102.

（52）《Бесы. Рукописные редакции》, стр. 142.
（53）Там же, стр. 143.
（54）《Подросток》, стр. 224.
（55）Там же, стр. 208-9.
（56）Достоевский, 《Подросток. Рукописные редакции》, Пол. собр. соч., т. XVI, 1976, стр. 205.
（57）Достоевский, 《Братья Карамазовы. Рукописные редакции》, Пол. собр. соч., т. XV, 1976, стр. 269.
（58）《Братья Карамазовы》, стр. 343-4.
（59）Левин, Указ. соч., стр. 217.
（60）А. С. Пушкин, 《Мысли о литературе》(『文学論』), сост. М. П. Еремин, М., Современник, 1988, стр. 339.
（61）《Подросток》, стр. 382.
（62）Достоевский, 《Дневник писателя 1876. Рукописные редакции》, Пол. собр. соч., т. XXIV, 1982, стр. 160.
（63）《Достоевский и Шекспир》, стр. 127.
（64）Там же, стр. 108.
（65）《Дневник писателя 1876. Рукописные редакции》, стр. 162.
（66）《Бесы. Рукописные редакции》, стр. 237.
（67）《Письма 1832-1859》, стр. 98.
（68）Достоевский, 《Бедные люди》, Пол. собр. соч., т. I, 1972, стр. 70.
（69）《Письиа 1832-1859》, стр. 161.
（70）Там же, стр. 311.
（71）*Shakespeare: The Critical Heritage*, Vol.1, Ed. Brian Vickers, Routledge & Kegan Paul. 1974, p. 26.
（72）Достоевский, 《Статьи и заметки 1862-1865. Рукописные редакции》, Пол. собр. соч., т. XX, 1980, стр. 152.
（73）《Дневник писателя 1876. Рукописные редакции》, стр. 312.

(74) М. М. Бахтин, 《Проблемы поэтики Достоевского》(『ドストエフスキーの詩学の問題』), СПб., Азбука-Аттикус, 2015, стр. 53.
(75) Там же, стр. 238-9.
(76) Roger L. Cox, *Between Earth and Heaven: Shakespeare, Dostoevsky, and the Meaning of Christian Tragedy*, Holt, Rinehart & Winston, 1969.
(77) Ibid., p. 30.
(78) Ibid., p. 82.
(79) Ibid., p. 76.
(80) William Shakespeare, *King Lear*, Ed. R. A. Foakes, The Arden Shakespeare, 1997. 以下の引用も同様。
(81) Cox, op. cit., p. 82.
(82) Arthur Sewell, *Character and Society in Shakespeare*, Oxford Univ. Pr., 1951, p. 120.
(83) Richard B. Sewall, *The Vision of Tragedy*, Yale Univ. Pr., 1959, p. 74.
(84) Cox, op. cit., pp. 224-5.
(85) Sewall, op. cit., p. 113.
(86) 《Братья Карамазовы》, Пол. собр. соч., т. XIV, стр. 458.
(87) Cox, op. cit., p. 123.
(88) C. L. Barber and Richard P. Wheeler, *The Whole Journey: Shakespeare's Power of Development*, Univ. of California Pr., 1986, p. 1.
(89) Ibid.
(90) 《Братья Карамазовы》, Пол. собр. соч., т. XV, стр. 30.
(91) 黒澤明「『白痴』作品解題」、『全集・黒澤明』第三巻、岩波書店、一九八八年、三一二頁。
(92) Л. Н. Толстой, Собр. соч. в 22-х том, т. 21, ред. М. Б. Храпченко и др., М., Художественная литература, 1985, стр. 180.
(93) 一八八七年一一月頃、チェーホフはラザレフ（ペンネーム――グルジンスキー）にヴォードヴィル『ハムレット、デンマークの王子』の共作を持ちかけている。これについては次章で取り上げる。
(94) Толстой, Собр.соч.в 22-х том, т. 21, стр. 482.

（95）Толстой, Собр. соч. в 22-х том, т. 22, 1985, стр. 195.

（96）Л. Н.Толстой, Пол. собр. соч., т. 30, М., Государственное издательство художественной литературы, 1951, стр. 146-7.

（97）Толстой, Пол. собр. соч., т. 35, 1950, стр. 681.

（98）Там же, стр. 680.

（99）Толстой, Собр. соч. в 22-х том, т. 21, стр. 168.

（100）Толстой, Пол. собр. соч., т. 35, стр. 681.

（101）Толстой, Собр. соч. в 22-х том, т. 22, стр. 47.

（102）Толстой, Пол. собр. соч., т. 35, стр. 216-7.

（103）Там же, стр. 222.

（104）Толстой, Пол. собр. соч., т. 35, стр. 236.

（105）Там же, стр. 242-3. なお、『リア王実録年代記』（*The True Chronicle Historie of King Leir*）は以下の文献を使用した。*Narrative and Dramatic Sources of Shakespeare*, Vol. VII, Ed. Geoffrey Bullough, Routledge and Kegan Paul, 1973.

（106）Там же, стр. 243-4.

（107）Там же, стр. 272.

（108）George Orwell, “Lear, Tolstoy and the Fool”, *Casebook Series: King Lear*, Ed. Frank Kermode, Macmillan, 1969, p. 157.

（109）Ibid., p. 162.

（110）Ruby Cohn, *Modern Shakespeare Offshoots*, Princeton Univ. Pr., 1976, p. 242.

（111）G. Wilson Knight, *The Wheel of Fire*, Methuen, 1961, p. 272.

（112）George Gibian, *Tolstoj and Shakespeare*, Folcroft Library, 1971, p. 26.

（113）Rowe, op. cit., p. 105.

（114）笠原誠也「トルストイのシェイクスピア論」、『東京国際大学論叢　商学部編』第五一号所収、一九九五年、五六頁。

（115）George Steiner, *Tolstoy or Dostoevsky*, Yale Univ. Pr., 1996, pp. 115-6.

（116）Grigori Kozintsev, *King Lear: The Space of Tragedy*, trans. Mary Mackintosh, Heinemann Educational Books, 1977, p. 174.

（117）Л. М Лотман,. “Драматургия Л. Н. Толстого”（「レフ・トルストイの作劇法」）,《История русской драматургии: вторая половина XIX—начало XX века до 1917г》, ред. Ю. К. Герасимов и др., Л., Наука, 1987, стр. 430.

第三章　シェイクスピアとチェーホフ

アントン・パーヴロヴィチ・チェーホフ（Антон Павлович Чехов）（一八六〇―一九〇四）は、南ロシアのタガンローグに生まれた。彼の祖父は元来農奴であり、それゆえにチェーホフは人一倍人生の苦悩に対して鋭敏であったと思われる。十一歳頃からシェイクスピアなどの演劇に夢中になった彼は、自らも寸劇を書いたようである。その一方で、モスクワ大学医学部に入学、「僕の本妻は医学ですが、愛人もいて、それが文学です(1)」という彼特有のユーモアが示すように、医者という専門職の傍ら、家族を養うために文筆活動を本格的に始めることになる。戯曲に関しては、大学二年のときに、『父親不在』、後に『プラトーノフ』という題名で知られる作品を書き、以後、『イヴァーノフ』（一八八七）、『白鳥の歌』（一八八七）、『森の精』（一八八九）（後に『ヴァーニャ伯父さん』として改作）などを次々と発表し、一八九五年、三十五歳のときに『かもめ』を脱稿する。アレクサンドリンスキー劇場で初演された『かもめ』は失敗に終わったが、二年後、創設まもないモスクワ芸術座での上演は大成功を収める。『かもめ』（一八九六）の他、四十四年の生涯を閉じるまで、彼は『ヴァーニャ伯父さん』（一八九七）、『三人姉妹』（一九〇一）、『桜の園』（一九〇三）と代表作を創作していった。

チェーホフも、他のロシアの文人たちと同じく、シェイクスピアを愛し、その影響を受けた。では、三百年という時を隔てて、チェーホフはシェイクスピアをどのように捉え、自分の作品に吸収していったのであろうか。

チェーホフの作品や書簡を通して、シェイクスピアとチェーホフに共通する懐疑の詩学と、さらに、シェイクスピアとチェーホフをこよなく愛し、「笑い」にこだわった日本の劇作家井上ひさし（一九三四―二〇一〇）を含めた三人の劇作家の喜劇的精神を考察する中で、チェーホフに見るシェイクスピアを繙きたい。

第一節　シェイクスピアとチェーホフ――懐疑の詩学をめぐって――

一　演劇改革への思いとシェイクスピア作品への言及

一八六〇年、ちょうどチェーホフが生まれた年に、一つの論文が出版された。第二章第一節で取り上げたツルゲーネフの『ハムレットとドン・キホーテ』である。ツルゲーネフは、ハムレットとドン・キホーテを全く対極的な人格と捉え、ハムレットについてはエゴイストであり懐疑論者であるとし、次のように書いている。

　あらゆることに疑いを抱いているハムレットは、もちろん自分自身をも容赦しない。その知性は、あまりに発達し過ぎていて、自分自身の中に見出すものに満足できなくなっている。彼は自分の弱さを意識している。しかし、そのような自己意識こそ力なのである。ここから彼が抱えるアイロニーが、ドン・キホー

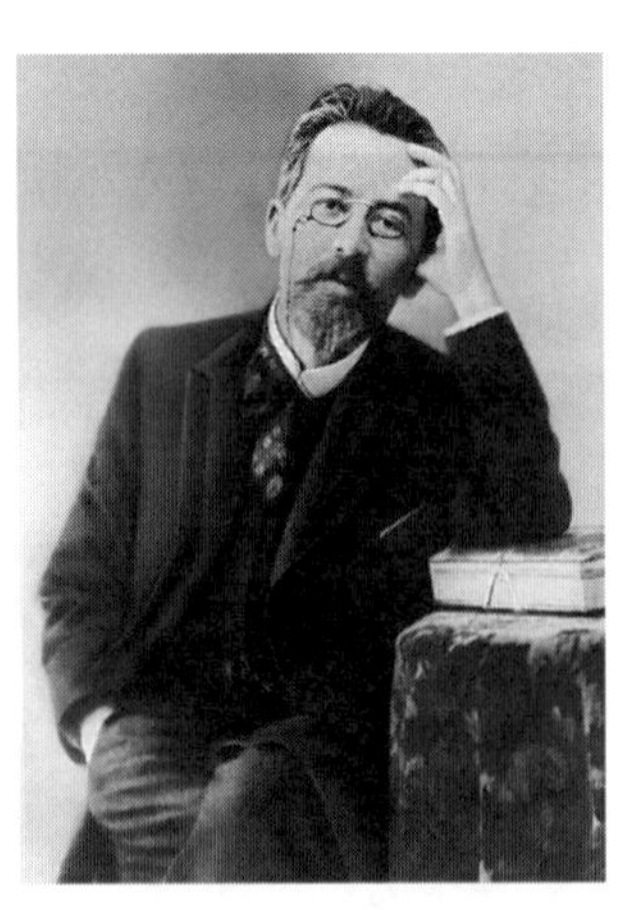

チェーホフ（getty images）

テの熱狂とは正反対のものが生まれてくる。(2)

そして、ツルゲーネフはハムレットを「民衆にとって無益な存在」、いわゆる「余計者」とするのであるが、(3)多くの人々が、このような自己意識が強いゆえに行動できないハムレットに共感を覚えた。チェーホフも例外ではなかった。

チェーホフをシェイクスピアに結びつける要因として、演劇改革への強い思いがあった。チェーホフは、当時の形骸化した演劇について危惧の念を抱き、演劇改革の必要性を唱えていた。一八八八年一一月にA・C・スヴォーリンに宛てた手紙の中で、彼は次のように書いている。

演劇が乾物屋の手から文学者の手に移るように、全力を尽くさなければなりません。さもなければ演劇はだめになります。(4)

そのような彼にとって、シェイクスピアは、ジンゲルマンの言葉を借りれば、「伝統的な演劇との戦いにおける協力者」であった。(5)

シェイクスピアとチェーホフの劇作法上の共通点の一つは、喜劇性と悲劇性の相互作用を巧みに利用した点である。両者の戯曲において、軽妙な喜劇的要素は、荘厳な悲劇性を高めるのに非常に効果的に使われている。さらに、イギリス生まれの演劇批評家エリック・ベントリーが指摘しているように、舞台で醸し出されるイメージの豊かさもシェイクスピアとチェーホフの共通点である。(6)他に、リアリスティックな人物描写などが挙げられる。

では、実際にシェイクスピアの作品はチェーホフによってどのような形で導入されているであろうか。一幕物の『白鳥の歌』は、ある地方の劇場を舞台としており、一人の年老いた役者と、これも年老いたプロンプターが登場する。深夜、人けのない舞台で、主人公スベドロビードフは、若い頃役者としてもてはやされたが、今になって全てがたわ言であることに気づいたと嘆き、プロンプターを相手にいろいろな名台詞を披露していく。

（生き生きと）待てよ、今度は『リア王』でいこう……空は真っ黒で雨が降り、雷がゴロゴロ！……稲妻がピカピカッ！……空全体を縞状に切り裂くのさ。(7)

そして彼は、『リア王』第三幕第二場の嵐の場面におけるリアの台詞を言う。続いて、『ハムレット』第三幕第二場のハムレットとギルデンスターンの笛をめぐるやり取りが引用され、さらに、最後の方で『オセロー』第三幕第三場の「さらば、心の平和よ」で始まるオセローの台詞が使われている。因みに、『リア王』の訳はドルジーニンによるもので、『ハムレット』はポレヴォイ、『オセロー』はヴェインベルクの訳を用いている。シェイクスピアからの引用はそれぞれ、『白鳥の歌』の主人公の感情、すなわち怒りに駆られた激情、諧謔、哀感を表すのに相応しいもので、チェーホフがいかにシェイクスピアに通暁していたかが分かる。

しかし、とりわけチェーホフが愛読し、舞台を好んで観たのは『ハムレット』であった。チェーホフにとって『ハムレット』という作品は、「常につきまとって離れない存在」（D・マガーシャックの言葉）(8)であり、「文学創造の試金石」（T・A・ストラウドの言葉）(9)だったのである。

二　『ハムレット』と『かもめ』

二十二歳の頃、チェーホフは、イヴァーノフ＝コゼリスキー主演の『ハムレット』に対する劇評を書いている。この劇評は、「まずく演じられたシェイクスピアでも、退屈な無為よりはましである」[10]という毒舌で終わっている。チェーホフにとって、イヴァーノフ＝コゼリスキーの最大の欠点は、その弱々しい演技にあった。「ハムレットは決断できない人間だが臆病者ではない」[11]のである。これは冒頭に挙げたツルゲーネフのハムレット像よりも肯定的に捉えた見方である。

同じ一八八二年、チェーホフは『男爵』という短編を発表している。「男爵」というあだ名を持ち、いつもからかいの対象である老プロンプターは、シェイクスピア、中でも『ハムレット』に大きな愛着を感じている。

> 四十年もの間、男爵は、あらゆる立派な役者が憧れ、作者シェイクスピア以外にも月桂冠をもたらしたこのデンマークの王子について研究している。四十年間、男爵は研究に研究を重ね、煩悶し続け、憧憬に胸を焦がしている。[12]

ある日、若い赤毛の役者がハムレットを演じ、旅回りの役者との場に入ったとき、「男爵」はその演技に対する不満が高じて、思わずプロンプター・ボックスから身を乗り出してハムレットの台詞を叫んでしまう。失態を演じた「男爵」ではあったが、「彼の五体は歓喜に震えていた」。しかし、第二独白に入る頃には、「男爵」の声は力ないものになる。

十秒ほど黙ってから、男爵は深いため息をつくと、もはやそれほど大きくない声でこう付け加えた。――「ああ、何という愚か者だ、おれは！」

もしこの地上に老いというものがなかったなら、この声こそ、赤毛のハムレットではなく、正真正銘のハムレットの声だったであろう。(13)

若きチェーホフは、自らの『ハムレット』への関心をこのように創作に反映させていったのである。

この当時のロシアにおける「ハムレット崇拝」は大変なもので、この戯曲の翻訳が次々と出版された。このような風潮の中で、文人たちがハムレットに各々独自の人物像を仮託したのは当然の成り行きであったと思われる。特にチェーホフの場合、戯曲の主要人物にハムレットの姿を投影させている点で注目に値する。

「チェーホフのシェイクスピア劇」(14)と呼ばれる『かもめ』は、作品全体が『ハムレット』の世界と重なり合う。以下に、二つの戯曲の登場人物の関連性を示す。

『かもめ　四幕の喜劇』（Чайка, комедия в четырёх действиях）

トレープレフ（Треплев）――ハムレット（Hamlet）

ニーナ（Нина）――オフィーリア（Ophelia）

アルカージナ（Аркадина）――ガートルード（Gertrude）

トリゴーリン（Тригорин）――クローディアス（Claudius）およびハムレット（Hamlet）

小説家志望の青年トレープレフをハムレットとすれば、トレープレフの母親で女優のアルカージナはハムレットの母親ガートルードに当たり、アルカージナの愛人で、有名な小説家トリゴーリンはハムレットの叔父クローディアス、そして、トレープレフの恋人で、女優を目指しながら夢破れるニーナはハムレットの恋人オフィーリアとなる。また、トリゴーリンはハムレットの側面も有している。

第一幕、元女優のアルカージナとトレープレフが次のような台詞を交わす。

アルカージナ　（息子に）ねえお前、一体いつ始まるの？
トレープレフ　すぐです。もう少し辛抱してください。
アルカージナ　（『ハムレット』の台詞から）「おお、私の息子！　そなたは私の心の中に目を向けさせた。私の心はこんなに血にまみれ、ひどい潰瘍がはびこっている。……もう救いようがない！」
トレープレフ　（『ハムレット』の台詞から）「なにゆえにあなたは悪徳に屈したのですか、なにゆえに罪悪の深淵に愛を求めたのですか？」(15)

これらは、『ハムレット』第三幕第四場、ハムレットがガートルードを面罵する場面の台詞の引用であり、アルカージナとトレープレフの母子の感情の交差を示す暗示的なものである。訳はポレヴォイによるものが使われている。特に、トレープレフの言うハムレットの台詞において、「脂ぎった寝床」(an enseamed bed) や「汚い豚小屋」(nasty sty) などを使った原文の語調の激しさが大幅に緩和されているのは、翻訳者ポレヴォイの特徴を表しており、興味深い。

この場面の後で、ニーナはトレープレフが創作した独白劇を演じる。その独白劇は、『ハムレット』第三幕第二場の劇中劇を想起させる。ロシア・フォルマリズムの中心人物であるヴィクトル・シクロフスキー(16)は、この独白劇について次のように書いている。「トレープレフは、ハムレットと同じように、人々がなした罪について人々と話す目的で上演するのである」(17)。この試みにハムレットの場合は成功するが、世界の滅亡と、悪魔との戦いによる霊魂と物質の調和を唱えた非常に観念的なトレープレフの芝居は、母親ら無理解な人々によって中断させられてしまう。このように結果に違いはあるが、ハムレットもトレープレフも、劇中劇を通して周囲の世界との断絶の意識を強めるのである。

『かもめ』第二幕で、自分の手帳を読みながらやってくるトリゴーリンを目にしてトレープレフは言う、「ハムレットのような歩きぶりで、おまけに本も持っている。（からかう）『言葉、言葉、言葉』か」。さらに、トリゴーリンが「グランド・ピアノに似た雲」に触れた台詞は、『ハムレット』第三幕第二場、いろいろな形に見える雲をめぐるハムレットとポローニアスの滑稽なやり取りを念頭に置いていると思われる。

次節で取り上げる井上ひさしも、エッセイ「『ハムレット』と『かもめ』」で両作品の類似性に触れ、「とにかくわたしは『かもめ』を書いているチェーホフの机の上に、シェイクスピアの『ハムレット』がひろげてあっただろうと、ほとんど確信した」と書いているように(18)、『かもめ』には『ハムレット』の投影が随所に見られる。がやはり、トレープレフとハムレットの重なり合いが何にもまして重要である。伯父ソーリンが言うように、トレープレフには自分が「余計者」であるという意識が強くある。「余計者」であるという意識と自分の才能に対する自尊心の間でトレープレフは苦悩する。作家として認められ始めてからも、「余計者」という意識は消えず、最後の自殺に繋がっていく。こうした孤独感は明らかにハムレットとも通じる。

三　ハムレットが投影された主人公たち

ハムレット的な人物像はヴァーニャ伯父さんの形象の中にも看取できる。さらに典型的なのは、『プラトーノフ』の主人公と『イヴァーノフ』の主人公である。村の小学校教師プラトーノフは、劇中で「当節の曖昧な状態を最もよく表している人間」（第一幕）と評され、[19]「ハムレットに似ている」（第二幕）と言われる。[20]過去の自分を振り返っては、憂鬱症に罹り、無気力状態に陥る「余計者」プラトーノフは、多くの女性に愛されるが、結局自分の依拠する場が見出せず、自己嫌悪に陥り自殺を試みる。がそれもできず、ついに一人の女性にピストルで撃たれて倒れる。事態の悲劇性にもかかわらず、人生の桎梏の中であがく人間の姿を、チェーホフ流の突き放したような滑稽さで描いた興味深い作品と言える。主人公は自殺を試みる際に、「ハムレットは夢を恐れたけど……僕が恐れるのは人生さ」（第四幕）と言う。[21]この台詞は、チェーホフの創作手帳に綴られた言葉と合致する。「なぜハムレットは死後に見る夢について心配したりしたのだろう、人生そのものにもっと恐ろしい夢が訪れるというのに」。[22]当時のハムレット的人物が抱える問題がここに明らかに読み取れる。

『イヴァーノフ』の主人公には、プラトーノフ以上にハムレット的特徴が強く表現されている。イヴァーノフは言う、「健康で丈夫な人間であるおれが、ハムレットともマンフレッドとも余計者とも、何だかさっぱり分からない者になってしまったと考えると、恥ずかしくて死にたいくらいだ」（第二幕）。[23]自分を「余計者」やハムレットに喩えることによって、イヴァーノフは苦々しい自己認識を示す。

情熱に溢れた自分の過去に思いを馳せて、彼は「風車と戦ったり、壁に額をぶつけるようなこともした」と言う。これは明らかにドン・キホーテ的な人間像である。それに対し、現在の自分は、「至る所に、憂愁と、冷たい倦怠と、不満と、生に対する嫌悪を持ち込」む「破滅した」人間である。ツルゲーネフの言う「ドン・キホーテ」と「ハムレット」が、イヴァーノフという一人の人間に同時に存在するのである。

現在のイヴァーノフの姿とハムレットの違いについて、タチアーナ・シャフ=アジゾワは以下のように述べている。

イワノフ［イヴァーノフ］は、自己の分析のすべての仮借なさにも拘らず、ハムレットのようにグローバルに思索せず、日常性によって画された限界の中で考える。「世界苦」はまた彼のなかにはなく――彼は主として自分の運命について悲しみ歎いている。(24)

しかし、チェーホフにとって、こうした日常生活の中で苦悩する人間は、デンマークの王子と同じくらい興味深い人物なのである。チェーホフ自身、ある手紙の中にこのように書いている。

誰にとっても、人生というものは不快なものです。……僕が理解する限りでは、人生は、恐怖やいざこざ、低俗さが渾然としていたり交互に現れたりして成り立っているのです。(25)

イヴァーノフの長い独白（第三幕）とハムレットの独白（第二幕第二場と第四幕第四場）とを照らし合わせてみると、二人の主人公の共通性が見えてくる。

おれはみじめで、つまらない、悪い人間だ。……ああ、おれはどんなに自分のことを軽蔑していることか！（中略）おれの土地はまるでみなし児のようにおれを眺めているのだ。おれは何も期待しない、何も惜しくはない、おれの心は明日という日を前にして恐怖におののいているのだ。（中略）一体おれはどうしたのだろう？　どんな深い淵に自分を突き落とそうとしてるんだろう！（中略）分からない、分からない、分からない！　いっそ額に弾丸をぶち込んでしまおうか！(26)

主人公の眼は、外的要因を持つハムレットよりも強く、自分自身の内部に向けられる。過去の自分と、現在、ひいては未来の自分を比べて絶望感に陥るのは、プラトーノフの場合と同様である。イヴァーノフの中では、今の生活と自己の精神との間に乖離が起きている。一方、ハムレットの場合は、いかに己を罵ろうとも、復讐という目的が彼の存在の一端を担っている。しかし、思索する孤独な人物という観点から、二人の共通性は明らかである。イヴァーノフは、独白の最後の、「いっそ額に弾丸をぶち込んでしまおうか」という台詞通り、最後にはピストルで自殺することになる。

以上のように、チェーホフが描いた主人公、イヴァーノフ、トレープレフ、プラトーノフなどは、皆ハムレットの面影を持ち、ロシアのハムレットの型を示していると言える。チェーホフはシェイクスピアから、台詞を含めて登場人物の性格や劇作法について影響を受けた。その底には呼応し合うものが流れていたはずである。

四　懐疑の詩学

チェーホフの芸術性は、「臨床医の明晰さと冷徹さ(27)」にあるとよく言われる。作家自身、女流作家リジア・アヴィーロワに宛てた手紙の中で次のように書いている。

不幸な人々や不運な人々を描いて、読者の同情を喚起したいのなら、もっと冷淡になりなさい。そうすれば、他人の悲しみがあたかも背景を得たかのように、よりくっきりと浮き彫りにされるのです。(28)

また、彼は主義主張を唱えることを極端に嫌った。アヴィーロワによれば、チェーホフは次のように言ったそうである。

作家はさえずる小鳥ではありません。……〈主義だの理想だの、そんな言葉がなぜ僕に要るのです？　もし僕が才能のある作家だとしても、やっぱり僕は教師でもなければ、説教者、宣伝家でもない。〉僕がありのままに、ということは芸術的にという意味ですが、人生を描く。そうすればあなたがたはその中に、今まで見なかったものを――人生のひずみとか、矛盾とかをごらんになるわけです。(29)

冷徹な観察者として客観的に社会や時代の動きを見つめたチェーホフは、懐疑派であった。この点で、互いに反発するものがありながら親交を保ち続けたトルストイとチェーホフ、この二人の作家の話す姿を描いたアンリ・トロワイヤの表現は絶妙である。「幻想にとり憑かれた予言者と、慇懃な懐疑論者の語り合い」(30)。チェーホフは、その懐疑の精神ゆえに、小説なり戯曲なりに思想的な結論・解決を引き出すことをほとんどしなかった。結論を出す作業は、読者や観客といった受け手に委ねられるものなのである。

シェイクスピアはモンテーニュから影響を受けているとよく指摘される。モンテーニュの『エセー』の英訳が出版されたのは一六〇三年、つまり『ハムレット』が書かれたとされる一六〇一年の二年後である。だが、『エセー』の翻訳者ジョン・フローリオのパトロンがシェイクスピアのそれと同じ人物であったことなどから、かなり以前からシェイクスピアはモンテーニュや『エセー』のことを知っていたと考えられている。

しかし、シェイクスピアの創作態度にはすでに懐疑の精神があったと言えるであろう。『リチャード三世』では、彼は、悪名高い主人公をある意味で魅力ある人物として描いている。冒頭の独白で主人公は自分の醜い姿に触れて、「造化のいたずら、出来そこない」と表し、人知れぬ苦悩を漏らす。そのような苦悩と苦悩をバネとする力強さは観客に不思議な感興を惹起するものである。『ヴェニスの商人』における憎まれ役シャイロックは、第三幕第一場、自分たちユダヤ人が人間としてキリスト教徒とどこが違うのか、と痛切なる憤懣を吐き出す。ほとんどの場合、シェイクスピアは登場人物のそれぞれの視座に立って台詞を書いている。また、『お気に召すまま』のジェイクイズのようなふさぎの虫や『アテネのタイモン』のアペマンタスのような皮肉屋、そして『リア王』の道化のように、わきからものを見て発言する人物を置くことにおいても、シェイクスピアが思想の狭い枠に囚われまいとしたのは明らかである。

『尺には尺を』や『トロイラスとクレシダ』などのいわゆる「暗い喜劇」も、諷刺性を含んだ懐疑の精神の所産と言える。しかし、何より懐疑の精神が浸透しているのは『ハムレット』である。ハリー・レヴィンは、『ハムレット』という戯曲を、「最大の問題劇」「文学のモナ・リザ」と評し(31)、主人公ハムレットについては、「疑いを抱く者であると同時に疑いそのものである」(32)と書いている。

ヴィッテンベルクからデンマークに戻ったハムレットは、考えなければならない重大な問題を抱えている。父親であるデンマーク王の不可解な死、その弟クローディアスと母ガートルードの早過ぎる結婚とクローディアスの即位。さらに、父王の亡霊と会った後には、死の真相の究明と復讐という任務が加わる。「この世の関節が外れたのだ、ああ何という嫌なことだ、／それを直す役目を背負わされたというのは！」（第一幕第五場 一八六―七）というハムレットの台詞は、彼にとって復讐が個人的なものではなく、普遍的な意味を持っていることを示している。思索する者としてのハムレットの逡巡は独白に明らかである。第四幕第四場の独白においては、人間と獣の違いに触れ、神にも似た理性を行動に結びつけられない自分を責める。ハムレットの思索は、人間存在の深い領域に及んでいる。

第五幕第二場、レアティーズとの剣試合の前に、ハムレットは次のような台詞を言う。

前兆など無視しよう。雀一羽が落ちるのにも神の摂理がある。今来てしまえば、もう来ない。もう来ないなら、今来るのだ。今でなくとも、いずれは来る。覚悟が全てだ。人間、捨てるべき命について誰も分かっていないのなら、早く捨てることになろうとそれがどうだというのだ。構うことはない。

（第五幕第二場 二一五―二〇）

この、モンテーニュを想起させる台詞は、自然に則った人間のあり方に触れている。これは、自分の行動の動機づけ、広くは人間の存在の理由づけに対して懐疑的な態度を取ってきたハムレットの一つの認識と言える。「人間というものは、驚くほど空虚な、多様な、変動する存在だ」(33)と言ったモンテーニュのように、ハムレット、否、シェイクスピアは、方法としての懐疑、言い換えれば「根本的な反本質主義（antiessentialism）(34)」によって人間の多様性を認識し、自然の中に生きる人間存在を見つめているのである。

エリック・ベントリーは、チェーホフのことを、「近代劇作家のなかで彼ほど真の意味で、根源的な情熱を描いた作家はいない」[35]と書いている。不穏な時代にあって、チェーホフの作品には悲観的、倦怠的な色が濃いが、確かに主要人物の言動には情熱が感じ取れる。チェーホフの場合、冷徹な眼でものを見、冷静な態度で書こうとすればするほど、人物たちの情熱が観客に伝わってくる。独特の劇的な表現力がここに看取できる。

シェイクスピアは、人間の情熱を様々な角度から描いている。その情熱の行きつく先が破滅であれ死であれ、それが終焉ではない。

チェーホフもシェイクスピアも、疑念を保持することによって既成のものに囚われず、完結のない、未来に開かれた作品を書いたと考えられる。現在もなお、シェイクスピアやチェーホフの戯曲が好んで上演されているのはこのためであろう。こうしたことから、二人の共通の土壌には懐疑の詩学があると考えられる。

第二節　笑いの妙趣――シェイクスピア、チェーホフ、井上ひさしの三者の関係――

一　チェーホフの、シェイクスピアとヴォードヴィルへの関心

チェーホフはもともとヴォードヴィル（笑劇）に強い関心を有し、シェイクスピアなどから刺激を受け、劇作を始めた。『かもめ』をはじめ、台詞を含めて登場人物の性格や劇作法にシェイクスピアの影響が認められる。

前節の懐疑の詩学、そして喜劇的精神はこの二人の劇作家に通底している。本節では、二人の喜劇的精神につい

て考察する。

チェーホフは十一歳頃からシェイクスピアなどの演劇に夢中になり、自らも寸劇を書いていたようである。彼の理想の演劇はヴォードヴィルにあった。未成年者のヴォードヴィル見物は禁止されているにもかかわらず、変装してヴォードヴィルを観ていた少年チェーホフが警察に捕まった話は、井上ひさしがチェーホフを扱った評伝劇『ロマンス』にも示されている(36)。その後、モスクワ大学医学部に入学し、本章冒頭で記したように、「僕の本妻は医学ですが、愛人もいて、それが文学です」という、彼特有のユーモアが示しているように、家族を養うために文筆活動を本格的に始め、ユーモア雑誌に短編小説を投稿しているが、ヴォードヴィル創作への熱意は冷めなかった。

チェーホフがシェイクスピアとヴォードヴィルへの関心を合体させた構想として、『ハムレット、デンマークの王子』というヴォードヴィルの創作がある。一八八七年一一月頃、チェーホフは作家A・C・ラザレフ（ペンネーム――グルジンスキー）にこのヴォードヴィルの共作を持ちかけている。ラザレフは劇作の経験がないということでためらうのだが、チェーホフは、劇作は生活の糧になると強力に勧め、結局二人は『ハムレット、デンマークの王子』の共作作業に入る。次のラザレフへの二通の書簡（一八八七年一一月一五日、同年一一月二六日）には、チェーホフがラザレフに助言をしながら推し進めている様子が窺える。

（一八八七年一一月一五日）

実は、私が『ハムレット、デンマークの王子』の内容を簡潔に語ると、俳優たちは遅くとも一月には、つまりできるだけ早く上演したいという強い願望を表明しました(37)。

（一八八七年一一月二六日）

あなたの第一幕の終わりは不自然です。このように終わってはなりません……第二幕を面白くするには仲間同士の和解で終わる必要があります。なにしろ第二幕で、チグロフがハムレットの父王の亡霊を演じるんですから！（中略）私はあなたをうんざりさせたり、あなたが私を不作法者と罵らないか心配です……しかし、ヴォードヴィルにかける苦労はあなたにとって有益だと考えて自分を慰めます。きっと上達しますよ。(38)

この作品は結局完成に至らず、原稿も残っていないが、書簡やラザレフの発言等から推測すると、短編小説『記念晩餐会』の主人公の俳優チグロフがこのヴォードヴィルの主人公で、劇団主との確執があり、チグロフの存在を煙たく思い、彼を黙らせたい劇団主は、チグロフによって、約束事を全て実行することを観客に向かって誓わせられる。この場面が『ハムレット』の舞台、すなわち劇中劇の形で展開する予定で、ハムレットの父王の亡霊を演じているチグロフが、「誓え」（『ハムレット』第一幕第五場）という台詞を言う手はずだったようである。結局このヴォードヴィルの共作は立ち消えになり、原稿が残っていないのは非常に残念であるが、チェーホフがいかにヴォードヴィルに、それも『ハムレット』のヴォードヴィル化に関心を持っていたかが分かる出来事である。

ロシア文学者であり翻訳家である米川正夫は、ヴォードヴィル創作へのチェーホフの自負について、チェーホフの書簡を引用して次のように言及している。

チェーホフはヴォードビルを書き得る己れの才能を高く評價してゐた。彼はグネーヂッチに宛てた手紙の中で、「ヴォードビルは笑ひを教えてくれる。笑ふものは健全な人である」と論じ、「なるべく澤山道化の出て来るシェイクスピアの喜劇の笑ひを、見物に親しませなくてはならぬ」と云ひ、彼自身も「二十五分ばかりの一幕物で、見物が悉く腹の皮を縒り、翌る朝芝居小屋から千切れた釦をものの三百も掃き出すやうなのを書いて見せる。」と高言してゐる。(39)

チェーホフがシェイクスピアの喜劇を強く意識し、その笑いの精神を自分の戯曲に繋げたいと思っていたことが明らかである。

二　チェーホフの書簡に見るシェイクスピア

十九歳のとき、チェーホフは末の弟ミハイルに宛てて次のような書簡（一八七九年四月六日頃）を送っている。

きみは次のような本を読みなさい。『ドン・キホーテ』（全編、七あるいは八部）。素晴らしい作品です。シェイクスピアとほとんど同列に扱われるセルヴァンテスの作品です。もしまだ読んでいなければ、きみたち、僕の兄弟に、ツルゲーネフの『ドン・キホーテとハムレット』［『ハムレットとドン・キホーテ』のこと］を読むように勧めます。(40)

ツルゲーネフの『ハムレットとドン・キホーテ』は当時のロシア文壇に大きな影響を与えたが、チェーホフもその影響を受け、シェイクスピアと『ハムレット』への関心を高めていたのである。

これから、チェーホフがいかにシェイクスピアに親しんでいたか、彼の書簡におけるシェイクスピアの作品への言及の例をいくつか見ていく。

チェーホフがH・A・レイキンに宛てた書簡（一八八四年六月一七日）では、次のように書かれている。

パーリミンはペテルブルクに行くのをきっぱり断りました。ヴォルガ川に沿った旅ですが、おそらく出かけることはないでしょう……言葉、言葉、そして言葉……(41)

レイキンはユーモア作家で、一八八二年からユーモア雑誌『断片』を編集。同年暮れに、この書簡で言及されている詩人のパーリミンを通じてチェーホフと知り合い、修業時代のチェーホフの短編小説を積極的に雑誌に掲載した。この部分では、レイキンがチェーホフとパーリミンをペテルブルクへの旅に誘ったところ、パーリミンが断ったことを伝えている。「言葉、言葉、言葉」はハムレットがポローニアスの追及をからかい気味にかわす台詞である。

ポローニアス　殿下、何を読んでおられるのですか？
ハムレット　言葉、言葉、言葉。

（『ハムレット』第二幕第二場　一八八―九）

おそらくパーリミンが言葉を操る詩人であることと、彼に断られたという事態を軽い皮肉を込めて表しているのであろう。

詩人で編集者のЛ・Н・トレーフォレフ宛の書簡（一八八七年九月三〇日）では、前述と同じ『ハムレット』第二幕第二場が使われている。

私は自分の本が二倍の値段に値しないと信じ告白します。でも、あなたの寛大なミューズが、各々の人に対して、その功績に従ってではなく、功績以上に報いるようにと（ポローニアスに）極めてもっともな忠告をしたハムレットを思い出してくれますように。(42)

これは、ハムレットが旅役者たちへの対応についてポローニアスに答える台詞が背景にある。

ポローニアス　殿下、分相応に彼らをもてなします。
ハムレット　何を言っているんだ、きみ、はるかによくもてなすのだ！　あらゆる人間を分相応に扱ったら、鞭で打たれずに済む者などいるだろうか？（第二幕第二場　四六五―八）

ここでも、チェーホフがシェイクスピアの作品をよく読んでいたこと、さらに彼のユーモアの感性を見て取ることができる。

長兄アレクサンドルへの書簡（一八八七年一一月二四日）の末尾には、差出人としてチェーホフは「あなたのシラー・シェークスピロヴィチ・ゲーテ」（Твой Шиллер Шекспирович Гёте）(43)と名乗っている。ドイツの詩人・劇作家のシラーとゲーテの名前の間に、シェイクスピアの名をもじってミドルネーム（父称）を入れている。これもチェーホフらしい遊び心が出ている。

詩人であり劇作家でもあるA・H・プレシチェーエフへの書簡（一八八八年三月三一日）には、三十三歳で自殺した作家ガルシンの葬儀に、作家であるレーマンが追悼演説をしたことへのチェーホフの不快感が表されている。

> 私は、ペテルブルクからの、その葬儀について伝える電報で、ついでながら〈作家レーマン〉も演説をしたと知ったとき、不愉快に思いました。ヘキュバにとって彼は何でしょう、そして彼にとってヘキュバは何なのでしょう？[44]

ここでは、『ハムレット』第二幕第二場における、旅役者がトロイの陥落の場面を情熱的に語った後のハムレットの独白「ヘキュバのために？／あの男にとってヘキュバとは何なのか、また、ヘキュバにとってあの男は何なのか、／彼女のためにあのように泣くなんて？」（第二幕第二場　四九三―五）が使われており、ガルシンをトロイの悲劇の王妃ヘキュバに喩えている。ヘキュバへの言及が、半月後に作家K・C・バランツェーヴィチに宛てた書簡でもなされており、そこではチェーホフは「ヘキュバは誰の特権にも属していません。彼女は皆のための存在です」[45]と書いている。『ハムレット』のこの部分がチェーホフの心に強く残っていたことが分かる。

彼が夏の間別荘を借りていた地主の娘E・M・リントヴァリョーワに宛てた書簡（一八八八年一〇月九日）で、彼は、プーシキン賞を受賞したという知らせを受けて、今後の自分に自由がなくなっていくことを憂えている。まずは、自分の身の回りの細かな事物への別れを、彼特有のユーモアを交えて表現し、その後、『オセロー』第三幕第三場の、オセローの台詞が続く。訳はヴェインベルクによるものである。

全てが消え失せました！　さようなら、夏、さようなら、ザリガニ、魚、先の尖った梭、さようなら、私の怠惰、さようなら、可愛い水色の子供用衣装。

さらばだ、心の平和よ、さらばだ、私の満足よ！(46)

………………

引用されているオセローの台詞には、部下のイアゴーに、妻デズデモーナが浮気をしていると思い込まされ、絶望の淵にあるオセローの心境が現れている。なお、この台詞はチェーホフの一幕物『白鳥の歌』ですでに使われている。

オセロー　……ああ、これからは永遠に
　さらばだ、穏やかな心、さらばだ、満足よ！
　………………

（『オセロー』第三幕第三場　三五〇―九）(47)

チェーホフはスヴォーリンに、現存するだけで三百三十三通もの書簡を送っている。スヴォーリンはジャーナリスト、劇作家、小説家であり、ペテルブルクの新聞『新時代』の社主にもなった敏腕家であり、一八八五年一二月にペテルブルクでチェーホフと知り合って以来、彼を支援し続けた人物である。

スヴォーリン宛の書簡には、チェーホフの戯曲の主人公イヴァーノフとハムレットを比較する等、『ハムレット』への強い関心が見られるのであるが、表現においても『ハムレット』をもとにしたものがある。一八八九年五月はじめの書簡には、「あなたの幸運を祈ります。そしてその聖なる祈りにおいて私のことを忘れないでください」(48)とある。これは『ハムレット』第三幕第一場のハムレット第四独白の最後に、オフィーリアの存在に気づき、ハムレットが彼女にかける台詞がもとになっている。

ハムレット　……ああ、待て、
美しいオフィーリア！　ニンフよ、きみの祈りの中で
僕のあらゆる罪の許しも忘れないでくれ。
（第三幕第一場　八七―九）

チェーホフはこの表現が大層気に入ったようで、多くの書簡でこの表現を使っている。

以上のように、チェーホフはその書簡でシェイクスピア作品をそのまま用いたり、パロディ化して用いたりしている。そこでは、彼がいかにシェイクスピアに通暁していたかが理解できると同時に、M・П・キジマが「その書簡において、シェイクスピアの主人公たちが時々チェーホフ自身の〈私〉を表現する手助けになっている」(49)と指摘しているように、シェイクスピアの主人公たちを通してチェーホフの心理が把握できる。さらに重要なのは、彼特有の喜劇的な感性でシェイクスピアを捉えようとしている姿勢が見られる点である。このような姿勢は、短編小説・一幕物にも反映されている。

三　チェーホフの短編小説・一幕物とシェイクスピア

チェーホフの短編小説と一幕物でシェイクスピア作品と関連した作品を挙げる。作品名に続けて、言及された

り引用されたりしているシェイクスピア作品を記す。戯曲の幕と場が特定される場合にはそれも示す。

短編『よもやま話――詩と散文』(И то и сё (Поэзия и проза), 1881.10) ――『ハムレット』第三幕第一場

『男爵』(Барон, 1882.12) ――『マクベス』、『ハムレット』第一幕第四場と第二幕第二場

『言葉、言葉、そして言葉』(Слова, слова и слова, 1883.4) ――『ハムレット』第二幕第二場

『代表、またはどうしてデズデモーノフが二十五ルーブルを失ったかという話』(Депутат, или повесть о том, как у Дездемонова 25 рублей пропало, 1883.5) ――『オセロー』

『悲劇役者』(Трагик, 1883.10) ――『ハムレット』第三幕第一場

『おお、女よ、女!……』(О женщины, женщины!..., 1884.2) ――『ハムレット』第一幕第二場

『墓地で』(На кладбище, 1884.10) ――『ハムレット』第五幕第一場

『見上げた男』(Светлая личность, 1886.9) ――『ハムレット』第一幕第二場

『記念晩餐会』(Юбилей, 1886.12) ――『ハムレット』

一幕物『白鳥の歌』(Лебединая песня, 1887) ――『リア王』第三幕第二場、『ハムレット』第三幕第二場、『オセロー』第三幕第三場

短編『よもやま話――詩と散文』は、チェーホフが二十一歳のときに書いたもので、いくつかの小話から成っている。その一つは以下のようなものである。

『ハムレット』が上演されている。

「オフィーリア！」とハムレットが叫ぶ。「おお、ニンフよ！　僕の罪の許しを覚えておいて……」

「あなたの右のヒゲが取れていますよ！」とオフィーリアが囁く。

「僕の罪の許しを覚えておいて……え？」

「あなたの右のヒゲが取れていますよ！」

「ちくしょう！……きみの聖なる祈りの中で……」(50)

前述した『ハムレット』第三幕第一場を演じているハムレットとオフィーリアの滑稽なやり取りになっている。オフィーリア役の俳優に「右のヒゲが取れている」と囁かれ、罵りの言葉を発しながら演じるハムレットの姿には、チェーホフ流の突き放したような滑稽な筆致が表れている。

『男爵』という短編は、本章第一節で取り上げているように、ハムレットを演じる、若い赤毛の俳優の演技に不満が高じて、プロンプター・ボックスからハムレットの台詞を叫んでしまう老プロンプターの姿を描いている。自分の感情がハムレットの台詞に密着する主人公の滑稽さが明らかである。

次の短編『言葉、言葉、そして言葉』というタイトルはハムレットの台詞から取られている。前に述べたように、この表現もチェーホフお気に入りのものであった。作品は、一人の男性と一人の女性の会話が主で、女性が自分の堕落ぶりを嘆き、男性は女性が立ち直るように激励するのであるが、結局解決に至らないという話になっており、二人が交わす言葉の空虚さが際立っている。

『代表、またはどうしてデズデモーノフが二十五ルーブルを失ったかという話』では、タイトルにある「デズデモーノフ」は『オセロー』のヒロイン、デズデモーナの語呂合わせであると考えられる。チェーホフは、先ほどの引用でも触れたように、『オセロー』にもたびたび言及しており、『オセロー』の上演を観劇したり、ヴェニスを旅行した際には、書簡でオセローやデズデモーナの名を出したりしている。この短編小説では、デズデモーノフという主人公が上役の長官に談判する代表に選ばれるのだが、いざ長官を前にすると何も言えなくなってしまうという、悲哀と滑稽さが入り混じった作品になっている。おそらく『オセロー』第一幕第三場で、父親や元老院議員の前で、オセローへの愛を明言するデズデモーナの正反対を示す存在として揶揄を含んで描かれていると思われる。

次の『悲劇役者』では、主人公の役者が食事会の席でハムレットの第一独白で「弱き者、お前の名は女」(Frailty, thy name is Woman) とあるところを、ポレヴォイの訳では「おお、女たちよ！　お前たちには名声など取るに足らぬものなのだ」となっており、チェーホフはその前半部分を使っている。作品では、新聞の編集者が家に帰り、ある公爵から新聞に載せてほしいと言われた詩の出来があまりにもひどいと妻に愚痴を言ったところ、妻が予想外にその詩を褒めたために夫が嘆く言葉となっている。

同じ表現が『見上げた男』の最後に出てくる。向かいに住む若い女性が毎日新聞を読みながら一喜一憂している様子を見て、主人公は彼女の知性が優れていると捉え賞賛するが、あるとき、彼女が一喜一憂しているのは、取材記者をしている夫の記事の多い少ないが原因であったと知る。最後は次のように記されている。「『おお、女よ、女！』とシェイクスピアは言った。そして、私には今、彼の気持ちがよく理解できるのだ……」(51)。チェーホフらしい辛口の滑稽さがにじみ出ている。

『墓地で』では、巻頭言として、『ハムレット』第五幕第一場の、墓堀り人が掘り出すしゃれこうべを見て言うハムレットの台詞が使われている。

『記念晩餐会』では、悲劇役者チグロフの、舞台生活二十五周年を記念して開かれた晩餐会の様子が描かれている。因みに、チグロフという名前はチグル（虎）のもじりとなっている。その晩餐会に遅れてやってきた劇団主に対して、日頃不満を持っているチグロフや劇団仲間が気まずい思いをしている中、劇団主は主賓が座っている肘かけ椅子が『ハムレット』の舞台でクローディアスが座る椅子だと気づき、「忘れずに返すように」と注意するところがある。この作品が前述した幻のヴォードヴィルと関係があることは注目に値する。

一幕物の『白鳥の歌』は、本章第一節に記したように、ある地方の劇場で深夜に、一人の年老いた役者が、これも年老いたプロンプターを相手に、『リア王』『ハムレット』『オセロー』の台詞など、いろいろな名台詞を披露するのであるが、その台詞は、主人公の感情を表すのに相応しいものになっている。

このように、『かもめ』のみならず、チェーホフの短編小説と一幕物にもシェイクスピア作品との関連性が多く見られるのである。

四　チェーホフの喜劇観とシェイクスピア

チェーホフの戯曲でいつも問題になるのが、彼の「喜劇」観である。彼は演出家や俳優たちが自分の作品を「悲劇」と捉えることを非常に嫌い、『かもめ』も『桜の園』も「喜劇」と銘打っている。この点について、浦雅春は「深刻と滑稽はチェーホフのなかで同居していた」(52)と書き、『桜の園』について次のように述べている。

ボードビルから出発した彼は、最後にふたたびボードビル的世界に回帰した。そして中心をなくし、すべてが相対化された世界ではもはや「悲劇」は成立せず、すべてが「喜劇的」となる。(53)

また、沼野充義は『チェーホフ――七分の絶望と三分の希望』の中で、チェーホフ研究者のヴェラ・ゴットリープの言葉を引用しながら、次のように述べている。

チェーホフの初期の一幕もの笑劇（ヴォードヴィル）に焦点を合わせた研究者ヴェラ・ゴットリープによれば、初期の笑劇から後期の本格的な戯曲に至るまで、チェーホフの演劇に共通して見られる特徴は、「客観性とコミットメントの間の、そして喜劇的な離脱（デタッチメント）と共感を込めた関わりあい（インヴォルヴメント）の間のバランス」だという。つまり私たちは、演劇学を学ばなくとも、笑いの哲学を研究しなくとも、誰もが常識として知っている次元に帰ってきたのだと言えるだろう。同じ一つの出来事――たとえば誰かがバナナの皮を踏んで足を滑らせ怪我をした、といったたわいのない話でいいのだが――その当事者に共感し、距離を置かずにその世界に入り込んでしまえば（インヴォルヴメント）、それは悲劇になる。しかし、そこから身を引き離し、ちょっと距離を置いて見れば（デタッチメント）、それは滑稽に見え、笑いを誘うだろう。(54)

そして、沼野は、当時チェーホフ的なデタッチメントが周囲にあまり理解されなかった背景には、「まともな作家というものは現実に『インヴォルヴ』されるべきだと考えられていた」ことがあったと指摘している。(55)

浦も沼野もチェーホフの喜劇性を的確に捉えている。この喜劇性は、前節で考察した懐疑の精神とも結びつくものであり、そこからまたシェイクスピアとの共通性を読み取ることができる。

シェイクスピア研究者であるジョン・ラッセル・ブラウン（John Russell Brown）はチェーホフとシェイクスピアについて、「チェーホフとシェイクスピアは、非常に基本的な点、すなわち、二人の、人間個人の意識と存在を提示する際のヴィジョンと手法が共通している点で、緊密な関係にある」とし、「チェーホフに関する知識がシェイクスピアの戯曲に対する私たちの見方を変えた影響力は、その逆よりも大きいと主張できるであろう」と述べている。(56)

この見解は、シェイクスピア理解におけるチェーホフの重要性を示している。

五　井上ひさしとチェーホフ、そしてシェイクスピア

「笑いは人間が作るしかない」と語る井上ひさしは、「シェイクスピアの通俗性の見本市」と言われる不条理喜劇『天保十二年のシェイクスピア』を書き、そこでは、ミハイル・バフチンがシェイクスピアの特徴として挙げた「カーニヴァル的パトス」が強く打ち出されている。

井上ひさしは十三歳頃には、彼が五歳のときに亡くなった父親が残した蔵書を読み漁り、その中には坪内逍遥訳『シェイクスピア全集』や『近代劇全集』があったようである。彼が十代からシェイクスピアやチェーホフ等に馴染んでいたことが分かる。

井上ひさしがチェーホフを扱った評伝劇『ロマンス』の最後の部分で、チェーホフの少年役と晩年役は次のように謳う。

最終場面「ボードビルな哀悼歌」

少年役（歌う）

ボードビル　ボードビル
あなたはこれを
高め、練り上げようとした

ボードビル　ボードビル
あなたはこれを
文学にしようとした

……………

少年役（歌う）

ひとにしか作れぬもの——
笑いのなぞを突き詰めた

……………

晩年役

いまもあなたの芝居を巡って、「喜劇だ」「いや、悲劇だ」とボードビルな混乱がつづいている。いやあ、あなたはすばらしくボードビルなひとだ。(57)

この最終場面を見ても、この評伝劇のテーマがヴォードヴィルであることが明らかであり、チェーホフの晩年役の台詞では、チェーホフそのものがヴォードヴィルのような存在だと言われている。井上ひさしの、チェーホフとヴォードヴィルへの強い思いがこの戯曲に浸透している。

この作品の解説として、演劇評論家の扇田昭彦が「あくまでも笑える『喜劇』として」という観劇記を寄せている。その中で扇田は次のように書いている。「『チェーホフ劇の本質は喜劇、そして娯楽性に富むボードビルにある』というのが、チェーホフ劇に対する井上の見方だが、ここには明らかに喜劇作家としての井上自身とチェーホフとの意識的で切実な重ね合わせがある」(58)

井上ひさしは、彼の死の八ヶ月後に出版された『この人から受け継ぐもの』の「笑いについて」という章で、先ほど触れたチェーホフの喜劇性について言及している。

……モスクワ芸術座に『桜の園（四幕）』の原稿を渡すとき、チェーホフは、「ヴォードヴィル喜劇を四本並べてみましたよ」と云い添えた。チェーホフ劇を後世が「静劇」と呼び、「雰囲気劇」と名づけるのは、それはそれで一つの読み方だが、静かな雰囲気の劇の水面下に、ヴォードヴィル笑劇仕立てのドラマが大きく動いていることも忘れてはならない。(59)

この指摘は、先ほどの扇田の見解と併せて正鵠を射ていると思われる。

次の引用は、井上ひさしとある大学の演劇科の女子学生との架空対談「井上ひさしのシェイクスピア・レッスン」の一部で、井上がシェイクスピアの作風を賞賛している部分である。

井上　結局、三七編の作品のすべてが現代に通用するというのがシェイクスピアのすごさだな。もっと大事なことがあって、彼は、「演劇は頂点において芸術であり、底辺において娯楽である」（根村絢子）という真理を実現した。つまり芸術性と大衆性とを同時に充たさないものは演劇ではないことをシェイクスピアは三七編の戯曲で実現してみせたのだな。(60)

そしてこのシェイクスピアの全戯曲を盛り込んで見せた作品が次に触れる『天保十二年のシェイクスピア』である。(61)

『天保十二年のシェイクスピア』は、幕末に活躍した講談師・宝井琴凌作『天保水滸伝』をもとにした一種の任侠劇である。初演が一九七四年、その後、しばらく上演されることはなかったが、二〇〇二年にいのうえひでのり演出で上演され、三年後の二〇〇五年に蜷川幸雄によって演出されている。この蜷川演出の舞台については、井上は台本にずいぶん手を入れたようである。この作品が井上と蜷川が組んだ最初の仕事であった。

この作品はシェイクスピアの全戯曲を盛り込むという劇作家の意図もあり、かなり長大な作品で内容も散漫な「失敗作」とも言われるが、猥雑さを含んだダイナミックなカーニヴァル劇として一定の評価ができる作品だと思う。

『天保十二年のシェイクスピア』とシェイクスピア作品の登場人物対応は表の通りである。

シェイクスピア作品については、『天保十二年のシェイクスピア』の骨格となる主だった作品を挙げている。まず『天保十二年のシェイクスピア』の登場人物名の多くが、たとえば、紋太一家の紋太はモンタギュー、敵対する花平一家の花平はキャピュレットに対応するなど、シェイクスピア作品の登場人物の語呂合わせになってい

『天保十二年のシェイクスピア』とシェイクスピア作品の登場人物対応表

	Henry V	*King Lear*	*Hamlet*	*Macbeth*	*Othello*	*Richard III*	*Romeo and Juliet*	*Julius Caesar*	*The Comedy of Errors*
隊長	Chorus								
鰤の十兵衛		Lear							
お文		Goneril	Gertrude						
お里		Regan		Lady Macbeth	Desdemona				
お光		Cordelia					Juliet		Antipholus of Ephesus
よだれ牛の紋太		Albany	King Hamlet				Montague		
小見川の花平				Duncan			Capulet		
佐渡の三世次					Iago	Richard		Antony	
尾瀬の幕兵衛				Macbeth	Othello				
きじるしの王次			Hamlet				Romeo		
利根の河岸安					Cassio			Brutus	
ぼろ安			Polonius						
お冬			Ophelia						
蝮の九郎治			Claudius						
清滝の老婆				Witch					
おさち						Anne			Antipholus of Syracuse
土井茂平太						Clarence			

る。説明役の隊長は、『ヘンリー五世』のコーラス役に対応する。『天保十二年のシェイクスピア』は最初に『リア王』のストーリー展開を見せるのであるが、その後、『ハムレット』『マクベス』『オセロー』、さらに『リチャード三世』や『ロミオとジュリエット』の要素も入る。『ジュリアス・シーザー』に関しては、シーザー暗殺後の、ブルータスとアントニーの追悼演説を思わせる場面が盛り込まれている。また、『間違いの喜劇』の双子に相当する人物が筋の展開を複雑にしている。

小田島雄志は、『井上ひさしの劇ことば』の中で『天保十二年のシェイクスピア』を取り上げ、シェイクスピアと井上の共通点として、アリストテレス以来のオーソドックスな「演劇美学を破った、自由にはみ出した」点を挙げている。[62] そしてその「あとがき」には、「もしかしたら時代や国境を越えてこの二人〔シェイクスピアと井上ひさし〕は兄弟のように似ているのではないか」[63]と書いている。

小田島の「自由にはみ出した」という指摘は、ミハイル・バフチンの『フランソワ・ラブレーの作品と中世・ルネッサンスの民衆文化』における、次の一節と関わるであろう。

……肝心なことは、シェイクスピア劇に浸透している《この生活の現存する秩序からの完全な脱出は可能という確信》であって、これがシェイクスピアの恐れを知らない、極めて冷静な（しかし、シニシズムに変わることのない）リアリズムと、絶対的な反ドグマティズムをもたらしている。この徹底的な交替と刷新のカーニヴァル的パトスは、シェイクスピアの現実認識の基本なのである。[64]

チェーホフはシェイクスピアから刺激を受けてヴォードヴィルの創作力を身につけていった。井上ひさしはシェイクスピアから刺激を受けてダイナミックなカーニヴァル劇を作り、一方、チェーホフからヴォードヴィルの笑いを学んでいる。

チェーホフと井上ひさしを通してシェイクスピアを見ると、フォールスタッフをはじめとする「笑い」を代表する人物を登場させ、変装や人違い等で劇行動を活性化させ、悲劇においても滑稽な台詞のやり取りを盛り込んだシェイクスピアの劇作が、いかに笑いの妙趣に富むものであるかが分かるのである。

注

（1）アンリ・トロワイヤ、村上香住子訳『チェーホフ伝』、中央公論社、一九八七年、八三頁。
（2）И. С. Тургенев,《Гамлет и Дон-Кихот》, Пол. собр. соч., т. 8, ред. М. П. Алексеев и др., М., Наука, 1964, стр. 176.
（3）Там же, стр. 179.
（4）А. П. Чехов,《Письма》(『書簡集』), Пол. собр. соч., т. 3, ред. Н. Ф. Бельчиков и др., М., Наука, 1976, стр. 56.
（5）Б. И. Зингерман,《Театр Чехова и его мировое значение》(『チェーホフの演劇とその世界的意義』), М., Наука, 1988, стр. 59.
（6）エリック・ベントリイ、根村絢子訳「『ヴーニャ伯父さん』の方法」、『チェーホフ研究』所収、中央公論社、一九七五年、四七六頁。
（7）Чехов,《Лебединая песня》, Пол. собр. соч., т. 11, 1978, стр. 212.
（8）Eleanor Rowe, *Hamlet: A Window on Russia*, N. Y. Univ. Pr., 1976, p. 110.
（9）T. A. Stroud, "*Hamlet* and *The Seagull*", *Shakespeare Quarterly*, Vol. 9, 1958, p. 367.
（10）Чехов,《Гамлет》на Пушкинсой сцене (「『プーシキン劇場における『ハムレット』」), Пол. собр. соч., т. 16, 1979, стр. 21.
（11）Там же, стр. 20.

(12) Чехов,《Барон》, Пол. собр. соч., т.1, 1974, стр. 456.
作品中引用されている『ハムレット』は、クローネベルク訳が使われている。

(13) Там же, стр. 458.

(14) 池田健太郎『「かもめ」評釈』、中央公論社、一九八一年、四六頁。

(15) Чехов,《Чайка》, Пол. собр. соч., т. 13, 1978, стр. 12.
この引用部分の原文は次の通りである。テキストはアーデン版第三シリーズによる。以下の引用も同様。
(William Shakespeare, *Hamlet*, Ed. Ann Thompson and Neil Taylor, The Arden Shakespeare, 2006.)

QUEEN
O Hamlet, speak no more,
Thou turn'st my eyes into my very soul
And there I see such black and grieved spots
As will not leave their tinct.
HAMLET
Nay, but to live
In the rank sweat of an enseamed bed
Stewed in corruption, honeying and making love
Over the nasty sty —
(3. 4. 86-92)

(16) 一九一〇年代後半から二〇年代におけるロシアの文学運動。文学作品を自立した言語世界と捉え、作品の形式や文体、技法を考察の対象とした。

(17) В. Шкловский, Гамлет и《Чайка》(「ハムレットと『かもめ』」),《Вопросы литературы—1》, 1981, стр. 214.

(18) 井上ひさし、井上ユリ編『井上ひさしベスト・エッセイ』、筑摩書房、二〇一九年、一五頁。

(19) Чехов,《Безотцовщина》(《Платонов》), Пол. собр. соч., т. 11, стр. 16.

(20) Там же, стр. 70.

(21) Там же, стр. 175.

(22) Чехов, Пол. собр. соч., т. 17, 1980, стр. 10.
(23) Чехов,《Иванов》, Пол. собр. соч., т. 12, 1978, стр. 37.
(24) タチアーナ・シャフ＝アジゾワ、工藤東訳「ロシアのハムレット——『イワノフ』とその時代——」、『ソヴェート文学』一九七九年秋季号（通巻七〇号）所収、飯塚書店、一八〇頁。
(25) Чехов,《Письма》, Пол. собр. соч.,т. 1, 1974, стр. 264.
(26)《Иванов》, стр. 52-3.
(27) トロワイヤ、前掲書、三〇八頁。
(28) Чехов,《Письма》, Пол. собр. соч., т. 5, 1977, стр. 26.
(29) 池田健太郎「チェーホフの生活」、『チェーホフ全集』第一六巻所収、中央公論社、一九六一年、四二八頁。
池田によると、〈 〉の部分は、アヴィーロワの手記が発見され発表された一九四七年、ソビエトのチェーホフ学者によって削除され、一九六〇年版で復原された。発表当時の検閲の厳しさが窺われる。
(30) トロワイヤ、前掲書、二九一頁。
(31) Harry Levin, *The Question of Hamlet*, Oxford Univ. Pr., 1959, p. 4.
(32) Ibid., p. 7.
(33) ミシェル・ド・モンテーニュ、荒木昭太郎編訳『エセー』、中央公論社、一九六七年、六二頁。
(34) Ekbert Faas, "Introduction" to *Shakespeare's Poetics*, Cambridge Univ. Pr. 1986, p. xxii.
(35) ベントリイ、前掲書、四七〇頁。
(36) 井上ひさし『ロマンス』、集英社、二〇〇八年。
(37) Чехов,《Письма》Пол. собр. соч., т. 2, 1975, стр. 148.
(38) Там же, стр. 156.
(39) 米川正夫「解説」、『チェーホフ一幕物全集』所収、米川正夫訳、岩波書店、一九三九年、二六四頁。
(40)《Письма》, т. 1, стр. 29.

（41）Там же, стр. 111.
（42）《Письма》, т. 2, стр. 122.
（43）Там же, стр. 155.
（44）Там же, стр. 226.
（45）Там же, стр. 242.
（46）《Письма》, т. 3, стр. 21-2.
（47）William Shakespeare, *Othello*, Ed. E. A. J. Honigmann, The Arden Shakespeare, 1997.
（48）《Письма》, т. 3, стр. 202.
（49）М. П. Кизима, 《Шекспир в письмах А. П. Чехова》（「チェーホフの書簡におけるシェイクスピア」), Чехов и Шекспир. По материалам XXXVI-й международной научно-практической конференций 《Чеховские чтения в Ялте》（Ялта, 20-24 апреля 2015г.), гл. ред. В. В. Гульченко, М., ГЦТМ им. А. А. Бахрушина, 2016, стр. 35.
（50）Чехов, Пол. собр. соч., Сочинения, т. 1, 1983, стр. 104-5.
（51）Чехов, Пол. собр. соч., Сочинения, т. 5, 1984, стр. 311.
（52）浦雅春『チェーホフ』、岩波書店、二〇〇四年、一四九頁。
（53）同書、一八七頁。
（54）沼野充義『チェーホフ――七分の絶望と三分の希望』、講談社、二〇一六年、二七三―四頁。
（55）同書、二七四頁。
（56）John Russell Brown, "Chekhov on the British stage: differences", *Chekhov on the British Stage*, Ed. Patrick Miles, Cambridge Univ. Pr., 1993, p. 10.
（57）井上ひさし、前掲書、一八一―三頁。
（58）扇田昭彦「あくまでも笑える『喜劇』として――『ロマンス』の斬新な趣向――」、『ロマンス』所収、二三九頁。
（59）井上ひさし『この人から受け継ぐもの』、岩波書店、二〇一〇年、一五八―九頁。

（60）井上ひさし「井上ひさしのシェイクスピア・レッスン」、『せりふの時代』一九九七年春・第三号所収、小学館、七二頁。

（61）井上ひさし『天保十二年のシェイクスピア』、『井上ひさし全芝居（その二）』所収、新潮社、一九八四年。

（62）小田島雄志『井上ひさしの劇ことば』、新日本出版社、二〇一四年、五四頁。

（63）同書、一五七頁。

（64）M. M. Бахтин,《Творчество Франсуа Рабле и народная культура средневековья и Ренессанса》(『フランソワ・ラブレーの作品と中世・ルネッサンスの民衆文化』), Собр. соч., т. 4 (2), ред. И. Л. Попова, Языки славянских культур, 2010, стр. 295.

第四章　シェイクスピアとスタニスラフスキー

コンスタンチン・セルゲーヴィチ・スタニスラフスキー（Константин Сергеевич Станиславский）（一八六三—一九三八）は、俳優・演出家として十九世紀末から二十世紀はじめのロシアの演劇界を担い、その演劇理論は〈スタニスラフスキー・システム〉を中心として後世の演劇人に多大な影響を与えている。〈スタニスラフスキー・システム〉とは、外面的な紋切り型の演技を否定し、俳優が真に役を生きるために、身体と心理が有機的に結びつくことを追求した体系的俳優術である。

スタニスラフスキーは本名アレクセーエフといい、モスクワの裕福な実業家の家庭に生まれた。演劇好きの父親のもと、家族を中心にしたアマチュア劇団で、演劇をはじめとする芸術への関心を植えつけられる。二十歳そこそこでロシア音楽協会・音楽院の理事となった彼は、そこでチャイコフスキーやルビンシテインといった当代ロシアの錚々たる音楽家に出会い、演劇においても、他国の俳優たちの演技や舞台演出から影響を受けた。そして、一八九八年、彼は劇作家ヴラジーミル・イヴァーノヴィチ・ネミローヴィチ＝ダンチェンコ（Владимир Иванович Немирович-Данченко）（一八五八—一九四三）と組んで、モスクワ芸術座を設立し、前章で取り上げたチェーホフの作品やゴーリキーの作品を積極的に上演した。

彼は独特の包容力を活かして、時代の文化風潮を取り入れながら、自分の演出術や演劇理論を発展させていった。その発展過程において、シェイクスピアは一つの大きな指針であり、シェイクスピアの戯曲の演出にはそれぞれその当時の彼の芸術的特徴が投影されている。彼が実際に舞台化したシェイクスピアの作品は次の表の通りである。特に、一九一一年（露暦）[(1)]にモスクワ芸術座で上演された『ハムレット』は、イギリスの演出家エドワード・ゴードン・クレイグ（Edward Gordon Craig）（一八七二―一九六六）との共同作業で、演劇史上大きな意味のある舞台となっている。

スタニスラフスキーのシェイクスピア演出年表

公演初日年月日	演出作品	出演役名
一八九六年一月一九日（露暦）	『オセロー』	オセロー
一八九七年二月六日（露暦）	『から騒ぎ』	ベネディック
一二月一七日（露暦）	『十二夜』	マルヴォーリオ
一八九八年一〇月二一日（露暦）	『ヴェニスの商人』	
一八九九年一〇月三日（露暦）	『十二夜』	
一九〇三年一〇月二日（露暦）	『ジュリアス・シーザー』（演出補佐）	ブルータス
一九一一年一二月二三日（露暦）	『ハムレット』	
一九一七年一二月二五日（露暦）	『十二夜』	
一九三〇年三月一四日	『オセロー』（演出プランのみ）	

第一節　スタニスラフスキーと『オセロー』

一　他国の俳優たちの影響から『オセロー』演出へ

スタニスラフスキーが初めて実際に取り組んだシェイクスピアの戯曲は、一八九六年、彼が三十三歳のときに演出・主演した『オセロー』であった。それ以前からスタニスラフスキーは、西欧の俳優や演出家の技術を熱心に学び、自分の中に積極的に取り入れていた。

スタニスラフスキーにとって、イタリアの俳優ロッシとの出会いは、後に考案することになる〈スタニスラフスキー・システム〉への端緒として重要な意味を持っている。

> ロッシには抗い難い魅力があったが、それは天性の力によるものではなく、感情の論理性、役のプランの一貫性、彼の演技の穏やかさ、自分の技術と影響力への確信によるものだった。ロッシが演じたとき、観客は、彼が自分たちを納得させるのは、彼の芸術が真実であるからと知る。なぜなら真実は何よりも人を納得させるものだからだ！(2)

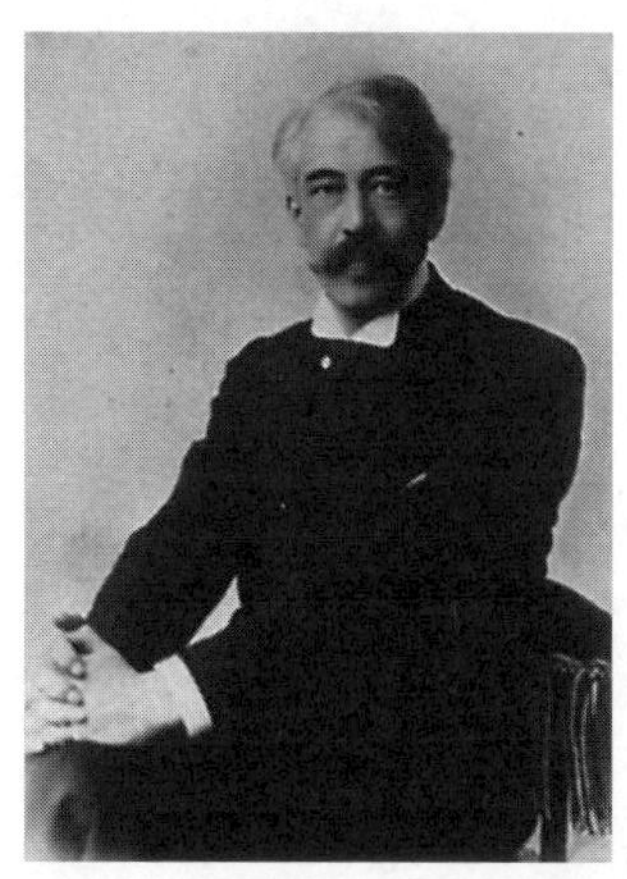

スタニスラフスキー（getty images）

そして、ロッシが観客を得心せしめるのは、その芸術が持つ真実に起因するとスタニスラフスキーは指摘している。さらに、「芸術は秩序であり、調和である」[3]という認識を持つに至る。

スタニスラフスキーの演劇芸術は、マールイ劇場のシチェープキンからフェドートワに連なる写実主義的演技と、レンスキーのより優雅で芸術的な演技と芸術度の高い演出をその土台としているが、一八八五年、彼の芸術にまた一つ強力な酵素が加わる。ドイツのザクセン＝マイニンゲン一座である。スタニスラフスキーはマイニンゲン一座について次のように書いている。

彼らの公演は初めてモスクワに新しい種類の演出——すなわち、歴史的な時代考証の正確さ、民衆の場面、芝居の素晴らしい外面的形式、驚嘆すべき規律、そして華麗な芸術の祭典の構成の全てを伴った演出を示した。[4]

マイニンゲン一座の専制的な演出による調和の取れた歴史的リアリズム演劇に、彼はシェイクスピア戯曲の上演の活路を見出したように思ったのである。J・V・モーガンが指摘するところの、スタニスラフスキーの芸術の第一期、自然主義時代が到来したのであった。[5]

一八八八年末、モスクワ芸術・文学協会を設立したスタニスラフスキーは精力的に活動を始める。俳優としてプーシキン、モリエール、シラーなどの作品を演じ、また、レフ・トルストイの『文明の果実』という作品をもって演出家として出発した。こうした中で、彼は「性格俳優」なる自分を確認し、演劇に〈真実と生活〉を追究していったのである。

次に彼に感銘を与えたのは、イタリアの名優トマゾ・サルヴィーニの『オセロー』の客演（一八九一）であった。サルヴィーニにとってオセローは当たり役の一つであり、その力強くかつ優雅な動作や滑らかな声で観客の心を捉えたが、スタニスラフスキーも例外ではなかった。そして何よりもスタニスラフスキーを感動させたのは、その真摯な役作りであった。サルヴィーニ演じる「自分の嫉妬の地獄の業火の中に下っていく」(6)オセローを、スタニスラフスキーは「記念碑、記念像であり、変わり得ない永遠の法則である」と絶賛している。(7)彼は自ら主人公を演じたい欲求に駆られた。他にもスタニスラフスキーを『オセロー』上演へ向かわせた動機があった。フランス人の批評家リュシアン・ベスナールの「私はあなたの劇団による『オセロー』の上演を心から観たい」(8)という言葉と、妻の女優リーリナを同伴したヴェニス（ヴェネチア）旅行である。ヴェニス旅行では、骨董品など『オセロー』の舞台の具体的なイメージを与えるものを探し求めた。

二　一八九六年の『オセロー』公演とその後

この当時スタニスラフスキーはマイニンゲン一座の歴史的リアリズムに傾倒していたので、『オセロー』の時代考証に精緻を極め、見事な舞台装置が現出することになる。ヴェニスの水路を進むゴンドラ、ヴェニスの街路、城内の部屋。一八九六年の公演は一応の成功を収めた。しかし、外面的形象にこだわった結果、時に作品のテキストよりスタニスラフスキーの観念が先行する傾向にあり、さらに演技自体に大きな課題が残った。前者について同僚のポポーフは次のように述べている。

私たちは『オセロー』の筋を語るスタニスラフスキーの話に夢中になった。シェイクスピアの素晴らしいテキストはどういうわけか背景に退いてしまい、物語が流れるように続いた(9)。

また、スタニスラフスキーに上演を勧めたベスナールは、公演自体を賞賛しながら、スタニスラフスキーの演技について本人に苦言を呈している。

あなたがオセローの精神を十分理解しているという事実にもかかわらず、あなたは彼をシェイクスピアの伝統に沿って演じてはいませんでした。……もしアーヴィング(10)やサルヴィーニと共に仕事をしていたなら、あなたは素晴らしいオセローを創造したでしょう(11)。

これに対してスタニスラフスキーは、少なからず反発を示したものの、自分でもその欠陥を理解していた。当時を振り返って、彼は次のように書いている。「その当時、私は、言葉や話し方の芸術的な塑像力を認めていなかった。私にとって外面的な形象の方が重要であった(12)」。一八九六年の『オセロー』は、スタニスラフスキーをして演技術を研磨する必要性を痛感させ、加えてシェイクスピアのリアリズムの広さを知らしめることになる。

このように反省をしながらも、スタニスラフスキーにとって『オセロー』は、「それまで発展させた自分の演技術を提示する申し分のない媒体(13)」であり魅力のある戯曲であったことには変わりはない。初演から三十年以上経った一九二九年から三〇年にかけて、彼は病気療養先のニースからモスクワ芸術座に宛てて『オセロー』の演出プランを送っている。これはモスクワ芸術座で『オセロー』を上演するためのものであった。しかし、公演は一九三〇年三月、スタニスラフスキーを欠いたまま、演出プランもまだ揃わない段階で、演出代理のスダコーフによって見切り発車的に行われ、主演のレオニードフの急病という事態もあって上演回数わずか十回という失敗作に終わった。スタニスラフスキーはこの準備不足の公演に怒り、ポスターから自分の名を削らせたという。サミュエル・ライターの言葉を借りれば、「スダコーフは、ただ［スタニスラフスキーの］手紙について伝達しただけで、スタニスラフスキーのプランの精神を伝えることができなかった」のである。(14) ただ、この演出プランは、スタニスラフスキーに出版する意思がなかったこともあって未完で終わっているにせよ、彼の死後一九四五年に出版され、スタニスラフスキーの『オセロー』観を知る上で極めて重要な資料となっている。

三　『オセロー』の演出プラン

この演出プランでは、一八九六年の舞台の精緻な歴史的考証主義が緩和され、登場人物の心理的解釈とスタニスラフスキーが開発した〈システム〉に即した演技という技術的側面に重点が置かれている。いわば、心理的リアリズムが浸透した演出である。

まず舞台装置に関して、スタニスラフスキーは回り舞台の使用によって場面転換を円滑にしたいと考えた。「舞台が回転し前の場面の終わりを俳優が演じ続けている間、次の場面が現れその場面の俳優が演じ始める。その結果、芝居の流れが中断しないばかりか、同時に二つの違う場面が展開するということで効果は二倍になる」(15)。

また、スタニスラフスキーの幕割りと原文テキストを照合すると次のようになる。

（角カッコは削除箇所）

〈テキスト〉(16)	〈演出プラン〉
第一幕第一場	第一幕第一場（ブラバンショーの家）

第二場（オセローの家）
第三場（元老院）
第二幕第一場（キプロス島）
第二場（警衛所）
第三幕第一場（噴水）
第二場（書斎）
第三場（塔）
第四場（寝室）
第五場（地下室）
第四幕第一場（階段）
第二場（書斎）

第二場
第三場
第二幕第一場
［第二場］
第三場　一―三五七途中
［三五七途中―八三］
［第三幕第一場・第二場］
第三幕第三場　一―九二
九三―三三六
三三七―四八二
［第四場　一―二二］
第四場　二三―一〇四
［一〇五―二〇二］
第四幕第一場　一―二〇九
二一〇―七〇
［二七一―八二］
第二場　一―一七三
［一七四―二四六］

第三場（寝室）　　　　　　　　　　　第三場
　　　　　　　　　　　　　　　　　［第五幕第一場］
第四場（寝室）　　　　　　　　　　　第五幕第二場

削除に関しては比較的大きなものをここに示したが、それを見ると、布告等ごく短い場面、ロダリーゴーとイアゴーの一部の会話、道化が登場する場面、キャシオーとビアンカの絡みなどを削除することによって、劇行動の焦点をオセローとデズデモーナ、そしてイアゴーの三人に極力絞り、より悲劇的緊迫感を高めようという演出家の意図が明らかである。

演出プランでは、テキストの第三幕第三場を三つに分け、一つ目の場面が終わったところで幕間にしている。すなわち、けんか騒ぎを起こして役を解かれたキャシオーを復職させようと、デズデモーナがオセローに彼の話を聴くように頼み、その頼みをオセローが一応承諾して彼女を去らせる場面である。デズデモーナの退場後、オセローは次のように言う。

素晴らしい女だ。お前を愛さないなんてことがあったら、
おれの魂など破滅してしまえ。おれがお前を愛さないときには、
混沌が再び来ることになるのだ。　　　　　（第三幕第三場　九〇—二）

この幸福感で高揚したオセローの言葉に対して、イアゴーは「閣下」と呼びかけ、キャシオーとデズデモーナの

仲をオセローに疑わせ彼を嫉妬の地獄に陥れる策略を実行に移すのである。

スタニスラフスキーは、デズデモーナを退場させず、「混沌が再び来ることになるのだ」という台詞の後、オセローとデズデモーナの長い接吻で幕を降ろさせている。オセローの台詞には悲劇的結末を暗示する劇的なアイロニーが含まれているのだが、スタニスラフスキーのこのような演出は、アイロニーをメロドラマの色合いに染め上げるものと言えよう。

演出においては、「間」(pause)の使い方が非常に重要である。スタニスラフスキーは、特にテキストの第三幕第三場の後半（プランでは「塔」の場面）を例に挙げ、「この場面では最も重要な演技は、言葉よりも文の間の『間』に頻繁に起こる」[17]とし、悲劇性を高める「間」のあり方を強調している。たとえば、イアゴーの話を聴いた後で妻デズデモーナの姦通の証拠をイアゴーに迫るオセローの台詞に次のように「間」を入れている。

> おれは証拠がほしいのだ。あの女の名は月の女神の顔のように
> 清らかだったが、今や汚れて黒ずんでしまった、
> おれの顔のように。(間) 縄はないか、短剣でもいい、
> 毒薬でも、火でも、息を詰まらせる流れでもあれば、
> おれはこんな状態を耐えはしない。(間) おれは納得したいのだ！
> （三八九—九三）

スタニスラフスキーによれば、最初の「間」は「熱を帯びた懇願」から「獣じみた感情の激発」に、後の「間」はその激情から「子供のような嘆願」に推移する過程を示している。[18] 登場人物の心理分析に基づいたこのような

「間」を、彼は、演技術全体に関わる問題に繋げている。従来の演技術では大概、高揚した場面はずっと高揚したまま演じられていたが、テンポとリズムに満ちた「間」を利用することが、よい演技に繋がるというのである。

四　演出プランと〈スタニスラフスキー・システム〉

内的テンポとリズムは、俳優の内部の創造的状態の確立を目指す〈スタニスラフスキー・システム〉において重要な要素である。〈システム〉の対極にあったのは、十九世紀後半のスター・システムの流行に起因する紋切り型の形骸化した演技であった。このような演技には、多くの演劇芸術家が批判の矛先を向けたが、スタニスラフスキーもその一人であった。彼はまず、感情から入らず、意識的な技術を通して俳優の潜在意識を開花させることを考えた。「役を生きる」、これがスタニスラフスキーの目指したものである。

彼は『俳優の仕事』において、俳優を志す一人の青年を語り手として自らの演技論を展開しているが、その第一章で、語り手の青年に『オセロー』の演技をさせている。青年は、自分が持っている以上の情緒を絞り出そうとして、身振りも台詞回しも激越になってしまう。自分でも失敗に気づいて、どうしようもなくなったとき、彼は突然あらゆるものから自由になる。「僕は、あの名高い台詞『血だ、イアゴー、血だ!』を吐き出すように言った。これは、取り乱した受難者の叫びであった(19)」。演出家の講評で、青年は、その一瞬の演技のみ評価され、全体としてインスピレーションのみを頼りとした演技を、「生命がなく、わざとらしい」と批判されるのである(20)。

『オセロー』の演出プランでも、〈システム〉に基づく具体的な演技指導が記されている。第一幕第一場の後半、娘デズデモーナが家にいないことに気づいてブラバンショーや召使いたちが騒ぐいわゆる群集の場面のところで、スタニスラフスキーは、「俳優たちに自分の役を生きさせよ」等と指示し(21)、さらに、実生活で自分が演じる人物と同じ状況に直面した場合のことを想像する必要性を唱えている。(22) 俳優にとって自分自身の内面から生きるということが何よりも重視されるべきなのである。続けて、スタニスラフスキーは、前述の『俳優の仕事』における指摘と同様に、正しい身体的行動には感情が自動的に従うとし、逆に感情が先に立った場合には、過剰な演技に結びつき、ただの見せかけに堕してしまうと書いている。(23)

彼は、戯曲の筋の流れを音楽に喩えており、それに基づいてテンポ－リズムやフォルテ－ピアノという用語を適用している。俳優は、まず外的な、次に内的なテンポ－リズムを定め、それらを通して感情そのものが喚起されることになる。そして、『俳優の仕事』中の演出家は次のように言う。「我々は、画家が色を扱うのと同じように、テンポ－リズムを扱う。我々は自分たちで、実に多様な速度や拍子を結び合わせるのである」(24)たとえば、『オセロー』第二幕第一場、嵐の中、キプロス島に向かったはずのオセローの船がまだ着いていない状況で、先に着いたデズデモーナをはじめとする人々の心は不安に満ちている。スタニスラフスキーは、このような雰囲気を表現するのは「不安のテンポ－リズム」であるとし、以下のように説明している。

> このようなときには、人は全音符や二分音符、さらに四分音符でも生を送り得ない。不安を隠す休符やシンコペーションを含みながら、八分音符や十六分音符、三十二分音符で人生は過ぎるのである。(25)

フォルテ－ピアノに関しては、「フォルテは単純なフォルテではなく、あくまでピアノではないということである」という原則に従って、オセローの役が分析される。それによれば、本当のフォルテが始まるのは、オセローがキャシオーとイアゴーのやり取りを盗み見て、デズデモーナの姦通に揺るぎない確信を持ったとき、すなわち、

「あの男を九年間かけて殺してやりたい」（第四幕第一場　一七五）とオセローが言うときである。イアゴーの中傷の毒が効き始めてからその限界点までは、「フォルテではなくピアノの傾向、すなわち、デズデモーナをあらゆる点で正当化する傾向にならなければならない」とスタニスラフスキーは述べている。(26)

このように、スタニスラフスキーは、自分が開発した演技術に則って、緻密に『オセロー』を読み解いていく。名だたる俳優の本領がそこに見て取れよう。

彼の演出の全体を通して注目されるのは、社会的背景を強調している点である。ヴェニスの貴族たちとその統治下にあるキプロス島の人々には、それぞれ支配層と被支配層の民族的感情があり、これはひいては、ヴェニスの貴族たちとムーア人であるオセローの間にある深淵をも表すと彼は言う。(27) キプロス島の人々の感情が如実に見られるのは第二幕第一場で、キプロス島の人々はヴェニスの支配から自由になりたいと願っており、もしトルコの艦隊が現れれば彼らは救われ、もしヴェニスの艦隊が現れればこれまで以上の過酷な扱いが待っているという、「彼らの運命がかかった」状態にある。(28) 数人の島の人々が、岩陰からこっそりと港の様子を窺っている。トルコの艦隊が嵐のために全滅したという情報が入ったときの、ヴェニスの人々とキプロス島の人々の表情は全く対照的である。前者は喜びに目を輝かし、後者は怒りに目が燃えている。(29) さらに、酔ったキャシオーとモンターノーのけんか騒ぎが発端となって起こった暴動には、島の人々も加わって、この時とばかりヴェニスの人々に打ってかかる。これについては『芸術におけるわが生涯』に詳しい。(30) こうした演出は、歴史的リアリズムの精神と社会意識に基づく演出家の意図を反映しており、興味深いものである。

さらに注目されるのは、時間の経過に比して急激な事態の変化を強調している点である。テキスト自体が、実際の時間の経過を観客に感じさせず、筋の劇的変化を際立たせているのだが、スタニスラフスキーは特にこれを取り上げている。一例として、ハンカチーフをオセローがデズデモーナに執拗に要求する場面に関しては、「この恋人たちが愛し合ったのはつい昨日と今朝のことなのだ」と書き、(31)二人の関係の劇的変化を重視しているのである。

五 『オセロー』の登場人物像

次に、スタニスラフスキーが描いた『オセロー』における人物像を見ていこう。デズデモーナに関して、彼はオフィーリアとの違いを繰り返し書いている。

デズデモーナは大抵、内気で臆病なオフィーリアと同じように描かれる。デズデモーナは決してオフィーリアではない。彼女は決然として勇気があり、因襲によって定められた結婚というものに抵抗するのである。(32)

また、彼女はコケティッシュになることもできる。特に、キャシオーの復職をせがんでオセローを困らせる場面にそれが顕著である。そしてその場面に、スタニスラフスキーは、「かつてある意味でオセローの個人教師であった」デズデモーナの優位性を見るのである。(33)しかし、デズデモーナは、有名なハンカチーフの場面で、オセローに対して優位な立場を保てなくなる。最初はコケティッシュな様子も見せていたが、オセローのハンカチーフに対する執拗な要求に、「彼女は、泣き出さないように話をやめられない怯えた子供のような目でオセローを見る」のである。(34)しかし、彼女の悲劇的運命において、彼女の魅力はスタニスラフスキーにあって変わるものではなかった。

イアゴーに関しては、スタニスラフスキーは戯曲の筋以前の経緯を踏まえて心理分析をしている。まず、イアゴーは、陽気でお人好しという外面と邪悪な本当の自己という二面性を有していることが語られる。ただ、彼は戦争においては理想的な軍人であり、「オセローの助けばかりでなく友人でもあった」[35]。従って、当然自分が任命されると思っていた副官の地位にキャシオーが就いたことは、イアゴーにとって許せない侮辱、忘恩の行為であったのである。このように、スタニスラフスキーはイアゴーのオセローに対する憎悪を動機づける。妻のエミリアとオセローに関わる噂はイアゴーにとって苦悩の種ではなくあくまで復讐心をかき立てるための手段となる。「彼は、悪鬼が復讐の夢を捨て去ることができないように、また野獣が餌食を捨て去ることができないように、オセローから離れることができない」[36]。さらに、実際にオセローを苦しめ始めた彼について、スタニスラフスキーは次のように形容している。「まず第一に、彼は煽動の達人であり、彼においては俳優の要素や人間のあらゆる悪の才能が多く含まれている。それと同時に彼は勇敢で、器用であり、一座の人気者なのである」[37]。別の箇所では、オセローに対する邪悪な策略の実践方法に熱中するイアゴーは、「演出家」に喩えられている[38]。こうして、スタニスラフスキーは、イアゴーという人物の面白さに惹かれ、これに、より存在性を与えている。

さて、少年のように純粋無垢でロマンティックなオセローを、スタニスラフスキーは演出プランなどで何度かロミオと重ね合わせている。オセローとデズデモーナの激しい愛ゆえに、特に第一幕第三場の二人を、彼は「ロミオとジュリエット」と名づけることも可能であるとしている[39]。スタニスラフスキーのオセロー観で重要なのは、彼が嫉妬深い性格ではなく非常に気高い性格であるという主張である。プーシキンはオセローについて、「生来嫉妬深いのではなく、その反対に、信じやすいのである」[40]と書いているが、スタニスラフスキーの捉え方はそれを踏襲した形になっている。そして、その捉え方は、一九三五年のオストゥジェフ演ずるオセローに引き継がれることになる。オストゥジェフは次のように話している。「オセローを嫉妬深い夫として具象化すれば、そのイメージを狭め、その魅力を奪うことになります」[41]

イアゴーはデズデモーナをかばうかのように、彼女が他の女たちと変わらないことを示唆したが、これは彼女を純粋の権化としてきたオセローにとって屈辱的なことであった。スタニスラフスキーによれば、オセローは「自分の理想的な女性像を守る」ために反動的にデズデモーナへの非難に激しさを加えるのである。[42]

テキストの第五幕第二場はオセローの独白で始まる――

それが原因だ、それが原因なのだ。
その名をお前たちに向かって言わせないでくれ、清らかな星たちよ。
それが原因なのだ、だがあの血を流すまい。
雪よりも白く、記念碑の雪花石膏のように
滑らかなその肌は傷つけまい。
だがあれは死なねばならぬ。さもなくばまた男をだますであろう。　（一―六）

オストゥジェフはこの場面についてこう論じている。

デズデモーナの死は彼女自身の悲劇というよりオセローの悲劇と言えます。この場合の彼女の悲劇は、より個人的なものですが、オセローにとってこれは自分が生きる拠り所としていた哲学全体の崩壊を意味するか

らです。……オセローはデズデモーナを殺すのではない、悪の源を破壊するのです。(43)

これと同様なことをスタニスラフスキーも述べている。

彼の狂気の発作の原因は、もはや苦悶ではなく、デズデモーナの悪魔的な堕落に対する新たに生じた高潔な憤りである。……彼は自分の復讐をするのではなく、人類を救うためにその忌むべき爬虫類を殺すのである。(44)

しかし、デズデモーナを殺す行為を公的制裁であると強調する解釈は、あまりに主人公に英雄的色彩を与えるものであろう。オセローにとって自分の行為の動機は私的な復讐や公的な義憤というように截然としていないように思われる。しかし、「自分の理想の女性像を守る」という前述のスタニスラフスキーの言葉には、私的復讐とも公的制裁ともつかぬ甘美な「大義」にすがるオセローの姿が見えてくる。そこに、英雄でもなく卑小な人間でもなく、愛という問題にぶつかり激しい苦悩の末破れた人間の悲劇を読み取ることができよう。

オセローは自害という最期を控えてロドヴィーコーに事の真相をありのまま報告するように言ってから、自分についてはこう伝えるように言う――

……それからお話しください、
賢明な愛し方ではなかったが、あまりに深く愛した男のことを。
容易に嫉妬に駆られないのに、だまされて

極度に心乱れた男のことを。卑しいインド人のように
その種族全てにも代え難い貴重な真珠をその手で
投げ捨てた男のことを。泣くことに慣れていないのに、
その抑制された目から、アラビアの樹が
薬となる樹液を滴らせるように、とめどなく
涙を流す男のことを。……
（第五幕第二場 三四一―九）

スタニスラフスキーにとって『オセロー』は、自分の演劇芸術の培養であった。それゆえ、時に演出家の思いが先走る傾向があるのは否めない。しかし、心理的リアリズムの上に立ってシェイクスピアの戯曲を読み込んでいくスタニスラフスキーの作業は、演技術においても作品解釈の上でも非常に示唆に富み、後世の演出家や俳優を鼓舞し続けているのは確かである。

第二節　モスクワ芸術座の『ジュリアス・シーザー』（一九〇三）

一　マイニンゲン一座の『ジュリアス・シーザー』公演を観て

一九〇三年秋から一九〇四年にかけて、モスクワ芸術座でシェイクスピアの『ジュリアス・シーザー』が上演された。演出はネミローヴィチ＝ダンチェンコ、その補佐役としてスタニスラフスキー、主な配役については、

シーザーをヴァシーリー・イヴァーノヴィチ・カチャーロフ（Василий Иванович Качалов）（一八七五―一九四八）、ブルータスをスタニスラフスキー、キャシアスをレオニードフ、アントニーをヴィシネフスキーが演じた。訳はミハロフスキーのものが使用された。この上演は、一八九八年一〇月にモスクワ芸術座が設立されてまもなくのものであり、またモスクワ芸術座設立に中心的な役割を担ったスタニスラフスキーとネミローヴィチ＝ダンチェンコの演出上の葛藤、そしてシーザー役のカチャーロフの秀逸な演技など、興味深いところを多く含んだ舞台であった。

……その一九〇三年の『ジュリアス・シーザー』の演出において、ネミローヴィチ＝ダンチェンコは、優れた作家、素晴らしい教育者で劇場管理者であると同時に、非凡な演出家であることを証明した。(45)

そもそも『ジュリアス・シーザー』の公演を積極的に推し進めたのはネミローヴィチ＝ダンチェンコであった。彼は、一八八五年にドイツのマイニンゲン一座による同戯曲のロシア公演を観たとき、その歴史的にリアリスティックな舞台に驚き、感銘を受けた。スタニスラフスキーも同様であった。

ザクセン＝マイニンゲン公ゲオルク二世が設立し演出家クロネックを擁するマイニンゲン一座は、歴史的事実の重視とアンサンブル演出を特徴としていたが、その舞台をスタニスラフスキー

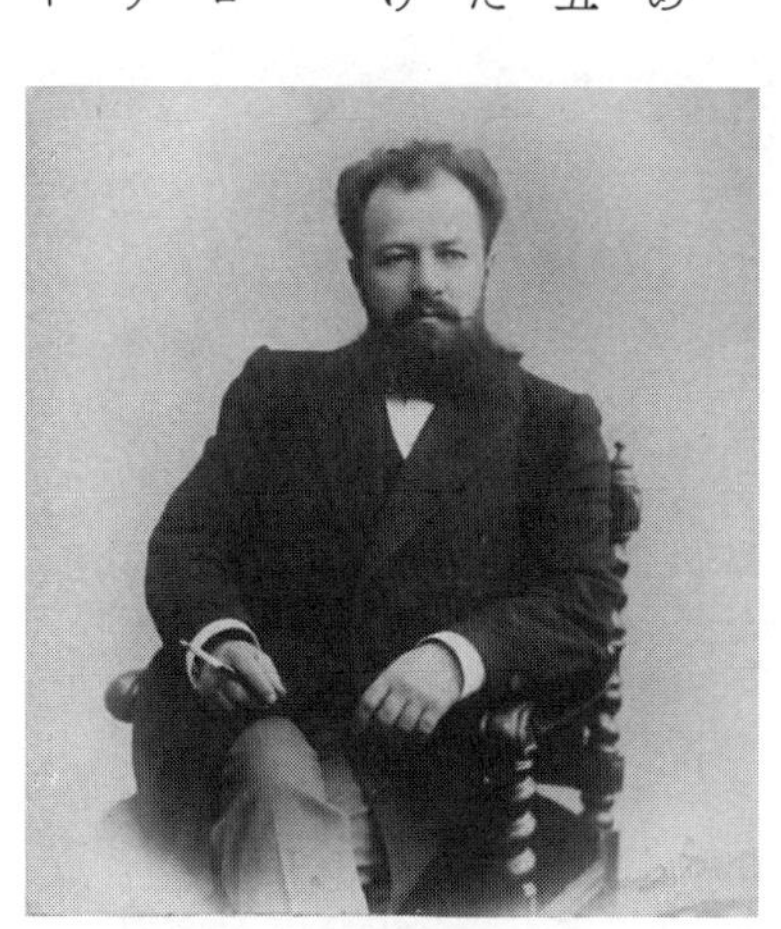

ネミローヴィチ＝ダンチェンコ
(getty images)

が高く評価したのは前節で述べた通りである。一八八八年末にモスクワ芸術・文学協会を設立したスタニスラフスキーは、俳優としても演出家としても精力的に活動を始め、一八九六年、三十三歳のときに、演出・主演として『オセロー』公演において初めて実際にシェイクスピア作品に取り組んだ。

一方、ネミローヴィチ＝ダンチェンコは、マイニンゲン一座の『ジュリアス・シーザー』の舞台装置には驚嘆したものの、その作品解釈には納得できないものを感じていた。彼は次のように記している。「背景、人の群れ、雷鳴、稲妻、これら全ては比類がないものだ。……しかし、登場人物は誰も描き切れていない」[46]。彼は、この公演がシェイクスピアの「内的意味」を歪めていると感じたのであった。特に、アントニーとブルータス、キャシアスがあまりに理想化されていると批判した。

マイニンゲン一座の『ジュリアス・シーザー』による影響とその後のスタニスラフスキーによる『オセロー』の演出もあって、ネミローヴィチ＝ダンチェンコはシェイクスピアの戯曲、特に『ジュリアス・シーザー』を演出したいという思いを強くしたのであろう。

二　モスクワ芸術座の設立と『ジュリアス・シーザー』をめぐるネミローヴィチ＝ダンチェンコとの議論

一八九七年六月、スタニスラフスキーはネミローヴィチ＝ダンチェンコと会い、二人はたちまち意気投合する。当時ネミローヴィチ＝ダンチェンコはモスクワ音楽愛好協会付属演劇学校で指導しており、生徒には、後にチェーホフの妻となるオリガ・クニッペル、モスクヴィン、メイエルホリドなどがいた。この生徒たちをスタニスラフスキーの芸術・文学協会に合流させてできたのがモスクワ芸術座であった。

一八九八年一〇月二七日、アレクセイ・トルストイの悲劇『皇帝フョードル・イォアーノヴィチ』をもって幕を開いたモスクワ芸術座は同年、アントン・チェーホフの『かもめ』を上演した。チェーホフと出会ったことはスタニスラフスキーにとっても芸術座にとっても大きな意味を持つことになる。「歴史的・風俗描写的路線」から「直感と感情の路線」へと軌道修正されたのである。チェーホフの作品を通してスタニスラフスキーは確固とした芸術観を抱くに至る。彼は次のように書いている。

> 歴史的・風俗描写的路線が私たちを外面的リアリズムに導いたとするならば、直感と感情の路線は私たちを内面的なリアリズムへと向けた。そこから私たちはごく自然に、有機的な創造へ、その神秘的な過程が俳優の超意識の領域で起こる有機的な創造へと到達したのである。(47)

さらにゴーリキーを通して「社会的・政治的路線」が加わる。一九〇二年のゴーリキーの『どん底』は圧倒的な成功を博した。しかし、チェーホフとゴーリキーという作家

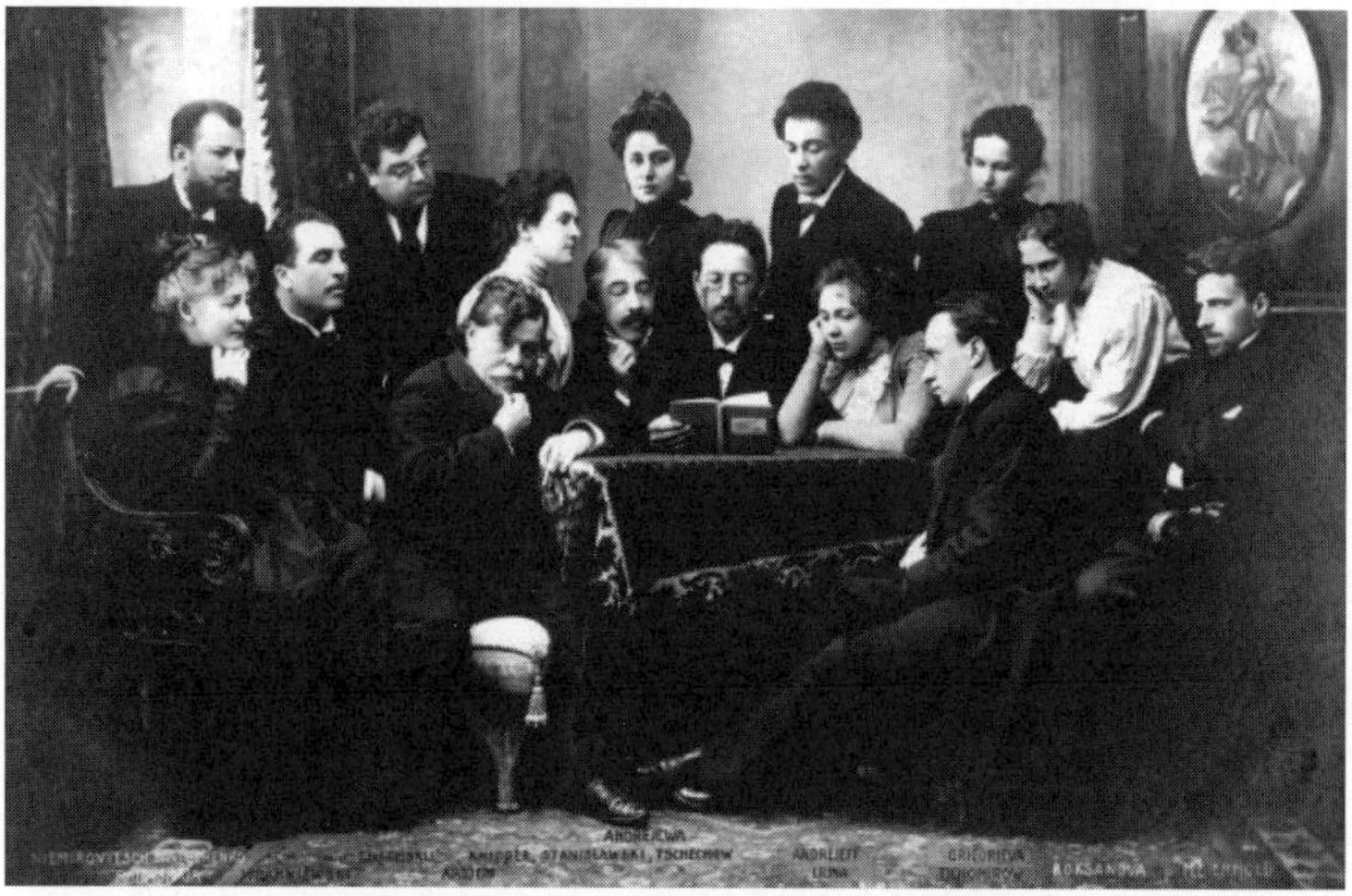

チェーホフ（中央で本を開いている）とスタニスラフスキー（その左隣）、モスクワ芸術座の座員たち（getty images）

を得ながらも、スタニスラフスキーの芸術的模索はとどまることはなかった。そのことは、チェーホフもゴーリキーも共に影響を受けたシェイクスピアの作品に対するスタニスラフスキーの態度に明らかである。

スタニスラフスキー、ネミローヴィチ＝ダンチェンコ、そしてカチャーロフという、当時のロシア演劇界を代表する演劇人が組んだ『ジュリアス・シーザー』の公演の決定が知らされたときのことを、スタニスラフスキーはこのように記している。

「シェイクスピアの『ジュリアス・シーザー』を上演することに決まったよ」と、ネミローヴィチ＝ダンチェンコは私のもとに立ち寄り、机の上に帽子を置きながら言った。

「一体いつそれを上演するんだい?」と私は訝しげに言った。

「次のシーズンの開幕頃だ」とヴラジーミル・イヴァーノヴィチ［ネミローヴィチ＝ダンチェンコ］は答えた。

「一体どうやって演出や舞台装置や衣装のプランを作ることができるんだい？　今日や明日にも、夏の休暇で一座はばらばらになってしまうよ」と、私はなおも訝しげに言った。

ヴラジーミル・イヴァーノヴィチがそのように自信たっぷりに言うとき、これは彼が、鉛筆を手に幾晩も徹夜して、次のシーズンの計画を練り、期間や複雑な劇場機構の全部門に関わる全ての細目を検討したことを意味している。

私たちの劇団では、レパートリーのための戯曲の選択の過程は難産のようなものであった。そして、ここに書いている年においてはこの仕事はいつもより一層困難だった。すでに四月になって、ペテルブルクへ客演に出かける時期であったが、まだ誰も次のシーズンでの差し迫った仕事をはっきりと知ってはいなかった。

私は、議論する時ではないこと、ともかく同意して不可能なことの実現に取りかからなければならないことを理解した。(48)

ここに、スタニスラフスキーがこの公演に消極的で、ネミローヴィチ=ダンチェンコに押されるように動いたことが見て取れる。スタニスラフスキーのこの姿勢の背景には、マイニンゲン一座の秀逸な公演の後で同じ戯曲に取り組むことへのためらいと、一八九八年の『かもめ』上演以来彼にとって重要な位置を占めていたチェーホフにかける思いがあったと思われる。

公演のための資料収集の目的で、ネミローヴィチ=ダンチェンコは舞台美術家のシーモフと一緒にローマに行った。彼は、『ジュリアス・シーザー』の主役はローマそのもの、そしてローマ市民にあると考えた。その上演台本には次のように記されている。

私たちはたとえ廃墟に過ぎなくてもいろいろな場所や物を見なければならなかった。私たちは廃墟の空気を深く吸い、想像をたくましくしなければならなかった。私たちは、単にシェイクスピアの悲劇のみならず、「ジュリアス・シーザーの時代のローマ」を舞台化していたのだ。その主役はローマだった。(49)

徹底した調査に基づいた歴史的事実を舞台化する姿勢という点で、ネミローヴィチ=ダンチェンコはマイニンゲン一座の公演を踏まえながら、それを越える力強さや面白さをモスクワ芸術座が出せると信じ、熱心に追い求めたのであった。

『スタニスラフスキー伝』の著者ジーン・ベネディティは次のように書いている。

> 彼［ネミローヴィチ＝ダンチェンコ］が留守のあいだ、スタニスラフスキーは演出ノートの作成にとりかかった。戯曲に取りくむさいに広い視野をとり入れたが、群衆シーンにはじつにこまかい指示を与えた。ふたりは定期的に連絡をとりあった。(50)

仕事は精力的に進められた。スタニスラフスキーによれば、劇団は、台本など文学的な面に関わる部門や、時代考証の部門、衣装の部門など、十の部門に分かれ、それぞれの役割に専念した。「劇団全体が戦時状態にあると布告され、全ての俳優、管理員、事務職員が動員された。どんな口実にせよ仕事をあえて拒否する者は誰もいなかった」。そして「モスクワが有しているあらゆる豊富な資料は、私たちによって徹底的に利用し尽くされた」(51)。モスクワで得られた資料と、ネミローヴィチ＝ダンチェンコがローマから持ち帰った資料に基づき、舞台装置や衣装などが作り上げられていった。

しかし、演出に関わった二人はまず舞台装置について議論しなければならなかった。古代ローマという場所にこだわり、その広場を大規模に再現するか、俳優のことを考慮し、巨大な装置が支障にならないようにするか。この舞台装置に関する二人の議論はその後の主要な人物像をめぐる葛藤にも及んだ。

三　ブルータス役のスタニスラフスキーとシーザー役のカチャーロフ

主要な人物の配役に関しては紆余曲折を経た。ネミローヴィチ＝ダンチェンコは、すでに一九〇三年一月にチェーホフに宛てた手紙で、次のように書いている。

私は『ジュリアス・シーザー』を上演したいと強く思っています。これについてはすでにあなたに手紙でお伝えしたと思います。しかしブルータス役がいないのです。アレクセーエフ［スタニスラフスキーの本名］はブルータスを演じたいともその作品に取り組みたいとも思っていないのです。(52)

結局スタニスラフスキーはブルータスの役を受け入れたが、この役作りに苦労することになる。シーザー役に関しては、ネミローヴィチ＝ダンチェンコの推薦により、カチャーロフに白羽の矢が立った。カチャーロフは、ペテルブルク大学法科に在籍中に学生劇団を組織し、その後も演劇の世界でその端麗な容姿と美声を活かして活躍していたが、あるところで行き詰まっていた。そのような彼とモスクワ芸術座の出会いは幸福なものであった。

ネミローヴィチ＝ダンチェンコにシーザー役を要請されたとき、カチャーロフは二十八歳であった。カチャーロフがシーザー役を受け入れるまでの経緯は次のようなものであった。

『ジュリアス・シーザー』上演に向けた仕事が始まる前は、多くの人がカチャーロフにはブルータスかアントニーの役を考えていた。一方カチャーロフ自身は、一八九八—九年のシーズンにカザンのボロダイの劇団ですでに演じていたキャシアスを演じたいと思っていた。キャシアスの役は、陰謀者の中で最も情熱的で妥協しない人物が持つ、鮮明な表現力と印象性によって、カチャーロフを惹きつけていた。彼にとってはじめのうちシーザーの役は重要性においても面白味においても十分ではないと思われたのであった。ネミローヴィチ=ダンチェンコの大きな功績は、即座にカチャーロフがシーザー役に理想的な俳優であることを見抜いたことであった。……エーフロスによれば、ヴラジーミル・イヴァーノヴィチ〔ネミローヴィチ=ダンチェンコ〕は、カチャーロフにシーザーの役を与えながら、次のように言った。「あなたには心の大きさと荘厳さがある」(53)

ここにあるように、ネミローヴィチ=ダンチェンコがカチャーロフをシーザー役に選んだことは非常に意義あることであった。カチャーロフはその期待に見事に応えたのである。

四　一九〇三年の公演

ネミローヴィチ=ダンチェンコは俳優たちにシェイクスピアの台詞の詩的要素に注意を払うように指導した。ミハロフスキーによるロシア語訳のぎこちなさを少なくするために、若干改変も加えている。また、舞台装置においては、回り舞台やはね上げ戸などが有効に使われ、照明器具も効果的に働いた。稲妻の閃光や激しい雨音を伴う嵐の場面などは画期的なものであった。衣装は、シーザーの時代に即してトーガや甲冑などが使われ、その当時の身のこなし方も研究された。準備段階の綿密な調査がこのようなところで大いに役に立った。

稽古は百回以上にも及んだ。一九〇三年八月に、スタニスラフスキーは妻に次のように書いている。

ヴラジーミル・イヴァーノヴィチ［ネミローヴィチ＝ダンチェンコ］は、悪鬼のように働いています。そして僕は彼を助けています。昼も夜も稽古があり、衣装合わせ、メイキャップ、群衆場面、一言で言うと――地獄です。劇団員は熱意を持って、思うに上首尾に稽古しています。多分このような状態から素晴らしい結果が生み出されるでしょう。でもまだやるべき仕事はたくさんあり、時間はほんのわずかしかありません。(54)

実際の舞台がどのようなものであったか、いくつかの場面を取り上げよう。

冒頭の場面では、舞台に、床屋、果物屋、肉屋、本屋など様々な店が並ぶローマの通りが現出した。そこでは多くの人々の喧噪に溢れている。ネミローヴィチ＝ダンチェンコのプランでは、この群衆は「個人としてと同時に一つの集合体として」扱われている。(55) 百五十人もの人々がグループになったりしながらシーザーが通るのを待っている。この作品の主役をローマそのもの、そしてローマ市民と考えたネミローヴィチ＝ダンチェンコの演出の真骨頂が発揮されている。

嵐の場面では、風や雷の音、嵐の中を進む人々の叫び声、がたがたと鳴る門の音などが舞台の奥で起こり、それから観客席の上や周囲を通り、後ろの方に消えていった。これは観客を劇行動に巻き込むという効果を持っていた。

第二幕第二場、ブルータスの屋敷で、一人思念に耽るブルータスのもとに陰謀者たちが訪れる場面については、この場の雰囲気は「悪夢」(56) のそれである。演出プランには「怪物のような思念がブルータスの脳に釘打たれ、彼の魂を刺し貫く」とある。ネミローヴィチ＝ダンチェンコは、ブルータスの独白等を通して、彼の、シーザーに対する複雑な思いと苦悩を前面に出している。

第三幕第一場のシーザー暗殺の場面は元老院の中で、下手（しもて）に巨大なポンペイの像が置かれている。舞台後方には、元老院議員の席が曲線をなして設けられており、その前でシーザーはブルータスたちに暗殺される。この場面のカチャーロフの演技について次のように記されている。

まず最初にキャスカの短剣がシーザーに一撃を加え、それからディシアス・ブルータス、メテラス・シンバー、キャシアス、シナが次々と襲いかかった。「絶叫して恐ろしい顔で彼は立ち上がる。……叫んでいるのはシーザーではない。叫んでいるのは人間、その人間の中に存在する、致命傷を負わせられた獣だ」（グレーヴィチの言葉）。カチャーロフが演ずるシーザーは、どんなに追い込まれた状態で、陰謀者たちにぴったり囲まれて右往左往したことか、至る所に彼に向けられた短剣の刃を受けながら。彼は低くかすれた声で有名な台詞を言った、「お前もか、ブルータス」。そして最後の力を振り絞ってトーガで頭を覆い、巨大なポンペイの像の台座のそばに倒れた。像の白い色を背景にして、シーザーの式服は真っ赤なしみで固まっていた。(57)

カチャーロフの悲劇俳優としての才能を示した演技がここにある。

続く第二場の広場での演説も、冒頭の場面と同様に、群衆場面として演出家の力が入ったところであった。ローマ市民が演壇の前に集まって、ブルータス、続いてアントニーの演説を聴く。スタニスラフスキーとネミローヴィチ＝ダンチェンコは、ブルータスやアントニーの演説に対する市民の反応について細かな演技の指示を与えている。また、この場面では、演説が芸術座の観客にも向けられるような演出方法が取られた。ネミローヴィチ＝ダンチェンコはアントニー役のヴィシネフスキーに、観客の感情に働きかけ、観客全員を泣かすように指示している。(58) このような群衆場面には、マイニンゲン一座の影響もあるにせよ、モスクワ芸術座独自の斬新さがあった。

第五幕第一場のフィリピ平原の場面では、甲の一部や槍の先端などを見せることで、あたかも大人数の兵士が行進しているかのように見せる工夫を施している。

五　公演の成果と反省、そして次へ

前述したように、この公演において、カチャーロフは素晴らしい演技を見せた。演劇人を含めて多くの人々がその演技に賞賛の言葉を贈った。スタニスラフスキーもカチャーロフの演技に最高の賛辞を呈している。『シーザー』の公演は大きな成功を収めたが、主として演出家の演出と、シーザーの素晴らしい形象を創造したカチャーロフの演技に負うものであった」(59)

ある批評家は、カチャーロフが演じるシーザーの容貌について、「その薄い唇に尊大で軽蔑を露わにした、同時に疲れたような薄笑いを浮かべたローマ人の顔が何と見事に作られていることか」と書いている。(60)

カチャーロフは、観客にシーザーの弱さを隠そうとはしなかった。一方で、弱いシーザーというイメージを「シーザーの矜持、名声、大いなる野心によって補う」ことになった。(61) まさにシェイクスピアが描いたシーザーのアンビヴァレンスが見事に表現された演技であった。

それに対してスタニスラフスキーのブルータスについては、賛否両論に分かれた。演出家レオポリド・アントーノヴィチ・スレルジツキー（Леопольд Антонович Сулержицкий）（一八七二―一九一六）は、スタニスラフスキーの演技が「その美しくて冷徹な古典像を生きた人間につくりかえ」たと高く評価している。(62) また、女優のエルモーロワはその演技を「美しい」と評している。(63) 批判としては、英雄的なところが足りないとの声が多かった。エーフロスの言葉が批判の声を典型的に表している。

……ハムレットばりのブルータスでもなければ、あきらかに芸術家が思い描くようなブルータス像でもなかった。中心的な骨格、悲劇の脊柱への迫り方が淡白だ。(64)

スタニスラフスキー自身、この公演での自分の演技に決して満足できなかった。

このような、カチャーロフとスタニスラフスキーの演技の出来の違いの背景には、ネミローヴィチ=ダンチェンコとスタニスラフスキーの、主要人物の捉え方の違いがあると言える。

まず、アントニーについて、ネミローヴィチ=ダンチェンコは、マイニンゲン一座がアントニーを理想的に描こうとして場面の省略までしていることに反発し、アントニーが持っている二面性、すなわち、自分の利益を追求するエゴイストの側面と、シーザーに献身的で、情熱的な気質を持った人物の側面を重視した。(65)

スタニスラフスキーと決定的に異なったのは、シーザーとブルータスの人物像に関してである。

ネミローヴィチ=ダンチェンコは、スタニスラフスキーに宛てた手紙の中で、次のように書いている。

私にはブルータスが驚くほど思いやりのある人物であることが分かります。彼の口調、表情、動きはよく分かっています。その独白にはうまく対処してきたとさえ思います。それから私はシーザーには完全に惚れ込んでいます！　何と素晴らしい役でしょう！(66)

彼によれば、第一幕のシーザーは「最高神官」（Pontifex Maximus）であり、第二幕では家庭人、第三幕では支配者である。[67] カチャーロフはこのようなシーザー像をよく理解し、それを演技に繋げたと言える。

このようにネミローヴィチ＝ダンチェンコにとってシーザーは、欠点を持ちながらも「偉大な人物」であるのに対して、スタニスラフスキーはシーザーを「快楽主義者、気取り屋」と捉えていた。[68]

そしてブルータスについては、スタニスラフスキーが「悲劇的な超英雄」と捉え、一方、ネミローヴィチ＝ダンチェンコは「時代の政治的状況を読み違えた、非常に公正で勇敢な人物」と考えている。[69] また、公演そのものを荘厳であると評価したエーフロスがいくつか難点を挙げているのに対して、演出家は次のように反論している。「この悲劇の中心は決して『ブルータスの精神』ではない」「ブルータスは単に陰謀者たちの首領に過ぎない」[70]。ネミローヴィチ＝ダンチェンコは、多くの人が期待するブルータスの形象を受け入れなかった。もともとブルータス役にためらいを感じていたスタニスラフスキーが、この演出家の解釈を理解できずに悩み、同時に自分の演技の至らなさにも悩み、それがブルータス役の演技にも影響を与えたことは想像に難くない。

しかし、この公演はスタニスラフスキーが書いているように成功を収めた。上演回数は八十四回で、最初の一ヶ月は週に五回も上演し、いつも満席であったという。[71]

一方で、二百人ものエキストラにかかる金銭的負担などにより、『ジュリアス・シーザー』は結局このシーズンの後、演目から外された。この公演後、スタニスラフスキーはチェーホフの『桜の園』を上演することになる。

このモスクワ芸術座の『ジュリアス・シーザー』においては、演出のネミローヴィチ＝ダンチェンコと補佐役のスタニスラフスキーの葛藤が非常に興味深いが、二人には共通した芸術的指針があった。それはチェーホフであった。チェーホフは一九〇四年に亡くなるが、モスクワ芸術座の演劇人にとって何よりも重要な存在であった。

スタニスラフスキーは、「私たちはシェイクスピアを他の劇団とは異なる方法で上演しなければならない。つまり、私たちは『シーザー』をチェーホフ風に上演しなければならない」と言っている。(72) 人間の精神を深く追究した二人の劇作家、シェイクスピアとチェーホフを並べて、ネミローヴィチ=ダンチェンコとスタニスラフスキーは『ジュリアス・シーザー』に取り組み、葛藤する中で壁にぶつかり、次の芸術的模索が必要なことを強く感じたに違いない。しかし、とにかくこの公演は、二人の演出家にとって大きな意義を持っていたことは確かである。この後、モスクワ芸術座が本格的にシェイクスピアに取り組むのは八年後の一九一二年一月（露暦では一九一一年一二月）に上演される『ハムレット』である。

第三節　モスクワ芸術座における『ハムレット』
――スタニスラフスキーとE・ゴードン・クレイグの接点――

一　新たな模索、そしてクレイグとの出会いへ

一九〇四年にチェーホフが亡くなり、芸術座の一つの指針が失われる。これを境にスタニスラフスキーの模索の振幅は大きくなる。彼は象徴主義に目を向けたのである。同時に芸術座内においても「リアリズム的傾向と反リアリズム的傾向との闘争の複雑な藝術的過程がはじま」ったのである。(73)

当時、一九〇五年の第一次市民革命を頂点にロシアでは政治的動揺が激しく、思想界も文学界も新しい波を迎えた。いわゆる「二十世紀ロシア・ルネッサンス」の黎明期である。他のヨーロッパ諸国と同じく、実証主義に

対する反動として、哲学者で詩人のソロヴィヨーフを先達に、ソログープ、ブローク、ベールィなどの象徴詩人が活躍した。一方、演劇界では、モスクワ芸術座に属していた若きメイエルホリドが象徴主義演劇の実験を繰り返していた。スタニスラフスキーがこのような時代の流れに影響されたのは避け難いことであった。彼の象徴主義の時代がこうして始まる。

一九〇五年、彼はメイエルホリドを手伝って演劇スタジオを創設する。新しいスタジオについて、さらに新しい芸術について、彼は次のように語っている。

> 新しいスタジオの credo（信条）は、手短に言えば、リアリズムや風俗描写がすでに過去のものになったということであった。舞台における非現実の時代がやってきたのだ。(74)

一方で俳優として物質的な肉体をいかに処したらよいかという問題と不安を抱えながら、スタニスラフスキーは「新しい芸術」を受け入れた。さらに彼の方向転換には重大な動機があった。モーガンによれば、チェーホフの作品の場合、その登場人物は、現実に生きる人々を創造したいというスタニスラフスキーの方針に合った。しかし、シェイクスピアの場合、それが必ずしも当てはまらないことに彼が気づいたのである。(75) そしてその打開策を未知の象徴主義に求めたのであった。

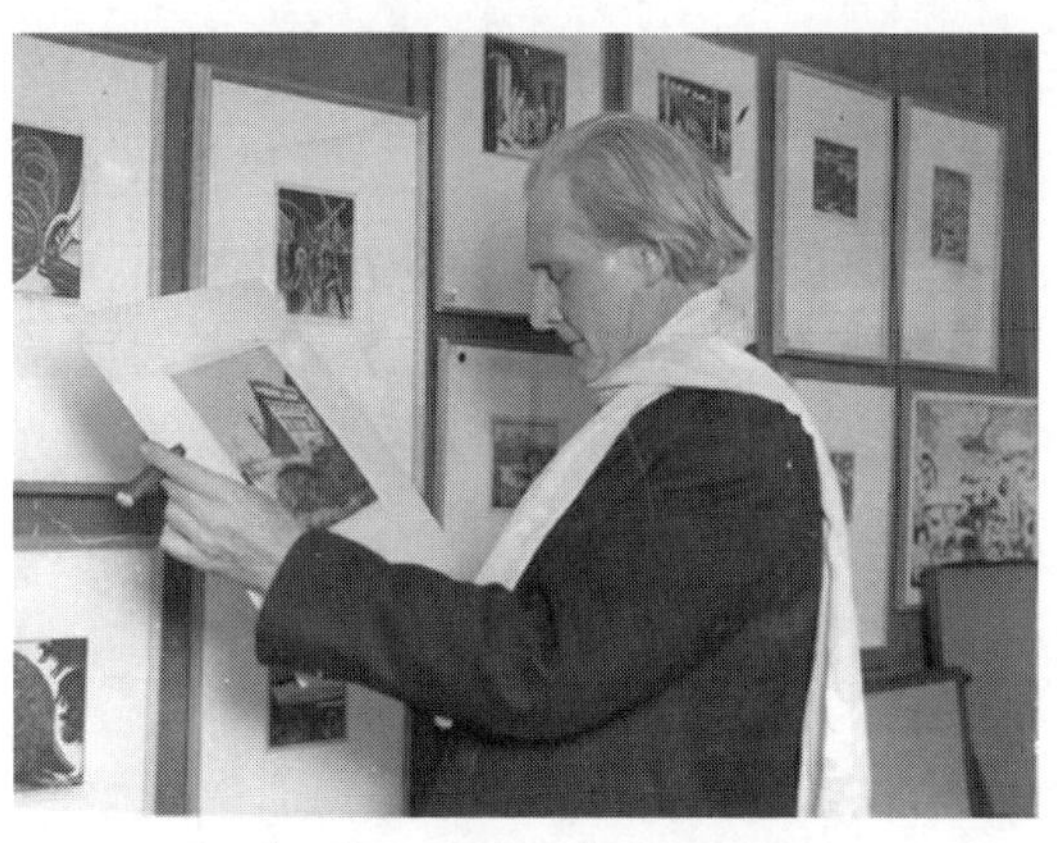

E. ゴードン・クレイグ（getty images）

それゆえ、アメリカの舞踊家イサドラ・ダンカン（Isadora Duncan）（一八七七―一九二七）からE・ゴードン・クレイグについて「彼は単にその祖国だけの人間ではない、全世界の人間です。彼の場所は芸術座にあります」という評価を聞いたとき、(76)さらにそのクレイグからロシアで一世を風靡したシェイクスピアの悲劇『ハムレット』の上演の話を持ち出されたとき、スタニスラフスキーの食指が動いたのも当然のことと思われる。

優れた俳優でもあるスタニスラフスキーは常に俳優の精神的身体的行動を中心に演劇を考えていた。肉体を持つ俳優にとっては障壁に見える象徴主義という芸術思潮を、彼は模索と試行錯誤の末、逆に演技の糧にする方法を見出した。チェーホフの作品を通して発見した〈創造的自己知覚〉や〈創造的超課題〉を俳優の演技に定着させることで、リアリズムを根底に置き、しかも舞台を詩的象徴にまで高める演出様式、いわゆる〈スタニスラフスキー・システム〉に到達したのである。

芸術座内ではリアリズム対反リアリズムの葛藤が続き、ネミローヴィチ＝ダンチェンコとスタニスラフスキーの間にも反目が生じていたが、一座としては、レオニード・アンドレーエフの『人の一生』（一九〇七）やメーテルリンクの『青い鳥』（一九〇八）などの反リアリズム的作品を演目に加えた。特に初演の『青い鳥』は一応の成功を収めた。

スタニスラフスキーはさらに新しい実験に向かって歩を進めた。「経験と研究によって豊かになり、洗練された、より深遠な心理的リアリズム」を目指して。(77)

エドワード・ゴードン・クレイグは、十九世紀末から二十世紀初頭にかけて、ヨーロッパ演劇界に大きな影響を与えたイギリスの演出家、演劇理論家、舞台美術家である。名女優エレン・テリーと建築家E・W・ゴドウィンの子として生まれ、十九世紀末における芸術の百花燎乱期に育ったことが、彼の感性を鋭く豊かなものにした。

彼は、ラスキンの理想主義、ペイターの唯美主義、シモンズの象徴主義などの洗礼を直接・間接に受け、「リアリズムは露出に過ぎない、が、芸術は啓示である」(78)という理念に到達した。

当時のヨーロッパ演劇は、アントワーヌの自然主義演劇や、イェイツたちのアイルランド演劇運動などによって新たな胎動を示し始めていたが、クレイグが特に惹かれたのは、スイスの舞台美術家アドルフ・アッピアの理論である。チャールズ・キーンやヘンリー・アーヴィングなどのいわゆる〈俳優兼支配人(アクター・マネジャー)〉による華麗かつ歴史的考証主義の舞台では「シェイクスピアは単に背景の口実になってしまった」(79)として、クレイグは、平面的絵画的な装置を排し、照明の光と影の効果を重視し、立体的彫塑的な舞台空間の創造を目指すアッピアに共感した。

クレイグの演出は、自分が考案した〈衝立〉を用い、暗示性に富んだ簡素な装置と光と影の対比を強調した斬新な照明によって観客の想像力を喚起し、作品の意図と雰囲気を直截的に伝えようとするものだった。そしてその理念の集大成とも言えるものが、一九一二年一月のモスクワ芸術座における『ハムレット』の演出であった。

シェイクスピアの作品、特に自らも主役を演じたことのある『ハムレット』に対するクレイグの思い入れは非常に強かった。

　『ハムレット』は舞台上演に適した性質を有していない。『ハムレット』をはじめシェイクスピアの戯曲は、読むと、壮大かつ完璧であるが、ひとたび舞台化され上演されると、著しく損われてしまう。……『ハムレット』は、シェイクスピアがブランク・ヴァースの最後の言葉を書いた時点で完結し完璧なものになっている。(80)

しかしその完璧性のゆえに『ハムレット』は、理想美を希求するクレイグの、この作品の詩的世界を形象化したいという意欲をかき立てた。

母国を去って大陸に渡っていたクレイグのもとに、イサドラ・ダンカンを通して、モスクワ芸術座の演出家スタニスラフスキーから招聘の電報が届いたとき、その返事の中でクレイグは次のように書いている。「あなたのために『ハムレット』を上演することは私にとって非常な喜びとなりましょう」[81]。こうして、一九〇八年一〇月、彼はモスクワの駅に降り立ったのである。

二　それぞれの『ハムレット』観

クレイグはモスクワ芸術座の俳優たちの芸術に対する真摯な姿勢を『演劇芸術について』の中で賞賛している[82]。特に俳優スタニスラフスキーの優雅な演技を絶賛し、彼がハムレットを演ずることを切望した。クレイグはスタニスラフスキーの妻で女優のリーリナに宛てた手紙の中で、ハムレットを普通の人間ではなく、彼の言葉も表情も人並み外れ、極めて繊細であるとした上で、次のように書いている。

私は彼［スタニスラフスキー］がハムレットを演ずることを望みます。彼はそのために生まれてきたも同然です。私は彼をハムレットとして見、かつ聞くのです。私には彼が、頂上を雪で覆われた山にも似て、微動だにせず毅然としっかり立っている様子が目に見えます[83]。

スタニスラフスキーは、クレイグの、非常に観念的な演劇論、特に俳優を「超マリオネット」（Über-marionette）とする極端な俳優論に戸惑いながらも、クレイグのデザインなどに大いに魅せられていた。クレイグの、ハムレットを演じてほしいという要望に心を動かされたのは事実である。しかし彼は、『ジュリアス・シーザー』を主演して見事な演技を見せた十二歳年下のカチャーロフにこの役を託した。

だが、スタニスラフスキーの初期の心理的リアリズムの演技論を信奉するカチャーロフが、クレイグの掲げるハムレット像――物質を表す宮廷に闘いを挑む精神であり、地上の浄化者である超人的ハムレットという解釈に対し、戸惑いを感じたのは想像に難くない。チューシキンは次のように述べている。

> カチャーロフは自分のハムレットを、象徴と観念的な詩的調和および抽象性と様式性に満ちた世界から、リアリスティックな内容を持った、真に人間的な生きた生活の次元に置き換えた。彼はハムレットの中に、クレイグとは異なり、心理的悲劇の深奥――すなわち、深い疑念や現状に対する不満、自分を取り巻く世界の社会的不正や非人間性に対する抗議に満ちた思想の悲劇を見出した。(84)

カチャーロフの煩悶は大きく、最終的に彼は旧来のリアリズムの擁護者であるネミローヴィチ=ダンチェンコに頼った。そしてクレイグの理念を一応考慮に入れながら自己のイメージにあるハムレットの役作りを進めた。

クレイグとスタニスラフスキー、そして共同演出者スレルジツキーの『ハムレット』観はそれぞれが特徴を持っていた。スレルジツキーは主人公の中に意志の弱さとペシミズムの投影を見、作品を「幻滅の悲劇」として捉えていた。(85)これは、第一次市民革命の失敗に対する幻滅をこの作品の中に見ていたと言えるであろう。スタニスラフスキーは、クレイグの完全無比な主人公像に、欠点があってこそ主人公たり得ると反論し、また、クレイグの極端な見解、たとえばオフィーリアの矮小化や宮廷人の戯画化等に異論を唱えはしたが、精力的な討論の末、クレイグの作品観にほぼ同調を示した。では、クレイグの作品観とは一体どのようなものであったのだろうか。

クレイグはその悲劇の視点を主人公ハムレットに置き、ハムレットの眼を通してこの劇のアクションが展開されると考えた。この点で、戯曲『ハムレット』は一種のモノドラマとなる。これについては、ソビエトの心理学者ヴィゴツキーが芸術座の舞台に刺激されて書いた論文「デンマークの王子、ハムレットの悲劇」に詳しい(86)。

ハムレットの孤独、ハムレットと宮廷との決定的断絶を観念化した〈精神と物質〉という対立、ハムレットの英雄視・神聖視などは、クレイグの解釈の原点である。また彼は『ハムレット』を、父王の亡霊で始まり、地上の浄化者ハムレットの魂を運ぶために舞い降りた大天使に喩えられるフォーティンブラスで終わる、一種の「神秘劇」として捉えている。これは、超自然物の魔女を力の神と見做した彼の『マクベス』観にも通じるもので、イギリスの詩人であり画家であるブレイク等の神秘主義を吸収したクレイグならではの特異なものであろう。

スタニスラフスキーがクレイグのプランに大きな魅力を感じながら現実の舞台化の難しさ、そして周囲の反対もあり断念したものがある。

第三幕第一場、ハムレットの第四独白の場面で、クレイグは「死」の精霊である美しい女性を登場させ、彼女にハムレットを不完全な生の世界から魅力的な死の世界へ誘わせようと意図した。クレイグが描いたデザイン「ハムレットと死」において、ハムレットは、クレイグの考案した後ろの巨大な衝立におそらく自分の魂の影であろうものを幾重にも残しながら、精霊の方に引かれている。当初この斬新な案を聞いたとき、スタニスラフスキーの取った態度は冷ややかなものだった。しかし、デザインを見た途端、彼はそれに魅了された。このデザインはスタニスラフスキーの家に飾られることになる。スタニスラフスキーはこの演出プランが実現できなかったことを次のように嘆いている。

画家や演出家の軽やかで美しい舞台の夢想と、現実の舞台の実現との間にはなんと大きな懸隔があるのだろう。[87]

このような精霊や父王の亡霊などの超自然物が孤独なハムレットを物質界から切り離すように取り巻き、肉体を担ったハムレットを〈精神〉の象徴にまで昇華させる、というのがクレイグの「神秘劇」の根本理念であった。一方、カチャーロフは、亡霊を含めた超自然的事物を、『ハムレット』の劇的主要素でないばかりか、余計な、邪魔なものであり、シェイクスピア劇の古臭い約束事に過ぎない」と考えており、「ハムレットは亡霊を自分の内的な眼で見ている」のだと解釈していた。[88]

舞台装置に関しては、「一つの背景における無数の場面」を創造するためにクレイグが一九〇七年に考案した〈衝立〉が使われることになった。これは四枚から十二枚程度の巨大な長方形の衝立から成っており、照明の変化に対応できるように、木の枠に麻布が張られていた。当初の予定では、場面ごとの切れ目には、幕を使わず、観客の見ている前で車輪つきの衝立を動かすことになっていた。しかし、本番直前に衝立が次々と倒れるという事故があり、急遽場面が終わるごとに幕を下ろして衝立を動かすことに変更された。その結果、衝立と照明の相乗効果も減殺されることになった。スタニスラフスキーの無念ぶりは『芸術におけるわが生涯』に明らかである。[89]

俳優の演技については、「俳優＝超マリオネット論」を説くクレイグは深く関わらず、ほとんどスタニスラフスキーに委ねられた。彼はちょうど〈スタニスラフスキー・システム〉を定着させつつあり、それを『ハムレット』に適用したいと強く望んでいた。これに対し、クレイグも芸術座員の多くも批判的であったが、スタニスラフスキーはツルゲーネフの『村のひと月』での試みが成功したことに力を得て、この〈システム〉を推し進めた。

三 公演前

一九〇八年一〇月にクレイグがモスクワに到着してから一九一二年一月にモスクワ芸術座で『ハムレット』が開幕するまで、スタニスラフスキーが重いチフスに罹り数ヶ月療養しなければならなかったこともあって、長い間歇的な準備期間となった。その間、スタニスラフスキーとクレイグの間には、芸術理念の上での相剋や金銭上の問題などがあったが、互いの芸術的才能に対する揺るぎない尊敬の念と『ハムレット』への情熱が二人の共同作業を支えた。一九〇九年五月に、スタニスラフスキーは、グレーヴィチ宛の手紙の中で、当時噂されていたクレイグとモスクワ芸術座の不仲説を否定して次のように書いている。

私もネミローヴィチも劇場も、彼［クレイグ］に落胆するどころか、彼が天才であることを今や確信しています。それがゆえに彼は祖国で受け入れられないのでしょう。彼は驚くべきものを創造します。そして芸術座は彼の願望を全力で実現しようとしています。芸術座全体が彼の手に委ねられています。私自身、彼の身近の助手として全く彼の命ずるままになっていますが、私はこのことを誇りに思い、幸福に思っています。私たちがクレイグの才能を示すことに成功すれば、それは芸術に大きな貢献をすることになるでしょう。多くの人がクレイグを理解するまでには長い時間が必要でしょう。というのは、彼は、時代を半世紀先駆けているからです。彼は一流の詩人であり、素晴らしい画家であり、最も洗練された美的感覚と知識を持った演出

家です。(90)

一方、クレイグは、モスクワと当時住んでいたフィレンツェの間を何度か往復しながら、公演の実現に不安を抱くこともあったが、「『ハムレット』は夢に見た芸術への一歩となるであろう」という期待が彼を奮い立たせた。(91)

翻訳台本は、若干クレイグによって誤りを正されたが、クローネベルクのものが使用された。音楽は、『青い鳥』の作曲でクレイグを魅了したイリヤ・サーツが担当した。カチャーロフ以外の主な配役は以下の通りである。クローディアス――マッサリーチノフ、ガートルード――オリガ・クニッペル（このチェーホフの未亡人はクレイグのたっての希望で選ばれた）、ポローニアス――ルージスキー、オフィーリア――グゾフスカヤ、レアティーズ――ボレスラフスキー、ホレイショー――ホフローフ、その他。

四　公　演

一九一二年一月五日（露暦では一九一一年一二月二三日）午後七時半、幕が開く直前、女声の合唱が、ヴィオラ、チェロ、コントラバス、そして悲しげな銅羅の音による伴奏で始まり、それにかぶせて風の吹きすさぶ音や遠くの不気味な叫び声が聞こえてきた。幕が上がると、舞台には灰色の色調の衝立が複雑な角度をなして立っている。斜めに月の光が当たっている部分と闇の部分が対照的である。突然、衝立の間からそれと同色の長衣を着た亡霊が現れる。顔には苦悶で歪んだ表情の仮面（マスク）をつけている。亡霊は歩哨の最初の台詞に驚いたように衝立の陰に消える。このように冒頭に亡霊を登場させるのは、クレイグの「神秘劇」ならではの演出である。

第二場は、ハムレットと宮廷世界との「悲劇的衝突の序曲」であった。不協和音を伴うファンファーレと同時に幕が開くと、舞台には、国王夫妻を頂点として廷臣たちが宮廷の虚飾の象徴として金一色のピラミッドを形成している。強い光を浴びたきらびやかな宮廷世界から断絶するかのように、立方体の作り物を挟んで舞台前方にカチャーロフの演ずるハムレットが座っている。王に背を向け続ける彼の姿勢は賛否両論の反響を呼んだ。クローディアスの台詞が終わると、舞台後方は暗転になり、後方とハムレットのいる前方の間に黒い絹レースの幕が引かれる――あたかもハムレットが今まで見ていた夢が終わったかのように。第一独白は、「ハムレットの孤独」と題される静かな歌曲に続いて、淡々とかつ苦々しげに語られる。

現世的な第三場に対して、次に続く場面は非常に神秘的である。スタニスラフスキーは次のように記している。

> 父親との場面は、宮殿の城壁の最も高い所で、明るい月空、それも夜明けが迫り少しずつ朱に染まろうとしている空を背景にして展開される。……死者がまとっている透明な織物は光を通し、月空を背景にしてエーテルのように現世離れして見える。それに対して、丈夫な毛皮の外套を着たハムレットの黒い姿は、彼がやはり物質的で醜悪かつ苦悩に満ちた現世に繋がれていることを示している。彼は高みに惹かれはするが空しく、この世の生活と父の亡霊が住む彼岸の出来事の秘奥を解き明かそうとするが、これまた詮ないことである。この場面には他の場面と同じく不気味な神秘性が浸透している。(92)

存在と非存在の境界を越えたハムレットはこのとき、宮廷ばかりでなく世界全体を浄化するという、戦士キリストに比すべき役目を負うことを余儀なくされ、果敢にそれに挑むのである。

第二幕第二場では、金色の高い衝立で作られた廊下が舞台に現出する。この金色の〈迷路〉を、ハムレットが、苦悩のはけ口、さらに剣に代わる武器とも言える本を読みながら進んでくる。役の中に人間としての深い哲学を求めるカチャーロフにとってここは演技の見せ所であったろう。ローゼンクランツとギルデンスターンに接するときのハムレットには「一種の静かな内的狂気」が感じられる[93]。そして、「何という傑作なんだ、人間というのは」以下が、主人公の内面に向かってほとんど囁くように語られる。その間、舞台装置の高い衝立は、ハムレットの幽閉、疎外、絶望という状態を強調し、彼を圧迫し続ける。このような抑圧的な雰囲気は、旅役者たちが入ってくる途端に明るく賑やかな空気に一変する。ハムレットは孤独から解放されて朗らかになる。この場のハムレットの独白でクレイグは独特の演出を試みた。旅役者を舞台上に残して芝居の準備をさせたため、独白するハムレットを中心に、左に忙しそうに衝立の間を行き来する旅役者たち、右にハムレットを盗み見しているクローディアス、という対比の妙が生まれたのである。

第三幕第一場では演技上の大きな問題が表面化した。問題はカチャーロフの演技にあった。クレイグが心配したように、第四独白のときカチャーロフはあまりに知的で抑えた演技をした。ハムレットは魅力的な死を想い、喜びに溢れていなければならないと主張するクレイグならずとも、カチャーロフの演技に対しては情熱や力が稀薄であるという批判が出た。カチャーロフは、忌むべきものは社会的圧制であり、生そのものではないという考えから、元来第四独白にそれほどの関心を抱いていなかったのであるが[94]、ここに、カチャーロフとクレイグの決定的な乖離を看取することができよう。

「クレイグの芸術は劇中劇の場面で見事に花開いた[95]」。第三幕第二場の「ねずみとり」の場面は秀逸の出来であった。舞台は切穴を境に前方と後方に分けられ、後方には国王夫妻はじめ廷臣たちが第一幕第二場と同様に顔を観客席に向けピラミッド状に座している。前方では旅役者たちが芸術座の観客に背を向け、『ゴンザーゴー殺し』を演じる。照明は彼らに絶えず当たり、後方は薄闇になっているが、時折プロジェクターの光が劇中劇の観客の上を掃くようによぎる。すると彼らの服の金色が不気味に震える。ハムレットは舞台上を忙しく動きながら、クローディアスの顔を窺っている。ハムレットのこの敏捷な動きは、稽古のときクレイグがカチャーロフに強く要求した点である。劇中劇がクライマックスに達したとき国王が立ち上がる。彼は、ハムレットの「いい気味だ、してやったりという視線」(96)に出会い、激しい戦慄を感じたのである。彼と廷臣たちが滑稽なまでに慌てふためいて去った後、ハムレットはそこに残された劇中劇の王の黄色いマントを羽織り、すばやい動きで玉座に駆け上がる。これが現世におけるハムレットの勝利の瞬間であった。

この場面の成功は、舞台配置(ミザンセーヌ)とカチャーロフの演技によるものと考えられる。舞台配置に関しては、ハムレットの眼を通して作品を見るというクレイグの基本理念が貫かれていた。この配置によって観客は、ハムレットと同じ視点に立ってこちらを向いた国王の様子を窺い、事実を確かめ、ハムレットの喜びを共有することが可能となった。カチャーロフは、第四独白のときとはうって変わって生き生きとした演技を見せた。彼は努力と苦心を重ねた結果、クレイグの要求に応え、ごく自然に感情を昂揚させることに成功した。しかし第四場の王妃の寝室の場面では、再びその情熱のなさを批判された。

この第四場では、スタニスラフスキー、スレルジツキー、クレイグの見解がほぼ一致した。すなわち、ハムレットは母を責めるのではなく、究極的には愛をもって反省を促し救うのであり、この行為は人類全体の救済に繋がるというのである。さらにクレイグ流に言えば、これは〈精神の物質に対する勝利〉を示す典型的な場面なのである。しかしカチャーロフはそこまで表現することはできなかった。彼の穏やかで抒情的な演技に賞賛の声(グレーヴィチなど)も一方ではあったが。

バチェリスはクレイグの演出プランがところどころ歪曲されていたことを指摘している。[97] たとえば、第四幕第五場のレアティーズが反乱軍を率いて宮廷にやってくる場面では、スタニスラフスキーは全くリアリズムの手法を用い、第五幕第一場の墓掘りの場面では、墓掘りたちの滑稽味を強調するためにリアルな演技をさせ、その結果、様式化された背景にそぐわなくなったことなどが挙げられよう。これはいわば、象徴主義に惹かれながらもリアリズムを踏み越えられないでいたスタニスラフスキーの限界、あるいは慎重さを示しているように思われる。

だが、最後の第五幕第二場は素晴らしく、クレイグもその出来に満足している。彼は以前から最後の場面に荘厳な美を求め、その形象化に非常な熱意を示していた。舞台装置としては、衝立、高さの異なるプラットフォーム、階段が使われた。例の如く金色の群を成している宮廷人の前で、流血を暗示する赤味を帯びた照明を浴びながら、ハムレットとレアティーズは真剣に闘う。そして文字通り、宮廷世界に対するハムレットの闘いは終わり、「あとは沈黙」という言葉と共

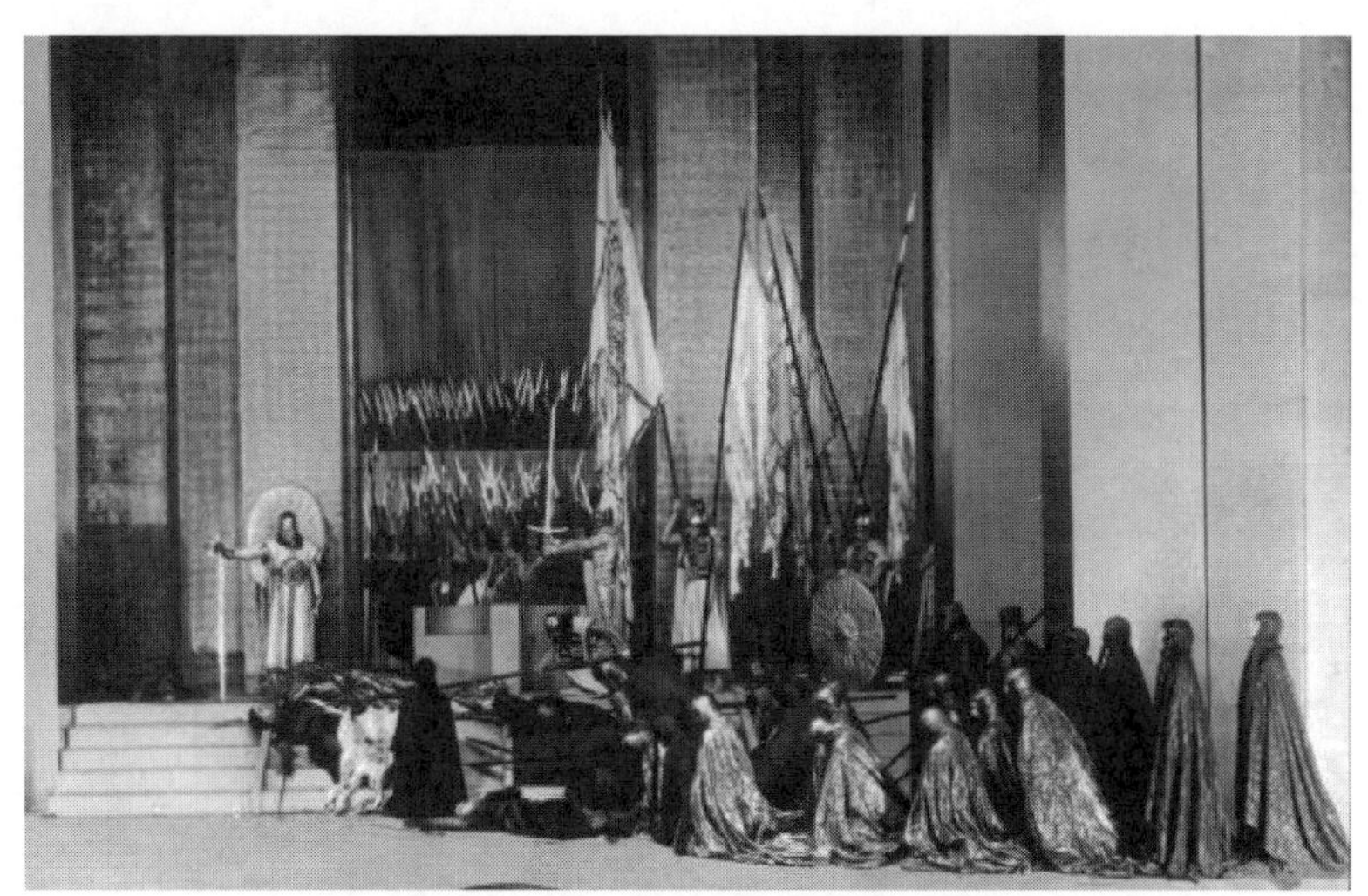

モスクワ芸術座の『ハムレット』最後の場面（getty images）

に彼自身もこの世の生を終える。舞台上では、階段の中央に腕を広げ仰向に倒れているハムレットを中心に、レアティーズ、ガートルード、そして玉座のもとにあたかも空しい権力を象徴するかのように横たわるクローディアスが、バチェリスが言うところの〈死の幾何学〉を構成している。[98] ここでいったん幕が下ろされ、ファンファーレの音と共に幕が再び上がると、衝立が広げられており、中央の壁の上から数十本の林立した槍の先が見える。そこへ、勝利の行進曲をバックに、兵士を率いたノルウェー王子フォーティンブラスが登場する。彼は金色の十字架を縫いつけた純白の衣裳を着ており、手には長い剣を持ち、さらに、背にはまるで後光のような丸い金色の盾を負っている。まさしくこれは、彼がハムレットの魂を運ぶために天の兵士を引き連れて舞い降りた大天使であることを暗示している。厳かな葬送行進曲が流れる中で、フォーティンブラスは、悲劇の主人公の体を旗で覆わせ、階段の上から彼の顔を静かに、崇敬の念を込めて見つめ続ける。そのハムレットの顔は、「この無常の現世において生の秘奥を極めた、地上の汚濁の偉大な浄化者」[99] として、穏やかな笑みを浮かべているのであった。

公演は翌日午前一時過ぎに終わった。クローディアスを徹底して卑俗化するためであろう、彼の祈りの場面、そして第四幕のはじめの三場は削られたが、他はほとんどカットはなかった。しかし、この五時間半を超える上演が観客を決して飽きさせなかったのは事実である。観客は熱狂的にクレイグやスタニスラフスキー、カチャーロフを幕の前に呼び出した。

新聞の批評は予想通り賛否両論であった。『モスクワの声』は、衝立を使った舞台装置を、空虚な様式化であるとか味気ないと批判した。一方、『ロシアの言葉』は、「現代の演劇芸術における最も壮大なイヴェント」[100] として賛辞を送った。『ザ・タイムズ』の特派員テレンス・フィリップは同国人のクレイグの演出について次のよう者としての敬の念を持つを心から配慮するというこの仕事に取り組んでいたことは明らかである」

に報告している。「何はともあれ、クレイグ氏が芸術家の感触だけではなく、シェイクスピアを心から愛する者として配慮と尊敬の念を持ってこの仕事に取り組んでいたことは明らかである[101]」。そして、「この公演はクレイグ氏にとって見事な勝利である」と激賞している[102]。

しかし、成功にもかかわらず、クレイグとスタニスラフスキーの双方にいくつかの問題点が残された。まず、カチャーロフをはじめ俳優たちの演技が論議の対象になった。「カチャーロフのハムレットは世界の明るい未来を信じ求めているが、あえてそれを闘って勝ち取ろうとはしない[103]」という指摘もある通り、カチャーロフの演技には、一九〇五年以後のインテリゲンツィヤの倦怠感が色濃く反映されていた。後に一九二一年の外国巡演の際、カチャーロフ自身、九年前の自分の演技の弱点を反省し、ハムレットの果敢な行動力を強調するようになったことは興味深い。全体の演技に関してスタニスラフスキーは、「高揚した文体で書かれた英雄的戯曲を表現するに相応しい方法も手段も見出していない[104]」ことを痛感し、これ以後〈システム〉の充実化に精力を傾注するようになった。装置に関しても、公演直前の事故のため観客の目の前で衝立を動かすという計画が実現しなかったことに加えて、巨大な衝立に高低の動きを与えられなかったことにクレイグは不満を感じた。

さらに、これは演技を含めた全体的問題であるが、スタニスラフスキーの率いるモスクワ芸術座とクレイグとの間に理念上の相剋があり、それがこの『ハムレット』の稽古や公演の間に時折表面化した。たとえスタニスラフスキーが象徴主義の美に惹かれたとしても、その芸術の根底はリアリズムにあった。観念に走るクレイグとは異なり、芸術座の人々は決して現実社会を、そしてそこに生きる人間を忘れることはできなかった。従って、この世を浄化するというハムレットの目的については同調したものの、あくまで人間的な視点から作品を捉えた芸術座側と、クーゲリをして「人間の上に無限の神秘的な天幕、宗教的で形而上的な観念を構築しようとした[105]」と言わしめたように、作品を象徴主義的な「神秘劇」として演出したクレイグとの間にはやはり越え難い壁があった。

しかし、このような壁は、スタニスラフスキーとクレイグが「芸術を極限まで追求する者」[106]として互いに肝胆相照らしたことを考えれば、かえって創造力の源泉であり、それによって芸術座の『ハムレット』は世界の演劇界に大きな意味をもたらした歴史的な試みとなったと言えよう。モーガンも指摘する通り、「共同作業の試みとして、一九一二年の『ハムレット』は、持論が正反対である二人の演劇改革者の記念すべき結合であった」のである。[107]その上演回数は四十七回を数え、感動の余韻はいつまでも続いた。

五　演劇学校での『ハムレット』のレッスン

スタニスラフスキーはこの公演後、自分の演出の至らなさを反省している。この『ハムレット』公演は、クレイグ主導ではあったが、そのクレイグの理念を最大限受け入れようとしたスタニスラフスキーの懐の深さを示し、また芸術的模索中の彼の『ハムレット』にかける思いもよく分かるものであった。

一九三五年半ばから一九三八年八月に亡くなる数週間前まで、スタニスラフスキーはオペラ・ドラマ研究劇場という演劇学校で生徒たちにレッスンを施している。そこで使われた戯曲の一つに『ハムレット』がある。たとえば、第二幕第二場のハムレットとポローニアスのやり取りの場面を、「ハムレットが初めて策略を行動に移すのが見て取れる」とし、[108]表面上の会話の裏にある内面のモノローグであるサブテキスト等に分け、詳細に分析している。[109]

ハムレット行動	ハムレットサブテキスト	テキスト（二・二・一六八―二一四）	ポローニアスサブテキスト	ポローニアス行動
私は本を読みながら部屋に入り、ポローニアスを見ないふりをする。	――いつものようにスパイしている。あいつが自分で思っているほど賢くさえあればいいんだが――	ポローニアス　ご機嫌はいかがでいらっしゃいますか、ハムレットさま？ ハムレット　良好だよ、おかげさまでね。	如才なく、しかも彼の機嫌を損ねないようにしなければ。	わしはうやうやしくお辞儀をする。
私は彼に全く注意を払わず動き続ける。	――お前は女郎屋の主人と同様悪いやつだ。	ポローニアス　私のことがお分かりですかな？ ハムレット　素晴らしくよく分かるよ。お前は魚屋だな。	彼の注意を引かなければならない。	彼の後を追う。
	お前は悪党だとはっきり言ってやりたいが、ここは知恵を授けるかのように言ってやろう。	ポローニアス　違いますよ、殿下。 ハムレット　では、せめてあのくらい正直であってもらいたいな。	狂ってる！　わしのことは小さい頃から知っているくせに。	
私は初めてあいつの顔を見る。		ポローニアス　正直でございますか？	わしが？　正直？　もちろんじゃ！	
	――ホレイショーのようにな。	ハムレット　そうだよ。正直な人間は、当世では一万人に一人がやっとだ。		
		ポローニアス　確かにその通りでございますな。	わしは、常に、わしの子供たちに正直の美徳を教えてきた。	

私は本を読みながら、立ち去ろうとする。

——国王が私の〈貞淑な〉母を堕落させ、そそのかした。

——お前は、私がお前の貞淑な娘を汚したがっていて、まるであの国王のようだと思っていたな。

こいつの心配をうまく利用してやりたい。

ハムレット　というのは、太陽が犬の死骸に蛆虫をわかせると、それは接吻するに相応しい腐肉だから——

お前には娘が一人いるな？

ポローニアス　はい、おります。

ハムレット　娘にはあまり太陽のもとを歩かせるなよ。知恵が膨らむのはめでたいが、お前の娘が膨らむのはまずいだろう。まあ、気をつけるがいい。

ポローニアス　何をおっしゃりたいのですかな？（傍白）いつも娘のことばかりだ。しかしはじめはわしのことが分からなかったな、魚屋などと言って。かなりいかれているわい。まあ確かにわしも若い頃には恋にひどく苦しんだものだ、まさにこんなふうに。……殿下、何をお読みですかな？

［傍白はサブテキストに相当］

私は立ち止まり、彼に本を見せる。		ハムレット　言葉、言葉、言葉だ。 ポローニアス　中には何が書いてございます?		
私は別の人間を探して見回す。	わざともう一度こいつの言うことを取り違える。	ハムレット　誰とのなかだ? ポローニアス　読んでいらっしゃる本の中身のことでございますよ。		
私はあらゆる点を指摘しながら、あいつの方に近づく。	あいつを面罵できるように、本の中身をでっちあげる。	ハムレット　悪口だよ。皮肉屋のやつがこう言っている。老人は髭が白く、顔はしわだらけで、目からは濃い琥珀色の目やにを出し、はなはだしく知恵を欠き、さらに膝はがくがく。 ……	――わしに危害を加えるだろうか?	ハムレットが近づくにつれ、わしは後退りする。

このように非常に精緻な分析がなされている。ハムレットとポローニアスの間の、緊張感があると同時に滑稽なやり取りの分析には、常に登場人物の心理を重視するスタニスラフスキーの強い姿勢が見て取れる。

また、終わり近くのレッスンで、スタニスラフスキーは主人公ハムレットの〈超課題〉は「生きている意味を探すこと、すなわち人生の謎を探すこと」であると言い[110]、ハムレット役の生徒等に次のように言っている。

『ハムレット』は最も難しい戯曲だ。その戯曲をきみたちに与えた。『ハムレット』によってきみたちは、高揚する感情や言葉が要求する全てのことを理解するだろう。どこか違っているところがあるかい？　きみたちは『ハムレット』が最も偉大な芸術作品だということに気づくだろうし、それを演じて生きることになるだろう。(111)

スタニスラフスキーは実際に演じてみせながら演劇学校の生徒たちに教えた。結局公に演じることはなかったが、ロシアで伝統的に人気を誇る『ハムレット』は、スタニスラフスキーの芸術的模索において重要な指標であり続けた。もしクレイグの要望通り、スタニスラフスキーが舞台でハムレットを演じたならば、一体どのような舞台になったか、思いは尽きない。

注

（1）ロシア・ソビエトでは、一九一八年一月三一日までユリウス暦が使われ、その後、グレゴリオ暦を採用した。グレゴリオ暦を採用する以前のユリウス暦のことを露暦（ロシア暦）と言う。

（2）К. С. Станиславский,《Моя жизнь в искусстве》(『芸術におけるわが生涯』), Собр. соч. в 9-ти т., т. 1, ред. З. П. Удальцова, М. Искусство, 1988, стр. 115.

（3）Там же, стр. 139.

（4）Там же, стр. 186.

（5）Joyce Vining Morgan, *Stanislavski's Encounter with Shakespeare*, UMI Research Pr., 1984, Ch. 2.

（6）《Моя жизнь в искусстве》, стр. 224.

（7）Там же, стр. 536.

（8）Morgan, op. cit., p. 19.

（9）Elena Polyakova, *Stanislavsky*, trans. Liv Tudge, Moscow, Progress Publishers, 1982, p. 76.
（10）ヘンリー・アーヴィング（Henry Irving）（一八三八―一九〇五）。イギリスの名優。ハムレットなどを当たり役とし、一八九五年に、俳優として初めてサー（Sir）の称号を受けた。
（11）Polyakova, op. cit., p. 82.
（12）《Моя жизнь в искусстве》, стр. 228.
（13）Samuel L. Leiter, *From Stanislavsky to Barrault*, Greenwood Pr., 1991, p. 29.
（14）Ibid., p. 30.
（15）K. S. Stanislavsky, *Stanislavsky Produces "Othello"*, trans. Helen Nowak, Geoffrey Bles, 1948, pp. 6-7（以下 SPO と略記）.
（16）William Shakespeare, *Othello*, Ed. E. A. J. Honigmann, The Arden Shakespeare, 1997.
（17）SPO, p. 148.
（18）Ibid., p. 196.
（19）К. С. Станиславский,《Работа актёра над собой》, ч. 1（『俳優の仕事』第一部）, Собр. соч. в 9-ти т., т. 2, 1989, стр. 57.
（20）Там же, стр. 66.
（21）SPO, p. 27.
（22）Ibid., p. 32.
（23）Ibid.
（24）《Работа актёра над собой》, ч. 2（『俳優の仕事』第二部）, Собр. соч. в 9-ти т., т. 3, 1990, стр. 178.
（25）SPO, p. 93.
（26）Ibid., p. 156.
（27）Ibid., p. 79.
（28）Ibid., p. 81.
（29）Ibid., p. 86.

（30）《Моя жизнь в искусстве》, стр. 229.
（31）SPO, p. 216.
（32）Ibid., p. 20.
（33）Ibid., p. 165.
（34）Ibid., p. 216.
（35）Ibid., p. 17.
（36）Ibid., p. 78.
（37）Ibid., p. 160.
（38）Ibid., p. 109.
（39）Ibid., p. 79.
（40）А. С. Пушкин,《Мысли о литературе》(『文学論』), сост. М. П. Еремин, М., Современник, 1988, стр. 339.
（41）オストゥジェフへのインタビューのメモ。"Alexander Ostuzhev on Othello", *Shakespeare in the Soviet Union*, comp. Roman Samarin and Alexander Nikolyukin, trans. Avril Pyman, Moscow, Progress Publishers, 1966, p. 161.
（42）SPO, p. 226.
（43）"Alexander Ostuzhev on Othello", p. 162.
（44）SPO, p. 155.
（45）Polyakova, op. cit., p. 149.
（46）Morgan, op. cit., p.33.
（47）《Моя жизнь в искусстве》, стр. 295.
（48）Там же, стр. 336.
（49）Morgan, op. cit., p. 38.
（50）ジーン・ベネディティ、高山図南雄・高橋英子訳『スタニスラフスキー伝』、晶文社、一九九七年、一七二頁。

(51)《Моя жизнь в искусстве》, стр. 337.
(52) Morgan, op. cit., p. 34.
(53) Б. И. Ростоцкий, Н. Н. Чушкин, 《Образы Шекспира в творчестве В. И. Качалова》(『В・И・カチャーロフの創造活動におけるシェイクスピアの形象』), 《В. И. Качалов, Сборник статей, воспоминаний, писем》, ред. В. Я. Виленкин, М, Искусство, 1954, стр. 228.
(54) Morgan, op. cit., p. 48.
(55) Ibid., p. 66.
(56) Ibid., p. 74.
(57)《Образы Шекспира в творчестве В. И. Качалова》, стр. 239-40.
(58) Morgan, op. cit., p. 69.
(59)《Моя жизнь в искусстве》, стр. 340.
(60)《Образы Шекспира в творчестве В. И. Качалова》, стр. 233.
(61) Morgan, op. cit., p. 70.
(62) ベネディティ、前掲書、一七三頁。
(63) 同書、一七四頁。
(64) 同書、一七三頁。
(65) Morgan, op. cit., p. 71.
(66) Ibid., p. 41.
(67)《Образы Шекспира в творчестве В. И. Качалова》, стр. 237.
(68) Morgan, op. cit., p. 45.
(69) Ibid., p. 46.
(70) Ibid., p. 51.

(71) Nick Worrall, *The Moscow Art Theatre*, Routledge, 1996, p. 153.
(72) Morgan, op. cit., p. 17.
(73) Л・M・フレイドキナ、馬上義太郎訳『モスクワ芸術座』、未来社、一九五二年、四九頁。
(74)《Моя жизнь в искусстве》, стр. 360.
(75) Morgan, "Introduction" to *Stanislavski's Encounter with Shakespeare*, p. xxii.
(76)《Моя жизнь в искусстве》, стр. 414.
(77) Станиславский,《Письма 1886-1917》(『書簡集　一八八六―一九一七』), Собр. соч., т. 7., 1960, стр. 414. スタニスラフスキーがグレーヴィチに宛てた手紙（一九〇八年一一月五日付）より。
(78) Denis Bablet, *The Theatre of Edward Gordon Craig*, trans. D. Woodward, Eyre Methuen Ltd., 1966, p. 87. クレイグ演出のイプセン作『ロスメルスホルム』（一九〇六年上演）のプログラムより。
(79) George C. D. O'dell, *Shakespeare: From Betterton to Irving*, Vol. 2, Charles Scribner's Sons, 1920, p. 289.
(80) Edward Gordon Craig, *On the Art of the Theatre*, William Heinemann, 1912, p. 143.
(81) Bablet, op. cit., p. 133. Laurence Senelick, *Gordon Craig's Moscow Hamlet*, Greenwood Pr., 1982, p. 16.
(82) Craig, op. cit., pp. 132-3.
(83) Senelick, op. cit., p. 36.
(84) Н. Н. Чушкин,《Гамлет—Качалов》(『ハムレット――カチャーロフ』), М., Искусство, 1966. стр. 13.
(85) Там же, стр. 34.
(86) Л・С・ヴィゴツキー、柴田義松・根津真幸訳『芸術心理学』、明治図書、一九七一年、二七〇頁。
(87)《Моя жизнь в искусстве》, стр. 425.
(88)《Гамлет—Качалов》, стр. 117.
(89)《Моя жизнь в искусстве》, стр. 345.
(90)《Письма 1886-1917》, стр. 433.

（91）Bablet, op. cit., p. 150.
（92）《Моя жизнь в искусстве》, стр. 342.
（93）Morgan, op. cit., p. 170. 『新しき生活（ノーヴァヤ・ジーズニ）』の批評より。
（94）《Образы Шекспира в творчестве В. И. Качалова》, стр. 250.
（95）Bablet, op. cit., p. 155.
（96）Т. И. Бачелис, 《Шекспир и Крег》(『シェイクスピアとクレイグ』), М., Наука, 1983, стр. 301-2. ナザレフスキーの言葉。
（97）Там же, стр. 302.
（98）Там же, стр. 303.
（99）《Моя жизнь в искусстве》, стр. 342.
（100）Bablet, op. cit., p. 154. Чушкин, стр. 117.
（101）*Craig on Theatre*, Ed. J. Michael Walton, Methuen London Ltd., 1983, pp. 152-3.
（102）Bablet, op. cit., p. 155. Senelick, op. cit., p. 177.
（103）《Образы Шекспира в творчестве В. И. Качалова》, стр. 249.
（104）《Моя жизнь в искусстве》, стр. 346.
（105）《Гамлет—Качалов》, стр. 106.
（106）Там же, стр. 44, 151.
（107）Morgan, "Introduction" to *Stanislavski's Encounter with Shakespeare*, p. xxiii.
（108）Jean Benedetti, *Stanislavski and the Actor*, Methuen, 1998, p. 121.
（109）Ibid., pp. 127-8.
（110）Ibid., p. 145.
（111）Ibid., p. 148.

第五章　シェイクスピアとパステルナーク

詩人で作家のボリース・レオニードヴィチ・パステルナーク（Борис Леонидович Пастернак）（一八九〇―一九六〇）はモスクワに生まれ、父親は画家、母はピアニストという、芸術に恵まれた家庭で育った。父親は、レフ・トルストイの作品の挿画を担当するなど、トルストイとも親交があった。ボリース・パステルナークは、作曲家を目指したこともあったが断念し、モスクワ大学の哲学科で新カント学派に興味を持ち、ドイツのマールブルク大学に留学して文化哲学などを学んだ。彼は、詩人としても、また、ノーベル賞受賞作に選ばれ、ソビエト当局の圧力によって受賞辞退を余儀なくされた『ドクトル・ジバゴ』（一九五七）の作者としても有名であるが、同時に、シェイクスピアの翻訳家としても知られている。彼のシェイクスピアの訳は、ロシア演劇界で主要な位置を占めている。彼が訳した戯曲は八つあり、出版年代順で挙げると、『ハムレット』（一九四〇）、『ロミオとジュリエット』（一九四三）、『アントニーとクレオパトラ』（一九四四）、『オセロー』（一九四五）、『ヘンリー四世』第一部と第二部（共に一九四八）、『リア王』（一九四九）、『マクベス』（一九五三）となり、他にソネット三篇（第六十六番、第七十三番、第七十四番）、劇中の歌二篇の訳を発表している。中でも『ハムレット』は、当時の時代色に合わせて五回改訂している。

シェイクスピアの名は、彼の死後一世紀以上を経て、ロシアに伝わった。十八世紀前半のロシアは、ピョートル一世を筆頭として、西欧文化を積極的に導入しつつあったが、イギリスはまだ遠い国であった。従って、シェイクスピアの作品や評価も、フランスやドイツを通して間接的な形で入ってきた。彼の作品がロシア、そしてソビエトに息づく原動力となったのは、数多くの翻訳の試みとその翻訳を使用した舞台上演であった。

翻訳という作業は、翻訳者の理念に大きく左右される。原文に忠実な逐語訳、自分の作品観に則った自由訳など、翻訳者の姿勢が投影される。特にシェイクスピアの作品は、その語彙の豊饒さ、用法の多様さ、韻律の精妙な使い分けによって、翻訳概念の根底を探る重要な試金石であると言えよう。たとえば、日本におけるシェイクスピア研究・翻訳の先駆者である坪内逍遙は、シェイクスピア劇の翻訳がいかに困難であるかを指摘しながら、逐語訳を「冗漫」で、「情味、調子の上で、原作とは大きく隔たったもの」[1]であると批判し、現代語を用いて「台詞としてのイキを移す」[2]ことに努めた。また木下順二は、デクラメーション（朗誦術）の観点から、シェイクスピアのダイナミックな言語を日本語に置き換えることに苦慮した。シェイクスピア全訳に取り組んできた松岡和子は、シェイクスピアの台詞について、「多義的な意味のレベル、そこに込められたイメージのレベル、そして音韻的な興趣のレベル（アクセントによる強弱のリズム、長母音と短母音の組合わせ、脚韻、頭韻、語呂合せ）といった多層から成る」[3]とし、「意味・イメージ・音韻を日本語でも『三位一体』化することが、今もこれからも変わらぬ最も大きな努力目標である」と書いている。[4]

こうした様々な原文への対し方において、やはり翻訳家の自立性が問題となるであろう。別宮貞徳は、翻訳家を「演奏家」に喩え、

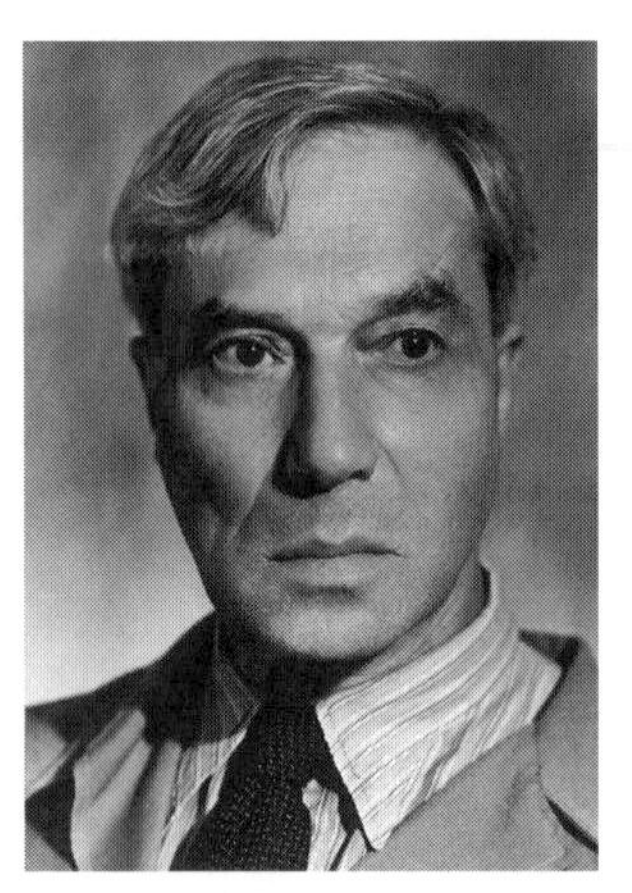
パステルナーク（getty images）

翻訳の本質について、「原作者の言葉の世界を体験し、さらにそれによって触発された自分の言葉の世界を構築すること」と書いている。[(5)] こうした翻訳家の自立性をシェイクスピアの作品に積極的に適用した一人がパステルナークであった。

本章では、パステルナークの訳業について取り上げ、その影響を考察する。

第一節 ソネットの翻訳

一 『ソネット集』翻訳の試みと翻訳の自立性

「曖昧という仕掛けは詩の根源の一つである」[(6)] というウィリアム・エンプソンの言葉通り、曖昧性は詩のテクストを活性化する重要な特質である。特にシェイクスピアの『ソネット集』(*The Sonnets*)には曖昧な構造・表現が多く、それが作品を難解かつ奥深くさせている。そのテクストを翻訳する際に曖昧性にどのような作用が及ぶかは興味深い問題であろう。

『ソネット集』の難解さは、主としてソネット形式という限定された枠、文法上の複雑な構造、言葉それ自体の多義性、そして「シェイクスピアの思念の捉え難さ」[(7)] に起因する。ソネット形式とは一定の韻律を有する十四行詩のことであり、イタリアからフランス、そしてイギリスに伝わった。十四行の枠の中でいかに詩想を展開するかが詩人に課せられた課題である。イギリス・ルネッサンス期には、シドニーやスペンサーら詩人によるソネット連作が流行し、詩芸術の一郭を築いた。シェイクスピアの『ソネット集』もその流行から生まれた。彼のソネットの脚韻形式は独特のもので、abab/cdcd/efef/gg となっており、最後の二行連句でそれまでの論理の集約や逆転をする形を取っている。元来抒情詩の詩型であるものに議論（argument）の要素が織り交ぜられ、思考と感情が巧みに融合されている。百五十四篇のソネットのうち、ギリシアの詩を単に模倣した第百五十三番、第百五十四番の他、第一～百二十六番は美青年の貴族（サウサンプトン伯、ペンブルック伯などの名が挙げられている）に向けられ、第百二十七～百五十二番は「黒婦人」（Dark Lady）と呼ばれるブルネットの女性を対象にしている。詩人である「私」と美青年、「私」と「黒婦人」という人間関係の上に立って、「現在を楽しめ」（carpe diem）や「時」対「詩」などのテーマが時には晦渋に歌われている。

この『ソネット集』を翻訳するには、精緻な読解力と詩的なセンスが要求される。ロシアにおける『ソネット集』の受容は、一八三九年にB・メジェヴィチがソネット第七十一番を模倣して発表した詩が口火となり、И・マムーナによる数篇の翻訳の後、全篇の翻訳は詩の翻訳家として名高いH・B・ゲルベーリの手によって一八八〇年に公刊された。二十世紀初頭のロシア象徴主義のリーダーとして活躍したB・ブリューソフが数篇訳していることも興味深い(8)。一九〇五年に刊行されたC・ヴェンゲローフ監修『シェイクスピア全集』第五巻には、このブリューソフをはじめとして新旧複数の訳者による翻訳が使われている。前述したように、詩人ボリース・パステルナークは第七十三番他二篇の訳を残している。しかし『ソネット集』の訳者として真っ先に挙げられるのは、『森は生きている』（原題『十二の月』）を書いたサムイル・マルシャークである。彼の全篇訳は一九四八年に出版されて以来、長きにわたって君臨し続けた。

英詩においてソネットの詩行は弱強五歩格（iambic pentameter）が普通であるが、ロシア詩の場合は、弱強五歩格、あるいは六歩格（hexameter）となる。英語が単音節の単語が多いのに対し、ロシア語には多音節の単語が多く、六歩格の必要性も首肯できる。しかし、パステルナークやマルシャークは原文に忠実に五歩格を守っている。翻訳作業には、訳者の翻訳観が如実に現れる。パステルナークもマルシャークも翻訳の自立性・芸術性を訴えた。マルシャークは次のように言う。

それ［翻訳］は機械的な仕事ではなく、まぎれもなく創作だ。……翻訳は私にとって精神力をもとめる芸術創造なのだ。換言すれば、自作の詩にたいする仕事が私からもとめるもののすべてを要求する。(9)

しかし、ソネットという、限定された枠の中で複雑な感情や思想を歌った密度の高い詩を訳す場合、翻訳の自立性がどの程度認められるかは非常に難しい問題である。原文と訳文の葛藤は究極まで押し詰められなければならない。

ここでソネット第六十六番から具体例を引いて、パステルナークの特徴を明らかにしよう。ソネット第六十六番は、ハムレットの第四独白にも似て、世の不公正・堕落ぶりを嘆き、死を求める厭世的な詩人の姿を描いている。その冒頭の二行は次の通りである。日本語訳は拙訳による。

Tir'd with all these for restful death I cry, ― 　これら全てに疲れ、休息の死を求めて私は叫ぶ、
As to behold Desert a beggar born,(10) 　たとえば、優れた才能が乞食に生まれるのを見ること。

この二行をチェルヴィンスキーは次のように訳している。

Тебя, о смерть, тебя зову я, утомленный.[11]　お前、おお死よ、疲れ果てて私はお前を呼ぶ。
Устал я видеть честь, поверженной во прах,　私は灰塵と化した名誉を見るのに疲れた。

まず「死」に直接呼びかける頓呼法（apostrophe）が目を引く。その後羅列的に挙げられる具体的な不公正は、逐語的ではなくかなり自由に訳されている。

マルシャークはこの二行を次のように訳している。

Зову я смерть. Мне видеть невтерпёж[12]　私は死を呼ぶ。私には見るのが耐え難い、
Достоинство, что просит подаянья,　施しを求めるような品格を。

原文にかなり近くなっている。

一方、パステルナークの訳は以下のようになっている。

Измучась всем, я умереть хочу.[13]　全てに疲れ、私は死を欲する。
Тоска смотреть, как мается бедняк,　貧しき人が疲れ切っているのを見るこの切なさ。

「切なさ」や「憂愁」を意味するтоскаはロシア文学で好んで用いられる語で、詩人ならではの独特の言語感覚が看取できる。原文では動詞の過去分詞形が多用されているが、パステルナークは動詞の現在形を頻繁に使い、詩

全体に動きを与えている。たとえば、このソネットの六行目「そして乱暴に凌辱された処女の美徳」(And maiden Virtue rudely strumpeted) は、パステルナークの訳では「処女の純潔が谷底に転がり落ちるのも」(И честь девичья катится ко дну,) となる。原詩の「処女の」と「凌辱された」の対比が現れない代わりに、「谷底に転がり落ちる」という動的な活写が効果的である。この動的な活写は、パステルナークが重視した点である。

二　ソネット第七十三番の翻訳

ソネット第七十三番は、詩人の情調を曖昧で多義性を有したレトリックで書き表した優れた詩である。

That time of year thou mayst in me behold
When yellow leaves, or none, or few, do hang
Upon those boughs which shake against the cold,
Bare ruin'd choirs where late the sweet birds sang:
In me thou see'st the twilight of such day
As after sunset fadeth in the west,
Which by and by black night doth take away,
Death's second self that seals up all in rest:
In me thou see'st the glowing of such fire
That on the ashes of his youth doth lie

きみは私の中に見るだろう、このような季節を。
黄色の葉が全く、あるいはほとんど、寒さに震える大枝、
最近まで可愛い鳥たちが歌っていた
剝き出しの廃墟となった聖歌隊席に残っていない季節を。
私の中にきみは見るだろう、一日のたそがれを。
日没後、西方でかすんでいき、
やがて真っ暗な夜が、全てを休息に封じ込める
死の化身が取り払ってしまうたそがれを。
私の中にきみは見るだろう、炎が輝くさまを。
青春の灰の上に横たわり、

As the death-bed whereon it must expire,
Consum'd with that which it was nourish'd by:
　This thou perceiv'st, which makes thy love more strong
　To love that well which thou must leave ere long.

青春が養いの糧とした物と共に燃え尽きていく、
死の床のような灰の上の炎の輝きを。
　このことをきみは感じ取り、きみの愛をもっと強くし、
　まもなく別れなければならない存在をよく愛するようになるのだ。

詩人の、老いとその先の死を見つめる寂寥感と、青年の愛に希望を託す姿が描かれている。老いを示す蕭条としたイメージ（葉っぱが残っていない木の枝、たそがれ、炎の最後の輝き）がその中で豊かに使われている。イリインの訳は以下の通りである。拙訳による日本語訳のみを記す。

私の中にきみは見るだろう、友よ、このような季節を。
風が木の枝の黄色い葉をもぎ取り、
嵐が物憂げにひゅうひゅうと鳴る季節。
そこではかつて鶯が非常に甘く鳴いていたものだったが。
私の中に、我が友よ、きみは見るだろう、西の方に
消えていく日の残光を。
この光は悲哀に満ちた真夜中の先触れ、
陰鬱な死の近親者なのだ。
私の中にきみは見るだろう、火が消えるのを。

その火は灰の下に息絶えたくはない。
だがそれを振り払おうと努めてもお笑い草。
こうして死んだ厚い灰は火を窒息させるのだ。
私の中にきみはこれを見て、別れを予感し、
私の手を固く握りしめることだろう。(14)

九～十二行目は、原文の虚無的な逆説的表現に対し、死を生々しく感じさせる直截的な表現となっている。最後の二行は原文よりも簡潔で分かりやすい。「愛する」(love) という言葉の代わりに、「私の手を固く握りしめる」(крепче жмёшь мне руку) という具体的な表現が使われることによって、焦点が絞られるものの日常的レベルに陥るきらいがある。

マルシャークの訳は次の通りである。

このような季節をきみは私の中に見るだろう、
わずかばかりの赤紫の木の葉が
寒さに震えている、木の梢――
明るい鳥のさえずりが絶えてしまった聖歌隊席で。
私の中にきみは見るだろう、夕暮れ時を。
西の方の夕焼けが色褪せ、

天蓋が私たちから奪われ、
死の似姿である闇に抱かれるときを。
私の中にきみは見るだろう、炎の輝きを。
その火は過ぎ去った日々の灰の中に消える。
私にとって生命であったものが
私の墓になってしまうのだ。
　きみはこれら全てを見るだろう。だが最期が近づくことによって
　私たちの心はより固く結ばれるのだ！

十一、十二行目では、「生命」（жизнью）と「墓」（могилою）の対比と「私」（меня, моей）という語の繰り返しによる特定化によって、アイロニーが簡潔に表現される一方、逆説の潜在的な力が弱まる結果になっている。最後の二行は、原詩よりも詩人の意志が前面に押し出され、単純でかつ力強い詩行である。
　パステルナークはこのソネットを次のように訳している。

このような季節をきみは私の中に見るだろう、
ごくまばらになった木の葉が
裸の枝で震え、黄色くなり、
そして至る所で聞こえた鳥のさえずりが静寂と交代する季節。

私の中にきみは見るだろう、ぼんやりした空の果てを。
そこにはかろうじて日没の名残りがあるが、
暗闇が徐々に優勢になり、
それらを封じ込めてしまうのだ。
私の中にきみは見るだろう、切り株が燃えるのを。
かつて炎であった灰は
やがて火の墓となり、
燃えた物は全て消え去ってしまうのだ。
　これを見て覚えていてくれ、その日が数えられるような
　出会いはかけがえのないものだと。

暗夜を示す、原詩の「死の化身」という表現は削除され、「切り株」(пня)という具体的事物が取り入れられている。原詩の十二行目は、かつて養分であったものに焼き尽くされる、という極めてアイロニカルな情況を描出しているが、パステルナークの訳にはこのアイロニーがほとんど存在しない。最後の二行の訳は抒情的であり、諦念を含んだ哀愁の響きがある。

エンプソンは『曖昧の七つの型』の中で、このソネット第七十三番の四行目を、「一つの語、あるいは一つの文法構造が同時に数個の効果を持つ」例として取り上げている(15)。彼は「木の枝」と「聖歌隊席」を比較分析し、聖歌隊の少年たちと「詩人」の愛する青年の魅力を重ね合わせて読み取り、さらに、そこには修道院破壊などの

社会的歴史的背景も暗示されているとする。すなわち、文化的コードとしてのプレテクスト[16]が存在するというわけである。

この四行目のロシア語訳を見てみると、マルシャークは「聖歌隊席」を訳しているものの、さえずりが「絶えてしまった」(умолк)と断定的に訳すことによって、原文の哀切な響きが失われている。イリイン訳とパステルナーク訳には、「聖歌隊席」が削除され、従って元来のソネットの、歴史的背景の暗示は薄められる。その代わり、イリインの場合、「鶯」(соловей)という語が彩りを添え、パステルナークにおいては、「静寂と交代する」(сменил покой)という表現で、原詩の過去の光景より変化が強調され、動的になっている。ただ一行の訳を取っても翻訳者の特性が顕著である。

三　ソネット第七十四番の翻訳とソネット翻訳の意義

ソネット第七十四番は第七十三番の続きとして論が展開していく。

But be contented when that fell arrest
Without all bail shall carry me away:
My life hath in this line some interest
Which for memorial still with thee shall stay.
When thou reviewest this, thou dost review
The very part was consecrate to thee:

だが、落ち着いてくれ、何ら保釈金もない私を
冷酷な死が逮捕し連れ去ってしまうときには。
私の人生は、この詩の中に、きみと共にいつまでも
記念碑としてとどまる権利を有しているのだ。
きみはこの詩を繰り返し読むと、この大切な部分が
きみに捧げられたことを悟るだろう。

The earth can have but earth, which is his due;
My spirit is thine, the better part of me:
So then thou hast but lost the dregs of life,
The prey of worms, my body being dead,
The coward conquest of a wretch's knife,
Too base of thee to be remembered:
　The worth or that is that which it contains,
　And that is this, and this with thee remains.

大地は土くれしか持つことができない。それが大地の取り分だ。
私の魂、私のよりよい部分はきみのもの。
だから、きみは人生の澱を失うに過ぎない。
私の肉体など死ねば蛆虫の餌食、
卑劣漢のナイフに支配される臆病者、
きみの記憶に残るにはあまりにも卑し過ぎる。
　その価値は肉体が内包しているもの、
それこそがこの詩であり、きみと共にとどまるのだ。

マルシャークはこれを次のように訳している。

私が身代金や保証金もなく、猶予も与えられず
逮捕されて連れていかれるときには、
石塊ではなく、墓の十字架でもなく、
この詩行こそが私にとっての記念碑となるであろう。
きみは何度も何度も私の詩の中に、
私の中できみのものであった全てを見出すであろう。
私の骨など土に手に入れさせろ。

私を失ってもきみの損失はわずかなもの。
きみと共に私の最良の部分が残ろうから。
つまり死は束の間の生命から
底にたまった滓を持ち去るのだ。
それはせいぜい行き会った浮浪者が盗み出すことができるもの。
死には──粉々になった杓(ひしゃく)のかけらを。
きみには──私の葡萄酒、私の魂を。

マルシャークとしては非常に独特な訳と言える。最初の二行では、類義語を繰り返し使うことによって、死という逃れられない運命が強調され、原詩の四行目の「記念碑」(memorial)は、「石塊」(глыба камня)「墓の十字架」(могильный крест)「私にとっての記念碑」(Мне памятником)という形で具象的に表されている。原詩よりも断定的であり、「私」の主張が押し出されている。この特徴は七行目にも明らかで、原詩の叙述文は命令文になり、激しい語調で語られることになる。「蛆虫の餌食」で表現される腐敗のイメージを削除することによって、ソネットの根底にある「肉体」と「魂」の対比が稀薄になり、相対的な美しさが失われている。しかし何よりも原詩と違っているのは最後の二行である。原詩ではthatとthisという指示代名詞が半ば遊戯性をもって使われ(十三行目の最初のthatは「肉体」、二番目のthatは「魂」、十四行目のthatは「魂」、thisは「この詩」)、「肉体」と「魂」(=「詩」)の対比が強調される。一方、マルシャークは、肉体を「粉々になった杓(ひしゃく)のかけら」(черепки разбитого ковша)、つまり全く無価値なものの比喩で表し、「詩人」の魂を「葡萄酒」(вино)、すなわち永遠の生の比喩を使って言い表している。このような比喩を大胆に用いたところに、原詩のテクストの曖昧性と遊戯性を翻訳者として受け入れられなかったマルシャークの姿が窺える。パステルナークが演出家グリゴーリー・コージンツェフに宛てた手紙の中で、第七十四番のマルシャーク訳を、原詩の精神を捉えていないと批判したのは興味深いことである。

パステルナークがソネット第七十四番を訳したのは、コージンツェフの依頼によるものであった。[17] コージンツェフは『ハムレット』の舞台上演の最後をこのソネットの朗読で飾ろうと考え、『ハムレット』の訳者のパステルナークにソネットの訳を依頼したのである。ハムレットが死を目前にしてホレイショーに言う台詞「時間さえあれば――この残酷な捕吏の死のやつが／厳しく取り押さえようとしているのだ――ああ、きみに話せるのに」(第五幕第二場 三二〇―二)[18] とソネット第七十四番の関連性はよく指摘されていることである。

パステルナークはこのソネットを次のように訳している。

だが、落ち着きたまえ、私が死によって監獄に
永遠に拘禁される日が来ても。
この詩行から成る一つの生きた記念が
私が消えてからもなお生きるのだから。
きみはそれを読み直すうちに、再び
私の最上の部分であったものを探し出すだろう。
私の中の現世的なものは土に帰る。
私の魂は以前と同じようにきみの方に向くことになろう。

そしてきみは理解するのだ、憐れみに全く値しない
塵埃のみが消えたのだということを。
それは人殺しが奪うことができるもの、
偶然の獲物、腐敗の犠牲なのだ。
　だが、たった一つ価値があるものが残るだろう。
それは今もきみに捧げられている。

原詩にはない一行目の「監獄」(острог)は廃語となっている単語であるが、三行目と押韻し([ostrók]と[strok])、かつ具体的なイメージを喚起する意味において効果的である。九行目以下「肉体」を表す言葉は非常に精妙に訳されている。原詩の十一行目は曖昧性の強い詩行である。「卑劣漢」が具体的に何を指すのかは研究者によって様々な捉え方があり、その主なものとして、「死」または「時」、人殺し一般、劇作家クリストファー・マーロウを殺した殺人者、自殺を考えているシェイクスピア自身などが挙げられる。「臆病者」に関しては、ナイフ如きの武器に屈する「肉体」にかかると考えられ、また、「卑劣漢」の行為そのものにかかるとも考えられる。パステルナークはこの複雑な一行を二つの句にし、「人殺しが奪うことができるもの」(что отнять бы мог головорез)、「偶然の獲物」(Случайности добыча)(後に「強奪した獲物」(Добыча ограбленья)と改訳)と直截明解な表現にしている。「人殺し」(головорез)という口語には、翻訳に具体的なイメージに繋がる描写を求めたパステルナークの姿勢が現れている。
　最後の二行には、原詩のような言葉遊びはなく、「魂」=「詩」に焦点が当てられている。十四行目の「それ

は今もきみに捧げられている」（Что и теперь тебе посвящено）は、原詩の六行目「きみに捧げられたことを悟るだろう」と十四行目後半の「きみと共にとどまるのだ」が混成された簡潔明解な訳である。

これまで見てきたように、シェイクスピアの『ソネット集』のロシア語訳においては、原詩のテクストの曖昧さは減殺される。がしかし、翻訳者は異なる言語体系の中で原文のテクストの曖昧さに代わる文学言語を見出し、新たな生成の契機を与える。この翻訳過程を考察するに当たって、フランスの記号論者ジュリア・クリステヴァの言う「テクスト間相互関連性」（intertextualité）を適用することができよう。詩的言語が構築するテクストには、表層の〈現象としてのテクスト〉と深層の〈発生としてのテクスト〉という二つのレベルがあるが、後者のレベルでテクストは諸種のテクストと「対話」して自己増殖を遂げる。まさに「テクストは一種の生産性」[19]なのである。翻訳過程においては、さらにテクスト間の「対話」は複雑になる。そこでは、意味システムである深層のテクストを母胎として生じた原テクストと、翻訳者が生成する翻訳テクストの間の相互作用がダイナミックに働く。『ソネット集』翻訳は、翻訳者の文化的背景と個人的な文学的センスを通して、原テクスト内の「対話」の活性化、いわば曖昧性の咀嚼をもたらし、深層のテクストを照射することにおいて、大きな意味を持つ。中でも、パステルナークは、三篇のソネット翻訳において、シェイクスピアの原詩の精神を捉えつつ、独自の表現を駆使してみせているのである。

第二節　戯曲の翻訳

一　翻訳理念と戯曲翻訳への思い

パステルナークの翻訳理念は、彼の次のような言葉に明らかである。「翻訳の存在理由は、理想的にはそれらもまた芸術作品であり、テクストを共有する際、その独自性によって原文と同じレベルに立つことである」[20]。翻訳を、原文の従属物から一応原文を源としながら自立した芸術作品へと解放する確固とした姿勢が明示されている。こうした姿勢は、シェイクスピアの翻訳作業に繋がる。彼は「言葉や隠喩を訳することから思想や場面を訳することに目を向け」たのである[21]。この点から、彼は、同時代のシェイクスピアの翻訳家ロージンスキーやラドロワ、マルシャークの翻訳作業を「魂のぬけたもの」と批判している[22]。もっとも、詩人で言語学者でもあるロージンスキーによる『ハムレット』訳の学究的な正確さは認めている。

彼は、あくまでも上演を考えて戯曲の翻訳に取り組んだ。彼は一つ一つの言葉を転写するのではなく、舞台と観客による劇的な時空間を念頭に置いて言葉を選んでいる。パステルナークにとって翻訳とはまさに演出と言ってもよかったのである。

詩人としてのパステルナークは、シェイクスピアの豊饒なメタファーを大いに評価し、それを「偉大なる個性とその精神を速記する術」と見做している[23]。ロシア象徴主義や未来主義の詩人と交流し、自らの詩を隠喩や換喩で特徴づけた詩人ならではの洞察である。

一方、詩人に加えて、演出理念を尊重する翻訳家となったパステルナークは、簡潔さ、明解さを第一に追求した。従って、テクストの削除や凝縮が頻繁になされている。これは詩人としての彼の立場と一見矛盾しているようではあるが、よく考えると、それが生きた戯曲を求め続けた詩人の、鋭い言語感覚に基づいた選択であることに気がつく。

二　言葉の音楽性の重視

パステルナークの訳を具体的に見ていこう。(24)

彼は青少年期に音楽家を目指したこともあり、音に非常に敏感であった。それは、たとえば、『リア王』第三幕第二場の、嵐に向かって叫ぶリアの台詞に見られる。次の引用は、英語の原文とパステルナークによるロシア語訳である。なお、角カッコの部分は、ロシア語の文字（キリール文字）をラテン文字に表記したものである。

Rumble thy bellyful!　Spit fire, spout rain!　存分に鳴り響け！　火を吹き出し、雨を降り注げ！

（第三幕第二場　一四）

Вой, вихрь, вовсю!　Жги, молния!　Лей, ливень!　思い切り吠えろ、疾風よ！　燃えろ、稲妻！　降れ、雨よ！

〔Voi, vikhr', vovsyú!　Zhgi, mólniya!　Lei, liven'!〕

前半の強く重い響きを持つロシア語のв〔v〕のアリタレーション（頭韻。単語の最初が同じ音を繰り返し使う方法）が、リアの悲憤に満ちた内面世界を表現している。それは後半に頻出するュ〔I〕の音と呼応する。ロシア語は総体的に多音節の単語が多く、単音節の単語が多い英語に比べ、軽やかさ、鋭さに欠けるきらいがある。パステルナークは「翻訳者覚え書」に次のように書いている。

英語の韻律の可能性は無尽蔵である。その単音節的性質によって文体の範囲は最大限開かれている。英文の簡潔さはその含蓄の豊かさの保証であり、含蓄の豊かさは音楽性を保証するものである。なぜなら、言葉の音楽は、音ではなく、音と意味の関係から成り立っているからである。(25)

この言葉にはロシア・フォルマリズムとの浅からぬ関係も見て取れるが、ともかくパステルナークは、英語の簡潔さと音楽性をいかにロシア語で伝えるか苦慮したのであった。

次の例は、ハムレットの第一独白の冒頭の二行である。原文、パステルナーク訳、ロージンスキー訳の順に載せ、ロシア語訳のラテン文字表記には音節ごとに弱の記号（˘）と強の記号（´）をつける。

O that this too too solid flesh would melt,
Thaw and resolve itself into a dew,

ああ、このあまりに硬い肉体が溶け、
溶解し露となってしまえば。　（第一幕第二場　一二九—一三〇）

O если б этот грузный куль мясной
Мог испариться, сгинуть, стать росою!

ああ、この何プードもある重い肉が
蒸発して、消えて、露になってしまえたら！

〔Ŏ éslĭ b étŏt grúznyĭ kúl' myăsnói
Mŏg ĭsparít'syă, sgínŭt', stát' rŏsóyŭ!〕

О если б этот плотный сгусток мяса　　ああ、この厚い肉塊が
Растаял, сгинул, изошёл росой!　　溶けて、消えて、露となったなら！
〔Ŏ éslĭ b étŏt plótnyĭ sgústŏk myásă
Răstáyăl, sgínŭl, ĭzŏshyól rŏsói!〕

この二行の訳にもいくつかの典型的な特徴が見出せる。まず韻律に関しては、一行目の終わりの「肉」を意味する мясо を、ロージンスキーは原文のまま名詞 мяса（生格）で訳しているが、パステルナークはそれを「肉の」という形容詞 мясной にすることによって、アイアンビック（弱強のリズム）の残響性を保っている。二行目では、ロージンスキーが動詞の過去形を用いているのに対し、パステルナークは原形不定詞を使っている。前節第一項に示した動詞の現在形の多用に加え、原形不定詞の多用は、パステルナークの訳の特徴の一つで、それによって文全体に躍動感が出てくる。

引用の一行目について、両者とも、フォリオ版の solid を採用しているが、選び出した語が音響においても内容においても違う。ロージンスキーは原文をほぼそのまま置き換えているが、パステルナークは、куль という、すでに廃語となっている重量単位にかけて、「重量のある」（грузный〔grúznyĭ〕）を用いている。これは音響的にこの場に相応しい雰囲気を出している。と同時に、これは推測の域を出ないが、ドーヴァー・ウィルソンやハロル

ド・ジェンキンズが採用している sullied（汚れた）に相当する грязный〔gryáznyi〕に音が非常に似ているところから、その点の効果も意図しているのかもしれない。

パステルナーク訳の「何プードもある重い肉」という言葉は、非常に具体的で、身近なイメージを読者あるいは観客に喚起する。この具体的な活写については、パステルナークの訳の重要な特徴として後に詳しく取り上げる。

このように、ロージンスキーの正確な訳に対し、パステルナークは、「音と意味の関係」より成る言葉の音楽性を重視したのである。

三　削除の手法

パステルナークは、詩人としてと同じように、翻訳者としても個性的である。その個性は、頻繁に見られる削除や凝縮にも明らかである。その行為は、概して二つの場合になされる。一つは、彼が晦渋であると判断した場合、あるいは、同じ意味内容の繰り返しであり簡潔さを要すると判断した場合であり、もう一つは、彼の言葉のセンス、さらに言えば、道徳観に合わない場合である。前者の例としては、『オセロー』第一幕第一場、イアゴーの二十五行にわたる長台詞（四一―六五）で、これは訳では十八行に凝縮されている。

後者の例を挙げると、『ロミオとジュリエット』第二幕第四場のロミオとマーキューシオの丁々発止のやり取りで、goose の言葉遊びの部分を二十行近く削除している。諺を使った難解さもさることながら、それが翻訳者の言葉のセンスに合わなかったためと思われる。パステルナークには猥雑さを忌避する傾向が強くある。その傾向が削除あるいは表現の緩和という形で現れ、たとえば、オセローが妻デズデモーナの浮気を信じ込み、彼女を売女呼ばわりする表現も省略されたり緩和されたりしている。他にも、狂気に陥ったオフィーリアの卑猥さを含んだ歌に関しては、A・K・フランスによれば、オフィーリアの人物像に齟齬をきたすとして、版によってそっくり削除したこともあったようである。(26)

このような削除に対し、ソビエトの著名なシェイクスピア学者であり、パステルナークのよき理解者であったM・M・モローゾフは、テクストは完全でなければならないと否定的な見解を示している。(27) ここに、学問的な正確さと劇的効果の間の避けられないせめぎ合いが看取できる。実際、パステルナークは翻訳の中で演出の面を重んじていた。たとえば、『オセロー』の第二幕第一場、無事に嵐を乗り切り、キュプロス（サイプラス）島に着いたオセローが、迎えに出たデズデモーナに向かって言う台詞である。

私より先にここに着いていたとは
驚きと喜びで一杯だ。心から嬉しいぞ。
嵐の後にこのような静けさがいつもくるなら、
風よ、死者を起こすまで吹いてくれ。
揺れている船が山なす波をオリンパスの高みまで
登りつめ、その天国から地獄の底まで
突っ込もうと構うものか。今死んだなら
こんなに幸せなことはないだろう。私の心が
あまりに満ち足りていて、

このような喜びが未知の運命においてもうないのではと
心配になるほどだ。

（第二幕第一場　一八一―九一）

この台詞をパステルナークは次のように訳している。

私は自分の目を信じることができない。
お前がここに？　どうやって私より先に着いたのだ？
いつも嵐の後にはこのような凪がくればなあ。
そうであれば、嵐を期待しない者がいようか！
ああ、もし私が今死んだなら！
これ以上に幸せになることはあるまい。

（傍点筆者）

この翻訳は、原文の「オリンパス」の山の比喩を取り除き簡潔になっているが、さらに重要なことは、原文の「今死んだなら／こんなに幸せなことはないだろう」に続く台詞を省くことにより、この二行を強調し、後の悲劇的展開を予想できる観客との情報量の差から生じるドラマティック・アイロニーを鮮明にしていることである。

四　表現の工夫

削除の他に、パステルナークは、明解さを求めて、表現を直截的・端的にしたり、さらには原文にない言葉を加えたりするという手段を取っている。

直截的表現の例としては、『ハムレット』第三幕第三場、祈るクローディアスの背中にそっと投げかけるハムレットの最後の台詞がある。

この薬はお前の病の日々を延ばすだけだぞ。（第三幕第三場　九六）

パステルナークは次のように訳している。

これは単なる延期であって薬ではない。

この訳では、あまりに端的であって、原文の「薬」（physic）と「病の」（sickly）という語による、戦慄を与えるようなアイロニーが全く削がれている。込み入った文を換骨奪胎して平明な文にするという、訳者の一貫した姿勢は、時に、戯曲の興趣を失わせるという結果を招く。

文の付け加えは、状況をより明確に表すためであり、また、台詞の流れをより円滑にするためである。たとえば、リア王が長女ゴネリルの非道に気づき、末娘コーディリアを勘当した自分の愚かさを責める場面がある。

ああ、ごくささいな過ちよ、

コーディリアの中でお前は何と醜く見えたことか！

お前は挺子のようにわしの自然の情を
土台からもぎ取り、この心から全ての愛情を引っ張り出し、
憎悪に変えてしまったのだ。おお、リア、リア、リア！
［自分の頭を叩く］この門を叩くのだ、この愚かさを入れて
大事な判断力を追い出したこの門を。

（第一幕第四場 二五八―六四）

この台詞を、パステルナークは次のように訳している。

コーディリアのささいな過ち！　なぜ
私はこの過ちを大袈裟に考えて、
心から愛をもぎ取り、
代わりに怒りの毒で胸を満たしたのだろう。
いい、いい、いい、いい
私は何という盲であったことか！　おお、リア、今この門を
叩くのだ。そこからお前は理性を追い出し、
愚かさを招いたのだ。

（傍点筆者）

翻訳に加えられた「私は何という盲であったことか！」（Как был я слеп!）という台詞は、盲目の状態から啓蒙されていくリアの精神過程の出発点であり、自らの行為に対する重要な批判となっている。

『ヘンリー四世』第一部と第二部にも文の付け加えが多く見られる。それは単なる連結文であったり、状況描写の補強であったりする。第一部の第五幕第四場、ハル王子が倒したホットスパーの遺体を前にして、フォールスタッフは自分の手柄にしようと画策し、ホットスパーと戦うに至った状況を独り語る。

……そしてこいつを討ち取ったのはおれだと言い張るんだ。こいつがおれのように起き上がらないでもないじゃないか。

（第五幕第四場　一二四—五）

パステルナークは次のように訳している。

このおれがこいつを討ち取ったと言うことができるだろう。驚くべきことでもなかろうて。こいつは誰かに頭を殴られ、失神して倒れていたんだ。そして、このおれのように息を吹き返したってわけよ。

（傍点筆者）

このような具体的な描写は、パステルナークの真骨頂である。先に引用したハムレットの第一独白の冒頭のように、パステルナークは観客や読者の心に現実味のある鮮明なイメージが浮かぶことを念頭にして、具象的な活写を繰り返している。その手段としては、「〜のように」という直喩が用いられることもあり[28]、また、訳者独特の比喩が用いられることもある。

たとえば、『ヘンリー四世』第一部の第一幕第三場、ヨークの大司教が国王に復讐を企んでいると報告するウースター伯の台詞と、それに応ずるホットスパーの台詞がある。

ウースター　……私が知っていることは
よく練り上げられて決定されたもので、
あとは、実行に移す機会を待つばかりなのだ。

ホットスパー　確かにそれを嗅ぎ取りました。きっとうまくいきますよ。（第一幕第三場　二六八―七二）

パステルナークの訳は以下の通りである。

ウースター　……至る所に乾いた枯れ枝の山、
あとは、それが燃え出すように火花を待つばかり。

ホットスパー　なるほど、確かに煙のにおいがする。

原文の「嗅ぎ取る」（smell）に絡めて非常に絵画的具象的な表現がなされている。

パステルナークの語彙の豊かさを証明するものに、口語、俗語、ロシア語固有の慣用語の使用がある。生き生きとした人物像を描き出そうという意図と同時に、現代のロシア人にシェイクスピアを身近に感じさせようという意図がここに見られる。それは、「シェイクスピア像を二重写しにしたフォールスタッフ」(29)のような人物を描くには効を奏したが、悲劇的な場面では荘重性が弱まる箇所があるのは否めない。口語体は、パステルナークにとって諸刃の剣であったと言える。

五　作品観の投影

パステルナークの訳の独自性は、翻訳に自分の作品観を投影していることにある。『ハムレット』は彼にとって「義務と自己否定のドラマ」[30]であり、主人公にはキリストの姿が重ね合わされ、情熱的な英雄像が浮かび上がる。Б・ジングルマンは、ツルゲーネフが抱いた懐疑的なハムレットが、パステルナークに至って、破滅的な状況にあって決然とした態度を取る英雄となり、ツルゲーネフの懐疑主義が克服される過程を追っている[31]。

パステルナークにあっては、オセローは歴史的人間でキリスト教徒であり、有史以前の生きものであるイアゴーと対立している。この対立の強調は、第一幕第三場のイアゴーの台詞の訳で明らかで、イアゴーがオセローに「妻を寝取られた」と思わせようと画策する台詞で、原文では「慰み事」(a sport)と言っているのに対し、訳では「勝利」(торжество)が使われ、緊迫したものになっている。『リア王』もまたパステルナークにとって宗教色の濃い作品となる。マクベスは、ドストエフスキーの『罪と罰』の主人公ラスコーリニコフと同一視され、心理的な弱点が強調される。

総体的にパステルナークの作品観には宗教性が浸透している。これは、彼が一九一〇年頃の自己形成期にキリスト教に強く惹かれたことに関係があるが、また、ロシア文学の底流をなすロシア・メシアニズムとも関連するものがある[32]。

引用の最後に、四大悲劇の中から代表的な台詞を取り上げよう。

まず、ハムレットの第四独白の前半部は以下の通りである。

生き続けるか生き続けないか、それが問題だ。
どちらが精神的に貴いだろう、
非道な運命の矢弾に耐える方か、
それとも海なす苦難に立ち向かい、
戦ってそれらを終わらせる方か。死ぬ、それは眠る、
それだけのこと。眠りによって
心の痛みも肉体が受ける無数の苦しみも
終わらせることができよう。それは、心から
願うべき終局だ。死ぬ、眠る。
眠る、おそらく夢を見よう。そう、そこに難点がある。
この世の煩わしさから逃れ
死の眠りに入って、どんな夢を見ることになるのか、
それがためらわせる。それがあるからこそ
苦難の人生を長引かせるのだ。

（第三幕第一場　五五―六八）

パステルナークは次のように訳す。

生き続けるか生き続けないか、そこに問題がある。人間にとって
意地悪な運命の相次ぐ攻撃に耐えるのが
相応しいことか、それとも武器を取って
災難の海に立ち向かい、そのうねりを
終わらせる方がよいのか。死ぬ。まどろむ。
それだけだ。そして、この眠りが
心の苦しみや肉体につきまとう無数の損失の
終極だと知ること、それは望まれた
目的ではないか。息絶える。眠りにつく。
眠る。そして、夢を見る？　そこにこそ答えがある。
この世の感覚の被いが取り去られたとき、
この死の眠りの中でどのような夢を見るだろうか。
それこそが理由なのだ。それこそが、人生をかくも長い年月
私たちの不幸によって延ばしているのだ。

（傍点筆者）

パステルナークには言葉の繰り返しを極力避ける傾向がある。ここでも、「死ぬ」と「眠る」という語に多様性を与えている。特に「眠る」については、最初に「まどろむ」「忘却の淵に沈む」を意味する забыться を使い、次に「眠りにつく」（Сном забыться）という熟語を使い、三番目に本来の「眠る」（Уснусь）という単語になる。

забыться〔zabyt'sya〕という単語は、独白の冒頭のTo beを意味するБыть〔Byt'〕と音において呼応するばかりでなく、分析すれば、「存在の向こうに行く」ということになり、意味においても深く関わっている。十行目の「そこにこそ答えがある」(Вот и ответ)と十三行目の「それこそが理由なのだ」(Вот обьясненье)は、原文よりも意志が強く決然とした主人公像を浮かび上がらせる。

次に、『マクベス』第五幕第五場、スコットランドのダンカン王を暗殺し、自ら国王となったマクベスが敵軍に追い詰められ、そして妻の死を知った直後の独白――

明日が、そして明日が、そして明日が、
一日一日と小刻みに進み
人生のページの最後に至る。
あらゆる昨日という日は愚か者どもに塵にまみれた死への道を
照らしてきた。消えろ、消えろ、束の間のともしび!
人生は歩く影に過ぎない。哀れな役者だ、
自分の出番だけ舞台で闊歩したりいらいらしたり、
そのあげくその名前は忘れ去られる。それは白痴が語る
物語、音と熱狂で一杯だが
何の意味も持たない。

(第五幕第五場　一八―二七)

パステルナークの訳は――

おれたちは一日一日囁く、「明日、明日」と。
このような静かな足取りで人生は最後の
まだ書き終わっていないページに向かっていく。
あらゆる「昨日」は後ろから光を当て
おれたちに墓への道を示してきたのだ。
終わりだ、終わりだ、蠟燭は燃え尽きてしまった！
人生は、影に過ぎない。人生は舞台の役者だ。
自分の出番を演じ、走り回ったり騒いだり、そして、
あっという間に消えてしまった。人生は、愚か者が語る
物語だ。それは大袈裟な言葉で一杯で
何の意味も持たない。

（傍点筆者）

最初の一行「おれたちは一日一日囁く、『明日、明日』と」（Мы дни за днями шепчем: «завтра, завтра»）の後、主語が「人生」（жизнь）と置き換えられている。原文に比べ、はるかに明解であるが、原文の tomorrow の繰り返しによる人生の空しさの響きが薄れ、曖昧性の持つ深い味わいが失われている。

次は、『オセロー』第五幕第二場の冒頭、妻デズデモーナを殺そうと彼女の寝台に近づくオセローの台詞――

それが原因だ、それが原因なのだ、我が魂よ！
その名をお前たちに向かって口にさせないでくれ、純潔な星たちよ。
それが原因なのだ。だが彼女の血は流すまい。
雪よりも白く、記念碑の雪花石膏のように
滑らかなその肌は傷つけまい。
だが彼女は死なねばならぬ。さもなければ、また男をだまし続けるであろう。
（第五幕第二場 一―六）

パステルナークの訳は――

それが私の義務だ、**それが私の義務だ**。清らかな星たちよ、
お前たちの前で彼女の罪を口にするのを
私は恥じる。彼女をこの世から消し去るのだ！
私は彼女の血を流しはしない。
雪よりも白く、雪花石膏よりも滑らかな
その肌に触れもしない。だが、
彼女は死なねばならぬ、**それ以上罪を犯さぬように**。
（傍点筆者）

一行目の「それが私の義務だ、それが私の義務だ」（Таков мой долг. Таков мой долг）、そして七行目の「それ以上罪を

犯さぬように」（чтоб больше не грешить）（грешить は特に宗教的な罪を犯すことを言う）は、デズデモーナを不貞の罪で殺す行為が、嫉妬というよりも、彼女をそれ以上陥めるわけにはいかないという愛と正義に起因することを強調している。

次は、『リア王』最終場面で、リアが息絶えたコーディリアに向かって言う台詞である。

かわいそうに、私の可愛いやつが絞め殺された！　もう、もう生命がない！
犬や馬や鼠にも生命があるのに、
なぜお前は息をしていないのだ。お前はもう戻ってはこない、
決して、決して、決して、決して、決して！
（第五幕第三場　三〇四―七）

パステルナークは次のように訳している。

かわいそうに、私の可愛いやつが絞め殺された！　もう、もう息をしていない！
馬も犬も鼠も生きることができるのに、
お前には許されないのだ。お前は永遠に姿を消してしまった、
永遠に、永遠に、永遠に、永遠に、永遠に！
（傍点筆者）

原文の「お前はもう戻ってはこない」に続く never の繰り返しには、地底に吸い込まれるような無常感が漂って

いる。パステルナークの前に代表的な訳を残したドルジーニンは、never に当たる никогда〔nikogdá〕を使い、音節数の関係で繰り返しを四回にとどめている。

一方、パステルナークの訳では、「お前は永遠に姿を消してしまった」(Тебя навек не стало) に続けて、навек〔navék〕「永遠に」が五回繰り返されている。この語は、繰り返されるうちに、前の文脈から遊離して独自の生命を帯び、永遠の生という内包に転化してリアの死に繋がっていくように思われる。

以上のように、パステルナークの訳は欠点をも含めて非常に独特である。では、その独特な訳業の意義はどこにあるのであろうか。

六　パステルナークによるシェイクスピア翻訳の意義

一般に、翻訳は原文に対して直線的な関係にある。しかしパステルナークの場合は、シェイクスピアのテクストの解釈にとどまらず、それを越えてシェイクスピアの精神にまで到達し、その精神を自分なりに捉え自分なりに表現したと言える。つまり、精神を頂点として、シェイクスピアのテクストとパステルナークのテクストは三角形を形成しているのである。

パステルナークはシェイクスピアを評して次のように書いている。

> シェイクスピアはリアリズムの理想であり頂点であり続ける。人間に関する知識は誰においてもこれほどの正確さに達し得ないし、誰もその知識をこれほど独断的に述べたことはない。一見して、この二つの特質は矛盾しているようだが、互いに直接的な依存関係にある。何よりもこれは客観性の奇跡である。(33)

（傍点筆者）

パステルナークは、シェイクスピアのリアリズム、すなわち、現実に拘泥した狭い意味ではなく、包括性のある客観的精神に大いに共鳴し、そこから多くのことを学んだ。その精神は彼とシェイクスピアを結ぶ原点であり、先に触れた翻訳における三角形の頂点である。

では、その訳業において、パステルナークをシェイクスピアのテクストから独自の道へ歩ませたものは何であっただろうか。それは表現方法である。エクバート・ファーズは、『シェイクスピアの詩法』（一九八六）の中で、シェイクスピアが反本質主義的な立場を取り、言葉の相対性と不安定性を逆手に用い、それまで自然と芸術の間に厳然とあった垣根を取り払ったと論じている。(34) そしてそれゆえ、テクストの行間に、読者や観客がその想像力を大いに働かせることができるというわけである。

確かにシェイクスピアは、日常言語を変わった風に用いたり、造語をしたりする中で、言葉の持つ意外性や多義性を自在に使っている。そして、それが彼のダイナミックな詩的世界に繋がっていく。一方、パステルナークは、原文のテクストに不必要な饒舌さを感じた場合には、大胆に削除をし、複雑で曖昧であると感じた場合には、平明な言葉に直し、さらに、説明を要すると感じた場合には、積極的に文を付け加えている。すなわち、パステルナークは、言葉の危うさに遊ぶシェイクスピアとは違い、言葉の安定性を求めたのである。自らの道徳観や宗教性で潤色し、翻訳に方向性を与えたのも安定を得る手立てであろう。その結果、シェイクスピアのダイナミズムは減殺され、読者や観客は、想像力をもって創造行為に参加するというより、完結した芸術作品としてそれを受け取ることになる。「芸術は、創造行為としてはリアリスティックであり、創造物としてはシンボリックである」[35]というパステルナークの芸術観に則れば、総じて、シェイクスピアのテクストは動的なシンボルであり、パステルナークのテクストは静的なシンボルであると言えよう。

しかし、パステルナークがあえて表規方法をたがえることができたのも、もとをたどれば、シェイクスピアとの共通性を自分が把握しているという自信があったからであろう。それは、先に述べた客観的精神であり、さらに深く掘り下げると、人生に対する積極的な姿勢がそこにある。

パステルナークは「生きる」ということを非常に愛した詩人であった。彼の代表作『ドクトル・ジバゴ』の「ジバゴ」は、「生きる」という単語 **жить**〔zhit'〕から派生しているが、その小説に次のような一節がある。

> ……一瞬、ララはふたたび存在の意味を啓示されるのだった。わたしがここにいるのは、この地上の生の狂おしいばかりの魅力を解きあかし、すべてのものにふさわしい名を与えるためなのだ。[36]（第三編第七節）

スターリン体制のもとで圧迫を受け、ノーベル賞辞退も余儀なくされたパステルナークであったが、その彼を支えたのは、啓示に満ちた人生に対する揺るぎない愛と人間としての使命感であった。

シェイクスピアは、生への愛着を標榜するフォールスタッフや、それぞれの苦しみの中で人間のあり方を追究する悲劇の主人公など、様々な形で現実に生きる人物の心理を捉え、それを台詞で表現した。人間の心理に対する関心は、民衆のエネルギーと結びついたルネッサンスのヒューマニズムの特徴である。

シェイクスピアと同時代の劇作家クリストファー・マーロウは主として一個人の心理的葛藤を描いたが、シェイクスピアは個人のみならず複数の人間の心理的葛藤を描き、その中で主人公の精神の発展過程を浮き彫りにした。

「運命の道化」である人間も「歩く影に過ぎない」人生も、シェイクスピアのヒューマニズムとそれに裏打ちされた表現力を通して、有機的な劇空間を形成している。このヒューマニズムの精神こそが、究極において、パステルナークを惹きつけ、その創造意欲をかき立てたのであった。

七　パステルナークのハムレット像とヴィソツキー演ずるハムレット

前述したように、パステルナークは「『ハムレット』は意志薄弱のドラマではなく、義務と自己否定のドラマである」と述べている。

スターリンによる粛清が激しくなる一九三〇年代、パステルナークはシェイクスピアやゲーテなどの翻訳に専念する。彼は、一九四〇年に、文芸雑誌『若き親衛隊』に『ハムレット』の訳を掲載して以来、十数年にわたって、何度もこの翻訳に手を加え続けた。さらに彼は、有名なノーベル文学賞辞退事件（一九五八）の引き金となった『ドクトル・ジバゴ』において、「ジバゴ詩篇」として「ハムレット」という一篇の詩を載せているだけでなく、小説全体に『ハムレット』の世界を浸透させている。これらの事実は、パステルナークの『ハムレット』への思い入れがいかに強いものであったかを示していると言えよう。

このパステルナークの詩と訳を現代風に用いたのが、モスクワのタガンカ劇場の『ハムレット』であった。演出はユーリィ・ペトローヴィチ・リュビーモフ（Юрий Петрович Любимов）、主演は詩人で歌手でもあるヴラジーミル・セミョーノヴィチ・ヴィソツキー（Владимир Семёнович Высоцкий）である。

一九七一年一一月に開幕したモスクワのタガンカ劇場の『ハムレット』では冒頭、ヴィソツキーが、黒いセーターとジーパン、そしてブーツといういで立ちで、自分のギターに合わせて独特のバリトンで、前述したパステルナークの詩「ハムレット」を歌った。

どよめきが静まる。僕は舞台に出ていく。
扉の側柱に凭れながら
僕は遠い残響の中に捉えようとする、
この時代に何が起こりつつあるかを。

夜の闇が僕に向けられている、
一つの軸に連なる千ものオペラグラスでもって。
もしできることなら、アバ、父なる神よ、
この杯を僕から取りのけたまえ。

僕は御身の頑なな企みを愛し、
この役を演じることに異存はない。
しかし今、別のドラマが進行中で、
今回はどうか僕を外したまえ。

けれど筋はきちんと練られ、
行路の結末は避け難い。
僕は一人、全ては偽善(パリサイ)の淵に沈む。
人生を生き抜くのは――野を越えるほど容易くはない。(37)

父なる神に対する「この杯を僕から取りのけたまえ」という祈りは、「マルコ福音書」十四章三十六節の、ゲッセマネの園におけるキリストの言葉であり、キリストの深い苦しみが表れている。パステルナークの詩におけるハムレットは、父王の亡霊と父なる神の姿が重なる中、ゲッセマネの園のキリストと同じ試練を与えられ、今という時世の舞台に立つ俳優の姿でもある。

『ドクトル・ジバゴ』を訳した江川卓は、この「ハムレット」という詩の訳注に、パステルナークの『ハムレット』観を引用しながら、次のように書いている。

パステルナークは自身でロシア語訳した『ハムレット』について、一九四六年に次のように述べている。「亡霊が現れた瞬間から、ハムレットは〈自分を遣わした者の意志をなしとげよう〉ために自己を捨てる。『ハムレット』は意志薄弱のドラマではなくて、義務と自己否定のドラマである」「(《To be or not to be》の)モノローグは、レクイエムの演奏前に思いがけずオルガンから洩れる調律のしらべに似ている。これは、死の扉を前にしたものが未知への不安をつづった、狂おしくも戦慄に充たされた一句であって、それが感情の力によってゲッセマネの悲哀の調子にまで高められている」

この詩編は、パステルナークのこのようなハムレット観と切りはなしては理解できない。(38)

ヴィソツキー主演の舞台において、この多層的な構造を持つ詩による序詞は、公演の中心的思想に触れながら、観客を作品の詩的宇宙に誘引する意味で、重要である。

パステルナークの訳には、詩人である彼のヴィジョンが投影されている。作曲家となることを断念した彼は、ロシア象徴主義、未来主義の詩人との交流の中で詩作に励んだ。彼は革命に対し多大な期待を寄せていたが、新経済政策時代(ネップ)(一九二一—九)に続くスターリン体制が固まる一九三〇年前後にはその期待は崩れ去った。三〇年代後半の粛清の嵐によって、彼の周囲の多くの文学者や芸術家が命を落とした。パステルナーク自身、詩の刊行に圧力が加えられたため翻訳に目を向け、「翻訳はロシア独自の作品と見做されるべき」(39)という信念を持ってこれに専念した。

彼の抱いたハムレット像について、M・スーリックは、その博士論文の中で、アンドレ・ジッドの翻訳に見られる十九世紀的な意志薄弱なハムレットと異なると指摘し、次のように書いている。

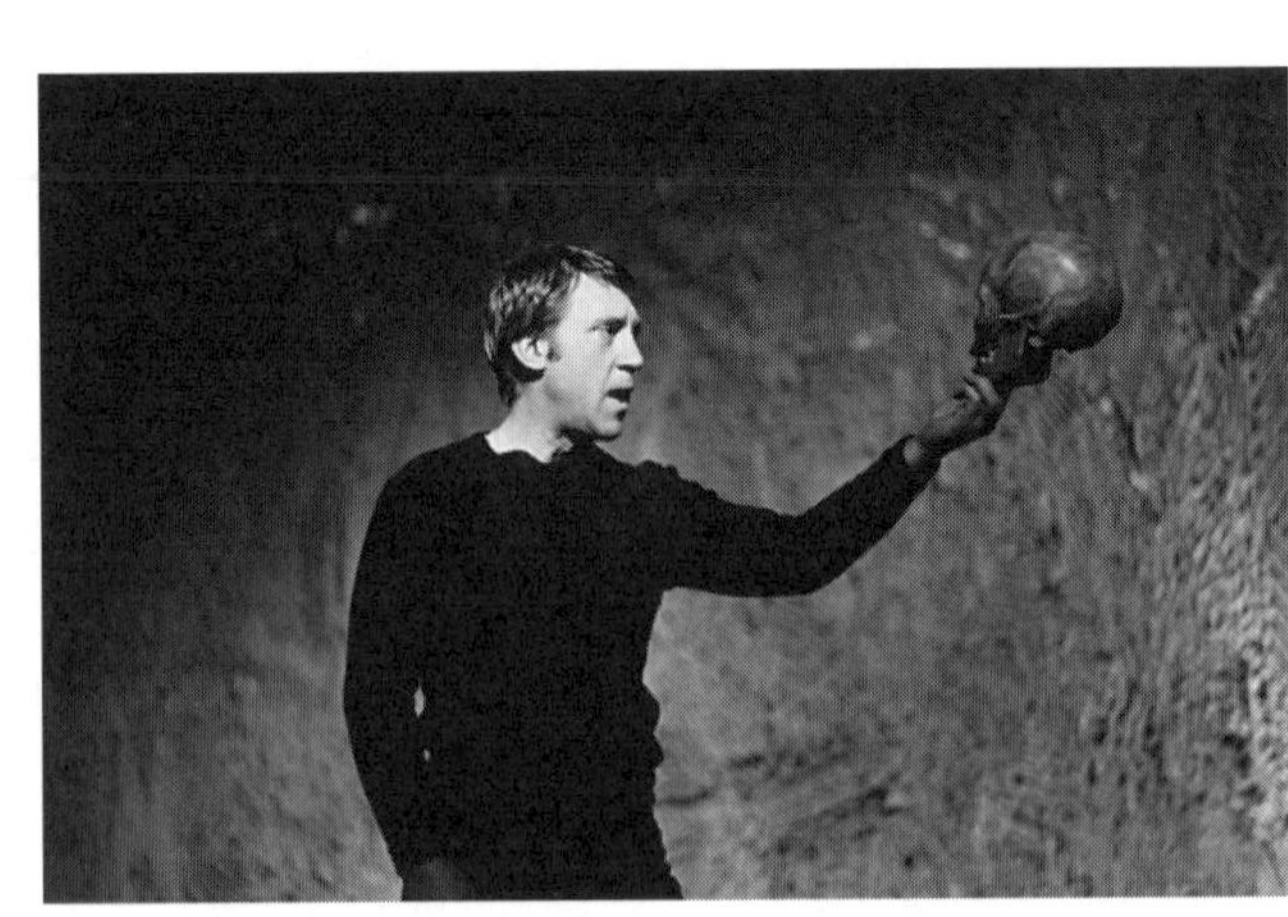

ヴィソツキーのハムレット(getty images)

パステルナークのハムレットは……宗教的なモチーフに包まれている。そのモチーフは、復讐の意志を固め、聖なる任務に身を捧げようとする、意志強固でキリストのような主人公を描かんと意図されたものである。(40)

パステルナークにあっては、ハムレットの父王の亡霊は神の正義の使者となる。作品の汚濁のイメージは極力抑えられ、聖なる詩劇としての特徴が前面に出される。その一方で、数度の改訂を見れば、彼が時代の変動を敏感に感じ取っていることが理解できる。パステルナークは、絶対的唯美性と刻々と変動する現代性を、シェイクスピアの詩的宇宙の中で有機的に合体してみせたと言えるであろう。

ヴィソツキーのハムレットは積極的に情熱を持って思考する人間である。彼にとっては、思考は武器となると同時に苦しみの種でもある。しかし彼は、「生き続けるか生き続けないか」という個人的な生と死の問題から、人間存在の意味という普遍的な問題にまで、絶えず思考を発展させる。彼は「この世の関節が外れてしまった」という台詞を、調子を変えて三度繰り返す。その繰り返しの裏に、現代の政治・社会体制に対する悲憤が聞き取れる。彼は、思考によって時代の浄化という使命を果たすばかりでなく、自分自身を昇華させることができる。数年後にヴィソツキーが書いた「私のハムレット」という詩の中に、次のような箇所がある。

> 思考という重荷は私を上に引き上げ、
> 肉体の羽は私を下へ、墓へと引きずり降ろした。(41)

矛盾した表現、いわゆる撞着語法によって、思考が与える苦悶とその超克による語り手の精神の昇華という過程が、巧みに表現されている。

リュビーモフとヴィソツキーの『ハムレット』においては、神秘的要素はなく、主人公も、超人ではなく一人の人間である。しかし彼は、人間として思考し苦悩し、行動しなければならない存在であった。ガートルードを演じたデミードワが指摘する通り[42]、ヴィソツキーのハムレットにははじめから「生き続ける」という答えしかないのである。たとえそれが「野を越えるほど容易くはない」としても。いわば、パステルナークのハムレット＝キリストをより地上近くに据えて見つめ直したのがヴィソツキーのハムレットであると言えよう。

このように、その詩篇と翻訳を通して、パステルナークのハムレット像は、装いを変えながら、ヴィソツキーのハムレットへと繋がったのである。

注

（1）坪内逍遙『シェークスピア研究栞』、中央公論社、一九三五年、三七六頁。
（2）同書、四〇六頁。
（3）松岡和子「訳者あとがき」、ウィリアム・シェイクスピア、松岡和子訳『ハムレット（シェイクスピア全集一）』所収、筑摩書房、一九九六年、二七三頁。
（4）同書、二七四頁。
（5）別宮貞徳『翻訳と批評』、講談社、一九八五年、八八頁。
（6）William Empson, *Seven Types of Ambiguity*, Chatto and Windus, 1963, p. 3.
（7）Eds. W. G. Ingram and Theodore Redpath, "Preface" to *Shakespeare's Sonnet*, Hodder and Stoughton, 1964, p. ix.

(8) この『ソネット集』受容史に関しては次の文献による。И. М. Левидова,《Шекспир: библиография русских переводов и критической литературы на русском языке 1748-1962》(『ロシア語のシェイクスピア翻訳・批評文献目録 一七四八—一九六二』), М., Книга, 1964.

(9) H・ミハイロフ、奥村剋三訳「巨匠マルシャーク」、『ソヴェート文学』所収、一九七七年冬季号（通巻六二号）、飯塚書店、一四七頁。

(10) William Shakespeare, *Shakespeare's Sonnets*, Ed. Katherine Duncan-Jones, The Arden Shakespeare, 2010. 以下の引用も同様。

(11) Вильям Шекспир, Пол. собр. соч., т. 5 (『シェイクスピア全集』第五巻), ред. С. А. Венгеров, Спб., Брокгауз-Ефрон, 1905.

(12) Самуил Маршак,《Избранные переволы》(『翻訳選集』), М., Гослитиздат, 1960.

(13) Борис Пастернак,《Избранные переводы》(『翻訳選集』), ред. А. Евгеньев, М., Советский писатель, 1940.

(14) Шекспир, Пол. собр. соч., т. 5.

(15) Empson, op. cit., p.2.

(16) これ以降使用する「テクスト」という用語は、テクスト理論に基づき、文芸批評の分析対象となる本文を意味する。

(17) パステルナークよりコージンツェフ宛の手紙（一九五四年三月四日付）に所収。《Вопросы литературы》, 1975, No. 1, стр. 219.

(18) William Shakespeare, *Hamlet*, Ed. Ann Thompson and Neil Taylor, The Arden Shakespeare, 2006.

(19) ジュリア・クリステヴァ、谷口勇訳『テクストとしての小説』、国文社、一九八五年、一八頁。

(20) Б. Л. Пастернак,《Заметки переводчика》(「翻訳者覚え書」), Собр. соч., Т. III, ред. Г. Струве, Б. Филиппов, Ann Arbor, Univ. of Michigan Pr., 1961, стр. 184.

(21) Там же, стр. 191.

(22) オリガ・イヴィンスカヤ、工藤正広訳『パステルナーク——詩人の愛——』、新潮社、一九八二年、三九頁。

(23) Пастернак,《Заметки к переводам шекспировских трагедий》(「シェイクスピア悲劇の翻訳覚え書」), Собр. соч., т. III, стр. 194.

(24) 使用したテキストは以下の通りである。原文はアーデン版第三シリーズによったが、『ハムレット』第一幕第二場の引用は、ロシア語訳の関係でフォリオ版を採用した。

パステルナーク訳の引用

『ハムレット』――У. Шекспир,《Гамлет. Избранные переводы: Сборник》(『ハムレット翻訳選集』)(四つの代表的な全訳と十五の第四独白の訳が掲載されている), сост. А. Горбунов, М., Радуга, 1985.

『リア王』『オセロー』――У. Шекспир,《Пол. собр. соч. в 8 томах》, т. 6(『シェイクスピア全集』第六巻), ред. А. Смирнов, А. Аникст, М., Искусство, 1960.

『ロミオとジュリエット』――В. Шекспир,《Гамлет; Сонеты; Ромео и Джульетта》(『ハムレット　ソネット集　ロミオとジュリエット』), ред. М. Кагаева, М., Молодая гвардия, 1982.

『ヘンリー四世』第一部、第二部――В. Шекспир,《Комедии, хроники, трагедии》, т. 1(『喜劇　歴史劇　悲劇』第一巻), сост. Д. Урнов, М., Художественная литература, 1988.

『マクベス』――Anna K. France, *Boris Pasternak's Translations of Shakespeare* (Univ. of California Pr., 1978)の引用から。

(25) Пастернак, Собр. соч., т. III, стр. 184.

(26) France, op. cit., p. 33.

(27) Ibid., p. 10.

(28) フォールスタッフが逃げるのを見たポインズの台詞「あいつのわめきようといったら。純血種の雄牛のようだ！」(傍点筆者)(『ヘンリー四世』第一部第二幕第二場)。恋に沈むロミオをからかうマーキューシオの台詞「ああ、たいまつ持ちよ、きみは自分の熱烈な恋に、煙がこもったランプのようにげっぷとなっちまったのさ」(傍点筆者)(『ロミオとジュリエット』第一幕第四場)。

(29) パステルナークが抱いたシェイクスピア像は、彼の詩「シェイクスピア」(一九一九)に明らかである。そこには、「ぶくぶく太った」シェイクスピアが、ロンドンの雑然とした酒場で創作に取り組んでいる姿が描かれている。

(30) Пастернак, Собр. соч., т. III, стр. 197.

(31) Б. И. Зингерман, Тургенев, Чехов, Пастернак: К проблеме пространства в пьесах Чехова(「ツルゲーネフ、チェーホフ、パス

テルナーク——チェーホフの劇空間について——」),《Театр Чехова и его мировое значение》М., Наука, 1988.

(32)「メシア意識はユダヤ人を除けば他のいずれの民族よりもロシア人の特徴を表わす」(ベルジェーエフ『ロシア思想史』より)。第二章で触れたように、特にドストエフスキーの作品にはこの精神が深く浸透している。

(33) Пастернак, Собр. соч., т. III, стр. 192.

(34) Ekbert Faas, *Shakespeare's Poetics*, Cambridge Univ. Pr., 1986.

(35) Пастернак,《Охранная грамота》(「安全通行証」), Собр. соч., т. II, стр. 243.

(36) パステルナーク、江川卓訳『ドクトル・ジバゴ』第一部、時事通信社、一九八〇年、一二二頁。

(37) Пастернак,《Доктор Живаго》, Ann Arbor, Univ. of Michigan Pr., 1958, стр. 532.

(38)『ドクトル・ジバゴ』第二部、四四五—六頁。

(39) Пастернак,《Заметки переводчика》(「翻訳者覚え書」), Собр. соч., Т. III, стр. 191.

(40) Michael J. Sulick, *"Hamlet" in Translation: André Gide and Boris Pasternak*, City of N. Y., Ph. D. diss., 1977, p. 361.

(41) В. Высоцкий,《Я, конечно, вернусь! Стихи и песни》(『もちろん僕は戻る! 詩と歌』), М., Книга, 1988, стр. 347.

(42) А. Довидова, Он играл Гамлета ......,《Юность》(「彼はハムレットを演じた……」), М., Союз Писателей СССР, 1982, стр. 102.

あとがき

チェーホフの戯曲『かもめ』で、ニーナはかつての恋人トレープレフに言う、「私はかもめ……いいえ、違う。私は女優」(Я—чайка... Не то. Я—актриса.)。ニーナは旅回りの女優としてシェイクスピアの戯曲も演じたことがあったのではないか。チェーホフが見立てたように、ニーナが『ハムレット』のオフィーリアを演じている姿に思いをいたす。

イギリスの劇作家シェイクスピアを、ロシアの文人や演劇人を切り口に捉え、両者の文学的演劇的交流の展開を追究したいという思いで論文を書いてきた。それらの論文をまとめ編集した本書を通して、シェイクスピアをめぐってロシアの文人・演劇人がいろいろな形で自分の芸術を深めていく過程やその成果をご理解いただければ幸いである。

喜劇王チャールズ・チャップリンは「人生はクローズアップで見ると悲劇だが、ロングショットでは喜劇だ」(Life is a tragedy when seen in close–up, but a comedy in long–shot.)という名言を残している。この姿勢にはチェーホフに通ずるものがあるが、シェイクスピアも同じ気持ちで創作をしていたのではないか。ロシアの文豪たちに自分の作品が多大な影響を与えていることを知り、楽しそうに酒杯を傾けるシェイクスピアの姿を想像するのも一興である。

＊　＊　＊

末筆ながら、シェイクスピアについてロシアの視点で研究する契機を与えてくださったシェイクスピア研究者でチェーホフの『かもめ』の翻訳者でもある倉橋健先生をはじめ多くの恩師の先生方、先輩知友、そしてこの仕事を激励してくれた家族に心から謝意を表させていただきます。

そして、本書の刊行に当たり多大な助力を賜りました八千代出版代表取締役の森口恵美子氏、編集部の井上貴文氏に心からお礼を申し上げます。

二〇二一年一〇月

星野立子

【著者略歴】

星野　立子（ほしの　りつこ）

北海道に生まれる
北海道大学文学部文学科英語英米文学専攻卒業
早稲田大学大学院文学研究科英文学専攻　博士課程単位取得満期退学
現在、北海道教育大学函館校教授
専門は英米文学、ならびにシェイクスピアと比較演劇
主要論文は「悲劇の系譜──シェイクスピアとドストエフスキー」
「変貌するロマンス──『オセロー』試論」
「『シンベリン』──その魔術的リアリズム」など

シェイクスピアと ロシアの作家・演劇人たち

二〇二一年一一月二二日　第一版一刷発行

著　者─星野立子
発行者─森口恵美子
発行所─八千代出版株式会社
〒一〇一-〇〇六一　東京都千代田区神田三崎町二-二-一三
TEL　〇三-三二六二-〇四二〇
FAX　〇三-三二三七-〇七二三
振　替　〇〇一九〇-四-一六八〇六〇
印刷所─美研プリンティング
製本所─渡邉製本
＊定価はカバーに表示してあります。
＊落丁・乱丁本はお取替えいたします。

ISBN978-4-8429-1815-0

索　　引

【ア　行】

【カ　行】

【サ 行】

【タ　行】

【ナ 行】

【ハ 行】

【マ　行】

【ヤ　行】

【ラ　行】